Deatomizer

Roberto Portillo

Special thanks to CG for reading all my rough drafts and giving me the best input.

ISBN 978-1-971651-03-3
Deatomizer
Copyright © 2023 Robbie Portillo
All Rights Reserved.

Deatomizerbook.com

1

1 de Noviembre de 2026   0000 hora de Indochina

En una típica mañana de domingo en la ciudad de Ho Chi Minh, Vietnam, las calles están llenas de actividad. La gente se desplaza por toda la ciudad, dedicándose a sus rutinas nocturnas. La vibrante vida nocturna se mezcla a la perfección con las risas de los transeúntes, mientras la música brota de los bares y clubes cercanos. Solteros, parejas, fiesteros y personas de diversos orígenes se reúnen para disfrutar de la emoción y el entretenimiento que ofrece la ciudad. El ambiente es animado y enérgico, ya que las multitudes buscan experiencias memorables y diversión nocturna en el corazón de la ciudad.

En toda la ciudad, el ambiente cambia repentinamente cuando la gente busca sus teléfonos, solo para darse cuenta de que no pueden acceder a Internet ni hacer llamadas. La confusión se extiende rápidamente entre la multitud mientras las personas miran a su alrededor, buscando a alguien que pueda darles una explicación, pero nadie parece tener respuestas. El ambiente se vuelve cada vez más inquietante a medida que la incertidumbre se apodera de todos.

A medida que aumenta la tensión, la atención se dirige hacia el cielo, mientras los ojos siguen la trayectoria de los rugientes aviones militares que vuelan hacia el este, en dirección al río Saigón. En los edificios de arriba, las siluetas se presionan contra las ventanas, interesadas por el alboroto exterior. La ciudad centra su atención en un enorme y oscuro vacío que desciende sobre el agua; su presencia es a la vez siniestra y cautivadora. Instintivamente, la gente intenta documentar la extraordinaria escena con sus teléfonos, pero la oscuridad resulta imposible de capturar; ningún dispositivo puede distinguir claramente la misteriosa forma que se cierne sobre ellos.

Cuando el misterioso objeto se detiene sobre el río, el agua permanece perfectamente quieta; ninguna ola perturba la superficie, como si el propio río percibiera la presencia antinatural sobre él. Los aviones militares rodean el objeto con sus focos, que atraviesan la oscuridad e iluminan su forma. Con las luces sobre él, la verdadera escala del objeto finalmente se hace evidente. Los aviones, antes imponentes y dominantes, ahora parecen minúsculos; simples hormigas frente al inmenso tamaño del objeto flotante.

Dentro del edificio del Capitolio en Hanói, Kun Wen está sentado en su oficina, frotándose los ojos cansados mientras su principal asesor le informa sobre la situación. Kun, un chino de treinta y cinco años, es el líder de un grupo mercenario que recientemente tomó el control de Vietnam, Laos, Camboya y Tailandia mediante una despiadada ocupación militar. Tras su calculado ascenso al poder, se ha instalado como líder de los cuatro países y ha rebautizado el territorio como Estado Nacional Unificado de Kun. Ahora, esta apremiante crisis exige toda su atención.

Al otro lado de Kun se encuentra Zhen, su principal asesor. Zhen es un hombre de cuarenta y seis años, notablemente obeso y calvo, que parece visiblemente ansioso a medida que se desarrolla la crisis. Se seca constantemente el sudor de la frente con un pañuelo. En la mano sostiene una tableta en la que se muestra una imagen del misterioso objeto para que Kun la vea. "Me están llegando informes de que la ciudad de Ho Chi Minh está siendo atacada por un adversario desconocido. El gobierno local ha cortado todas las conexiones con el mundo exterior y el ejército ya se ha enfrentado a esa cosa, sea lo que sea".

Kun se inclina hacia delante y entrecierra los ojos mientras estudia la imagen detenidamente. Una profunda arruga se forma entre sus cejas mientras intenta comprender el objeto que aparece en la imagen. Tras varios momentos de silenciosa inspección, se recuesta en su silla, claramente incapaz de comprender el alcance total de lo que está viendo. "¿Tenemos una transmisión en directo? Quiero ver lo que hace esta cosa en tiempo real".

Zhen vuelve a girar la pantalla hacia él. Sus dedos se deslizan rápidamente por la interfaz para encontrar lo que Kun quiere. "Déjame ver si puedo encontrar uno. Ah, creo que este será". Vuelve a girar la pantalla hacia Kun. "Esta es una transmisión en directo desde un helicóptero militar cerca del objeto. Solo los altos funcionarios del Gobierno tienen acceso a esta transmisión".

Kun abre mucho los ojos al ver el enorme tamaño del objeto. "Es gigantesco. ¿Estás seguro de que esta transmisión es segura? No quiero que nadie fuera del gobierno vea esto".

Zhen asiente rápidamente y se seca la frente una vez más. "Sí. El cifrado es muy seguro. Solo unos pocos elegidos tienen acceso a esto".

Kun abre el cajón de su escritorio y saca un mando a distancia. Al pulsar el botón de encendido, se enciende el gran televisor montado en la pared. "Pon la transmisión en la televisión. Necesito que me pongas en contacto con nuestra gente en Hanoi. Necesito saber exactamente a qué nos enfrentamos".

Mientras Zhen se dispone a ejecutar la orden, la tensión crece en la oficina y todas las miradas se centran en la crisis que se está desarrollando. La retransmisión en directo se convierte en el punto de atención de Kun y sus asesores, que tratan de comprender la amenaza y responder a ella.

De vuelta al río en Ciudad Ho Chi Minh, un único buque de guerra ha tomado posición. Sus lanzamisiles apuntan al objeto, listos para atacar en cualquier momento. A pesar de estar preparados, la tripulación mantiene la disciplina y retrasa el ataque mientras espera órdenes directas de Kun. El alboroto del ejército despierta a los residentes cercanos. Atraídos por la curiosidad y la preocupación, miles de curiosos se reúnen a lo largo de las orillas del río, tratando de comprender la escena que se desarrolla ante ellos.

Como medida de precaución, el Gobierno inmoviliza y desvía inmediatamente todos los vuelos de la zona circundante. Lo único que se puede hacer es esperar y observar cualquier movimiento del objeto. Todos los intentos de comunicarse con él han fracasado; su frecuencia sigue siendo desconocida. Sin la iluminación de los focos de los aviones que lo rodean, el objeto sería casi invisible, existiendo solo como un vacío en el cielo.

Veinte minutos después de la llegada del objeto, este permanece inmóvil sobre el río. Sin previo aviso, un haz de luz clara sale disparado desde su parte inferior. El pánico se apodera de las calles mientras la gente corre a refugiarse, esperando que el objeto se prepare para atacar la ciudad. Sin embargo, su ansiedad se convierte rápidamente en confusión cuando el haz se abstiene de causar cualquier tipo de destrucción. En cambio, la luz se expande y forma una enorme pantalla que mira hacia la ciudad. El inesperado fenómeno cautiva la atención de todos.

En la pantalla se reproducen una serie de imágenes que muestran extrañas criaturas parecidas a animales, pero diferentes a todo lo conocido por el hombre. Las imágenes muestran diversas especies, cada una más extraña que la anterior. Entre todas estas imágenes, destaca una especie en particular. Estos seres se asemejan en cierta medida a los humanos en su forma, ya que se mantienen erguidos, con cuerpos esbeltos y cabello brillante que adorna sus rostros pequeños y delicados. Su piel grisácea contrasta fuertemente con el brillo penetrante de sus ojos amarillos, lo que los hace imposibles de ignorar. Estas criaturas llevan un dispositivo desconocido sobre la boca. De vez en cuando, se quitan este aparato, revelando brevemente al público sus bocas de aspecto normal. El propósito de estas boquillas sigue sin estar claro para los espectadores. A medida que las imágenes continúan reproduciéndose, tanto los civiles como el personal militar luchan por comprender el significado de lo que están presenciando.

La oficina de Kun se llena de secretarias y asesores curiosos, todos observando cómo se desarrolla el evento ante sus ojos. La gravedad del momento silencia a todos los presentes en la sala, y solo Kun se atreve a romper el silencio. "Parece que tenemos invitados de otro mundo y, a juzgar por lo que nos están mostrando, se trata de una declaración de paz".

"No puedes estar seguro de eso", dice Zhen, poco convencido por el aparente mensaje de paz. "Podría ser una estratagema para bajar la guardia. ¿Y si están aquí para conquistarnos?".

Kun niega con la cabeza mientras se acerca al televisor y observa atentamente el objeto desconocido. "Si ese fuera el caso, nos habrían conquistado desde el principio. No perderían el tiempo mostrándonos este mensaje". Se vuelve hacia todos los presentes en la sala. "No, creo que traman otra cosa. Echen un vistazo a nuestra historia. Solo los humanos conquistan tierras extranjeras y las reclaman por la fuerza. Quizás ellos no sean como nosotros. Pero no lo sabremos con certeza hasta que los conozcamos".

En cuanto Kun termina de hablar, la sala estalla y todos empiezan a hablar al mismo tiempo, intentando decirle que es una mala idea.

Kun alza la voz, lo que provoca un eco ensordecedor en toda la sala y silencia al instante el alboroto. Recorre al grupo con una mirada severa; su autoridad es absoluta. "Silencio, todos. Lo que yo digo es definitivo. ¿Queda claro? Esta es su única advertencia". Con la sala ahora en silencio, Kun dirige su dura mirada a Zhen. "Hazle saber al general al mando que quiero establecer contacto con estos seres. Bajo ninguna circunstancia ningún soldado abrirá fuego".

Zhen traga saliva y asiente con rigidez. Su rostro está notablemente pálido y le cuesta respirar, pero a pesar de su evidente ansiedad, sus palabras se mantienen firmes ante la autoridad de Kun. "Me pondré a ello inmediatamente".

La transmisión del objeto dura diez minutos antes de que el haz se apague. Una luz púrpura ocupa su lugar, apareciendo en el suelo circundante en forma de cuadrícula para cartografiar el terreno. La luz se centra en una zona llana del aeropuerto internacional Tan Son Nhat, en el centro de la ciudad de Ho Chi Minh. Tras una breve pausa, el objeto se mueve silenciosamente por el cielo nocturno, avanzando sin pausa hacia el aeropuerto. El ejército está en alerta máxima y ha triplicado el número de aviones que sobrevuelan la zona. En toda la región, la tensión aumenta mientras la gente se prepara para lo que pueda suceder a continuación.

Quince minutos más tarde, se detiene sobre la pista del aeropuerto y un haz de luz concentrado atraviesa la oscuridad y alcanza la pista. En respuesta, veinte vehículos militares cruzan la pista a toda velocidad y observan cómo varias figuras descienden lentamente desde el interior del haz.

Los vehículos militares rodean el perímetro de la luz mientras cuatro criaturas de aspecto humano se colocan espalda con espalda, cada una mirando hacia una dirección diferente. Los soldados que las rodean apuntan con sus armas a estos misteriosos seres, aterrorizados al ver a estos alienígenas, pero nadie dispara ni un solo tiro. La ira de Kun supera el miedo a estos visitantes desconocidos.

Los alienígenas tienen exactamente el mismo aspecto que en las imágenes. Son delgados, tienen el pelo brillante y su piel grisácea parece casi metálica bajo el haz de luz. Los extraños dispositivos similares a máscaras siguen cubriendo sus bocas, mientras que sus ojos amarillos atraviesan fácilmente la noche. Esos ojos parecen estudiar cada movimiento de los soldados, dejando una impresión duradera en todos los que los observan.

El general al mando abre lentamente la escotilla de un Humvee y mira con cautela hacia fuera. A través de un altavoz, les habla en inglés, esforzándose por no medir sus palabras. "Si hacen algún movimiento brusco, no dudaremos en dispararles".

Un alienígena reacciona al instante y se gira rápidamente para dirigirse al general. Sin dudarlo, le responde en un inglés fluido. La voz proviene del dispositivo que le cubre la boca y suena inquietantemente humana. "Entiendo que muchos de ustedes nos temen. No saben por qué estamos aquí. Somos una especie pacífica que ha venido a su planeta para traerles esperanza y amor".

Las palabras del alienígena no logran aliviar la tensión en el aire. Los soldados se quedan paralizados mientras el miedo se intensifica con cada momento que pasa. Cada soldado espera en silencio, sin saber qué sucederá a continuación, mientras esperan la orden de abrir fuego.

Entre los cuatro alienígenas, pronto se hace evidente que, aunque son casi indistinguibles en apariencia, uno destaca sobre los demás. El pelo de este individuo es notablemente más brillante, lo que lo distingue y sugiere una posición de mayor autoridad. Se mantiene firme con notable compostura, a pesar de las armas que le apuntan. No se inmuta ni vacila cuando habla. "Hemos venido aquí para contactar con su líder y traer prosperidad a este mundo".

Aunque Kun se llena de alegría ante la extraordinaria escena que se desarrolla ante él, mantiene sus emociones ocultas. Mantiene una actitud severa y serena, consciente de que los demás podrían malinterpretar cualquier muestra de emoción como debilidad. A pesar de sus esfuerzos, Kun no puede reprimir su curiosidad. "Sin embargo, me pregunto: de todos los lugares del mundo, ¿por qué han venido aquí, a mi territorio?".

"No lo sé", dice Zhen, secándose la frente de nuevo. "Pero parece que tu reunión con ellos va a tener lugar. Pronto podrás preguntárselo tú mismo".

"Vuelve a ponerte en contacto con el general al mando allí. Dile que quiero hablar con esas cosas personalmente", dice Kun, clavando su mirada asesina en Zhen.

Zhen siente su intensa mirada sobre él. Sabe que si mete la pata, Kun irá a por él. Con las manos ligeramente temblorosas, toma su teléfono y marca el número del general al mando en el aeropuerto. "Kun quiere hablar con los alienígenas. Pásamelos por teléfono".

El general, cuya cabeza sobresale de la parte superior del Humvee, mira directamente a los alienígenas. "No puede hablar en serio. Aún no sabemos qué nos harán".

Antes de que el general pudiera protestar más, la paciencia de Kun finalmente se agotó. Con un movimiento rápido y enérgico, le arrebató el teléfono a Zhen de las manos, arañándole la oreja en el proceso. La ira se apoderó de Kun, a punto de estallar en cualquier momento. "Tú no estás al mando, yo lo estoy. Ahora mueve el trasero hasta allí para que pueda hablar con ellos. Y no lo arruines. ¿Sabes lo que les pasa a los que no hacen lo que se les dice, o tengo que entrenarte personalmente para que sigas mis órdenes como el perro que eres?".

El general aprieta los ojos y respira hondo para armarse de valor, mientras el peso de la exigencia de Kun le oprime. Tras unos instantes para recomponerse, abre lentamente los ojos y se lleva el micrófono a la boca. Una palabra equivocada podría costarle la vida. "Nuestro líder quiere hablar con usted. Voy a bajar para que pueda hablar con usted". Se agacha dentro del Humvee y vuelve a ponerse el teléfono en la oreja. "Estoy a punto de salir".

El general sale del Humvee y se acerca a los alienígenas con cautela. Cuatro pares de ojos amarillos siguen cada uno de sus movimientos, provocándole escalofríos. Solo ahora, cuando se encuentra frente a ellos, se da cuenta de lo pequeños que son. Son bastante bajos, apenas alcanzan el metro veinte de altura. Lo miran fijamente con sus brillantes ojos amarillos, casi como niños perdidos en un centro comercial.

El general extiende vacilante su teléfono hacia los alienígenas, esperando que uno de ellos lo coja, pero se limitan a mirarlo fijamente. Se da cuenta de que quizá no saben lo que es. "Es un dispositivo de comunicación. La persona con la que quieren hablar está al otro lado".

El alienígena que ha hablado antes se estira para coger el teléfono de la mano del general. "Lo siento, no sabíamos lo que era. Pensé que nos estabas diciendo que era tu líder". Sostiene el teléfono en alto y lo examina con curiosidad. Mientras lo estudia, hace un comentario en voz baja que el general apenas puede oír. "Leí un informe sobre una niña que estudiamos y que tenía uno de estos. Jugaba constantemente con él y se hacía amiga de los demás humanos aunque no sabía su idioma". Tras sacudir brevemente la cabeza, el alienígena abandona por completo el tema y vuelve a centrar su atención en el asunto que les ocupa.

Kun observa atentamente la televisión mientras el alienígena coge el teléfono. Él es el primero en hablar, por lo que controla la conversación. "Soy Kun. ¿Con quién tengo el placer de hablar?".

La voz sin cuerpo no perturba al pequeño alienígena. Se muestra tranquilo y habla sin vacilar. "Me llamo Ignin. Estoy a cargo de esta misión. Es un honor hablar con usted". "Igualmente", dice Kun. «¿Qué le trae por aquí?".

"Nuestra misión es ayudar a los seres a alcanzar su potencial y traer prosperidad a su civilización. Nos
gustaría reunirnos con usted en persona para discutir algunas cosas", dice Ignin.

"¿Cómo sé que no me matarás y te apoderarás de este mundo?", pregunta Kun.

"Es una preocupación razonable. Te aseguro que no queremos eso", dice Ignin. "Hemos aprendido muchos idiomas de este planeta. Si no quisiéramos ayudar, no estaríamos aquí haciéndote perder el tiempo". Kun cambia al chino. Quiere confirmar si lo que dice Ignin es cierto. "¿Dices que conoces más idiomas?".

Ignin responde a Kun en un chino impecable, como si lo hubiera hablado toda su vida. "Sí, hemos aprendido siete idiomas de este planeta. En realidad, eso no es cierto. Los dispositivos que tenemos alrededor de la boca traducen perfectamente nuestro idioma a uno de los siete idiomas que ustedes hablan".

Kun vuelve a hablar en inglés. "Es impresionante. ¿Cómo podemos reunirnos?".

"Muéstranos la ubicación a la que quieres que vayamos y viajaremos allí al instante", dice Ignin.

"Dame un segundo», dice Kun. Busca en su teléfono para localizar las coordenadas precisas de su posición actual. Una vez que las encuentra, envía los detalles. "Te lo acabo de enviar. Devuelve el teléfono al hombre que tienes delante y él te mostrará dónde ir. Espero verte pronto". Sin esperar la respuesta de

Ignin, termina la llamada y le devuelve el teléfono a Zhen. Zhen intenta atrapar el teléfono, pero lo deja caer brevemente antes de agarrarlo con las manos.

Ignin examina el teléfono de nuevo antes de devolvérselo al general. "Dice que ha enviado algo a tu dispositivo que nos mostrará el camino hasta él".

El general recupera el teléfono y revisa sus mensajes. "Me ha enviado su ubicación". Apunta con el teléfono hacia Ignin, mostrando su ubicación actual y la ubicación de Kun en Hanói. "¿Sabes leer esto?".

Ignin no responde a la pregunta del general. En su lugar, saca su dispositivo de comunicación y lo acerca al teléfono. Pasados unos segundos, se lo vuelve a colocar sobre la boca. "Los datos se han transferido. Llegaremos pronto".

Antes de que el general pueda reaccionar, el rayo eleva a los alienígenas de vuelta al objeto. En un instante, desaparecen, dejando a todos rascándose la cabeza.

Kun se encuentra en el centro de su oficina, preparándose para la llegada de los alienígenas. Se vuelve hacia Zhen y le da una serie de órdenes urgentes. "Llegarán pronto. Quiero que se corten todas las conexiones con el mundo exterior en todos mis territorios. No necesitamos miradas indiscretas. Suspendan todos los vuelos. Nadie entrará ni saldrá hasta que yo lo diga. Todo el personal militar y los funcionarios públicos en el extranjero deben permanecer en sus puestos hasta nuevo aviso. Y reúnan a todos los extranjeros; enciérrenlos por el momento. Ya nos ocuparemos de ellos más tarde".

Zhen obedece inmediatamente la orden de Kun. Sin cuestionar ni considerar lo que Kun le ha dicho, da media vuelta y sale de la habitación.

Kun oye un alboroto procedente del exterior y se levanta de su silla. "Parece que mis invitados han llegado". Se apresura hacia la salida con sus guardias siguiéndole de cerca. Al salir, el objeto está ahora a la vista, mostrando su elegante superficie blanca. Flota sobre el edificio del capitolio, sin intentar ocultarse.

Mientras los alienígenas descienden, Kun se acerca al haz de luz. Sus guardias están en alerta máxima, con las manos sobre sus armas, listos para disparar en cualquier momento.

Cuando sus pies tocan el suelo, Ignin da un paso adelante y sus ojos amarillos brillan en la noche. "Saludos, líder de este planeta. No queremos hacerte daño ni a ti ni a tu gente". Se lleva la mano al pecho. "Soy aquel con quien hablaste hace unos momentos".

"Es un placer conocerte en persona, Ignin", dice Kun mientras señala con la mano hacia el edificio. "Por favor, entra. Podemos discutir el motivo de tu visita". Mientras se dirigen hacia la entrada, se gira ligeramente y le susurra a uno de sus generales: "Envía un mensaje a la gente de Hanói. Diles que se trata de un nuevo avión militar en fase de pruebas y que no hay nada de qué preocuparse. Solo está aquí por cuestiones técnicas". Kun aprendió hace mucho tiempo que controlar el flujo de información significaba controlar a la gente.

El general asiente con la cabeza y se apresura a transmitir el mensaje.

Mientras Kun y su séquito se dirigen hacia el edificio, el haz se desvanece. El objeto flota inmóvil sobre la ciudad mientras la multitud toma fotos y graba vídeos. La emoción y la curiosidad se convierten rápidamente en confusión cuando los miembros de la multitud intentan compartir sus hallazgos en Internet. La falta de información hace que muchos se pregunten qué está sucediendo realmente sobre su ciudad.

Unos minutos más tarde, los teléfonos de los alrededores reciben un mensaje del gobierno de Kun. "No se alarmen. Se trata de un nuevo avión militar que estamos probando. Debido a algunos problemas internos, permanecerá sobrevolando la ciudad por el momento. Las comunicaciones por Internet y teléfono se han interrumpido temporalmente para evitar que esta información se filtre a nuestros enemigos. Las conexiones se restablecerán pronto".

Kun conduce al grupo a través de los grandes salones del edificio del capitolio hasta una espaciosa sala de reuniones con una larga mesa rodeada de sillas. Les indica a todos que se sienten y luego toma asiento junto a Ignin. Una sonrisa se dibuja en su rostro, ansioso por escuchar lo que el alienígena tiene que ofrecer. "En primer lugar, me gustaría darles la bienvenida a nuestro planeta. Debe de haber sido un largo viaje hasta aquí. Tengo curiosidad. ¿Por qué aterrizaste aquí, de entre todos los lugares?".

Ignin alcanza un vaso de agua que tiene delante. Se quita el dispositivo y bebe un sorbo mientras sus ojos amarillos recorren brevemente la habitación. Después de dejar el vaso en su sitio, se encuentra con la mirada de Kun mientras se vuelve a colocar el dispositivo. "Cuando llegamos, vimos un gran grupo de luces. Creímos que era el asentamiento principal de este planeta. Sin embargo, parece que estábamos bastante lejos, pero eso ya no importa. Formamos parte de una gran colonia de lo que ustedes llaman la galaxia de Andrómeda. Son la primera especie con la que nos hemos encontrado en esta galaxia. Nuestra misión es ayudar a especies más jóvenes como ustedes a desarrollar su planeta de formas que de otro modo no podrían. Les mostraré cómo". Se quita la máscara y aparece ante él un holograma azul translúcido que proyecta un vídeo para que todos los presentes lo vean.

Un narrador habla mientras el holograma muestra una nave idéntica a la que se encuentra sobre la ciudad viajando a un planeta lejano y reuniéndose con sus habitantes. "Hay muchos planetas como el suyo en el vasto universo en expansión que necesitan un poco de ayuda para progresar. Sabemos que la vida puede ser muy confusa a veces, pero no tiene por qué serlo. Nos encontramos con otras formas de vida y comenzamos a trabajar en formas de mejorar su planeta. Con nuestra ayuda, podemos ayudarles a prosperar como nunca antes. Después de hacer avanzar a una especie hasta su máximo potencial, partimos hacia el siguiente planeta para continuar nuestro trabajo con la esperanza de que algún día podamos llevar la esperanza y el amor a toda la galaxia".

Cuando termina el holograma, Ignin vuelve a colocarse el dispositivo sobre la boca y habla sin vacilar.

"Queremos traer felicidad a su planeta. Nada nos produce más satisfacción que eso. Si necesitas ayuda con cualquier cosa, solo tienes que decírnoslo y les proporcionaremos las herramientas necesarias para que puedan ocuparse de ello".

Kun permanece en silencio durante un largo rato, procesando lo que acaba de ver. Una civilización alienígena, cuya tecnología y conocimientos superan con creces todo lo conocido por la humanidad, ha llegado a la Tierra. Por un golpe de suerte, Kun es el primer líder en reunirse con ellos. Comprende la gravedad de la situación y las oportunidades potenciales que presenta. Antes de seguir adelante, quiere asegurarse de que no hay malentendidos sobre lo que Ignin está ofreciendo. "¿Cualquier cosa que digas?".

"Dinos cómo podemos ayudarte a alcanzar tus objetivos", dice Ignin. "Queremos que el líder de este planeta y su pueblo prosperen como nunca antes".

Kun no esperaba que los alienígenas lo vieran como el gobernante de la Tierra. Sin embargo, rápidamente se dio cuenta de la ventaja potencial de permitirles seguir creyendo esto. En lugar de corregir el malentendido de Ignin, Kun acepta plenamente el papel. Si los alienígenas lo consideran el gobernante de este mundo, pronto lo será. El poder y la influencia que ofrecen los alienígenas serán la palanca que Kun necesita para que el mundo se someta a su autoridad, cumpliendo así su antiguo deseo de dominar el mundo.

Durante toda la noche, Kun e Ignin hablan sobre el futuro de su gran imperio. Kun relata la historia del mundo con todo lujo de detalles, asegurándose de que Ignin comprenda las complejidades y las dificultades a las que se enfrenta su nación. Ignin escucha con atención, absorbiendo la información y obteniendo una visión de los conflictos en curso. Se da cuenta de que las otras potencias mundiales están lanzando ataques contra la nación de Kun desde todas las direcciones. Kun expresa su visión del planeta, describiendo su deseo de unir a la humanidad bajo su liderazgo y proporcionar lo que cree que es mejor para su pueblo. Las ambiciones de Kun son claras. Quiere guiar al mundo hacia un futuro más brillante, confiando en Ignin y su avanzada civilización.

Cuando los primeros rayos del amanecer se filtran por la ciudad, la larga conversación entre Kun e Ignin llega a su fin. Ignin le asegura a Kun que consultará con sus compañeros sobre la ambiciosa visión que Kun ha delineado para el futuro del planeta. Se marcha y regresa a su nave, y por la tarde vuelve con otras tres personas, cada una de las cuales lleva un objeto. Los guardias de Kun no pierden tiempo en acompañar a los visitantes a la oficina de Kun para la siguiente fase de la reunión.

Kun permanece erguido al otro lado de su escritorio mientras los alienígenas entran. Se niega a mostrar ni una pizca de debilidad ante ellos. "¿Qué pensamos, Ignin?". Su voz es tranquila y espera ansioso una respuesta.

Los alienígenas se alinean frente al escritorio de Kun. Ignin da un paso adelante, listo para presentar lo que tiene que ofrecer. "Hemos venido para ayudar a ti y a tu civilización a prosperar como nunca antes. Les hemos traído estos objetos para que alcancen sus objetivos. Mientras se los muestro, me gustaría presentarles a mis colegas". Kun permanece en silencio mientras los tres alienígenas colocan sus objetos sobre su escritorio, cada uno de ellos fijando en él sus brillantes ojos amarillos sin decir una palabra.

Ignin dirige su atención al primer alienígena que está a su lado. "Este es Gar, nuestro navegante. Es el responsable de garantizar que nuestra nave llegue a cualquier destino al que nos dirijamos, sin importar lo lejano o complejo que sea el viaje". Tras la presentación, señala el primer objeto que hay sobre la mesa. "El primer objeto del que me gustaría hablarles es este casco". Levanta el dispositivo y se lo muestra a Kun para que lo examine. "Está diseñado para proteger al usuario de cualquier daño. Pruébatelo".

Sin dudarlo, Kun se lo coloca en la cabeza. Al instante, un campo de fuerza brillante lo envuelve. Extiende la mano para tocarlo, pero este se adapta a sus movimientos, cambiando y ajustándose en tiempo real para acomodarse a sus acciones. "Esto es alucinante".

Zhen se asusta, incrédulo. Sus ojos se abren como platos al ver que Kun confía en los alienígenas. "No deberías hacer eso. No sabes lo que puede pasar". Intenta coger el casco, pero Kun le aparta la mano bruscamente.

Ignin dirige su atención al siguiente alienígena, que está de pie en el centro. "Este es Zilis. Es el responsable de mantener los sistemas de nuestra nave y de garantizar que todo siga funcionando correctamente". Coge el segundo objeto que hay sobre la mesa. "Esta arma está inspirada en las pequeñas pistolas que hemos visto llevar a su gente". Le entrega la pistola a Kun. "Cuando se dispara, esta arma envía un pulso eléctrico por todo el cuerpo del objetivo, lo que detiene el funcionamiento de todos los órganos internos y lo mata al instante".

Kun examina la pistola alienígena desde todos los ángulos, admirando cada uno de sus detalles. La tentación de probar su potencia en alguien presente en la sala le atraviesa la mente, pero rápidamente la reprime, consciente de que tal acción sería imprudente y enviaría un mensaje equivocado tanto a su equipo como a los alienígenas. En lugar de eso, Kun mantiene la compostura y continúa observando el arma.

Ignin continúa. "Podemos comenzar a producir en masa estos dos artículos inmediatamente en nuestra nave, si le parece bien".

Kun aparta la mirada de la pistola y la dirige hacia Ignin, luego vuelve a colocar lentamente la pistola sobre el escritorio. "Sí, me parece bien. Fabriquen tantas como puedan. Pero antes de continuar, quiero preguntarle algo".

"Adelante", dice Ignin.

"¿No dijiste que estabas aquí para traer paz y prosperidad? ¿Por qué nos das estas armas?", pregunta Kun, queriendo poner a prueba a Ignin y ver cuál será su respuesta.

"Para lograr tus objetivos, por supuesto", dice Ignin. "Para traer la paz a tu civilización, necesitas exterminar a aquellos que se oponen a ti. ¿O acaso malinterpreté tus palabras anoche?".

Kun asiente con la cabeza, dándose cuenta de que la perspectiva de los alienígenas es diferente a la de los humanos. "No, es cierto. Solo estoy sorprendido por lo que estoy recibiendo". Se tapa la boca, ocultando una sonrisa astuta, casi diabólica, al darse cuenta de la magnitud de la oportunidad que se le presenta. Una vez que recupera la compostura, centra su atención en el último objeto. La curiosidad y la precaución lo invaden mientras intenta adivinar su propósito.

Ignin se vuelve hacia el último alienígena del grupo. "Este es Chatur. Es el responsable de la fabricación de armas. Y luego tenemos este objeto. El orgullo y la alegría de nuestra especie". Coge el objeto esférico con ambas manos y lo levanta para que todos lo vean. "Esto es solo una réplica, porque el original es mucho más grande. Este objeto es muy delicado. Cuando se activa, suceden muchas cosas. En resumen, esta arma rompe los enlaces que mantienen unidos a los átomos, desintegrando eficazmente cualquier material que toque a nivel molecular". Kun contiene la respiración al darse cuenta del peso del objeto. Se queda sin palabras, buscando las palabras adecuadas para expresar su conmoción.

Ignin continúa con la explicación. "Ya hemos ajustado esta arma para su uso en este planeta. Según vuestro sistema de medidas, esta arma tiene un diámetro de cien kilómetros". Kun toma la réplica y la sostiene a contraluz, girándola lentamente entre sus manos. El objeto es de color azul claro con un orbe azul oscuro en el centro. "Cien kilómetros, dices. ¿Cuántas de estas voy a recibir?".

"Todas las que necesites para lograr tu objetivo", responde Ignin.

Una gran sonrisa ilumina el rostro de Kun, ansioso por empezar. "Dale a mi equipo dos días para calcular la cantidad que necesitamos y te daré una respuesta".

Dos dias después 3 de Noviembre de 2026   1900 hora de Indochina

Kun sale al exterior y saluda con la mano al barco, indicándole a Ignin que está listo para que baje y lo reciba. Dos alienígenas descienden del barco y saludan a Kun. Sin demora, regresan a la oficina de Kun, donde Zhen está extendiendo un mapa del mundo sobre su escritorio para que Ignin lo vea. Una vez que Zhen termina de colocar el mapa, da un paso atrás y le cede el control de la conversación a Kun.

Kun se coloca junto a Ignin y señala con confianza el mapa que tienen ante ellos. "Tras un minucioso análisis, hemos identificado ochenta objetivos que queremos destruir. Sin embargo, tras un análisis más detallado, hemos reducido la lista a solo veintidós ubicaciones. Creemos que más de eso sería excesivo y contrario a nuestros intereses. Cada X negra representa un objetivo que queremos alcanzar. Sabiendo esto, ¿cuándo podemos lanzar el ataque?".

Ignin se inclina hacia delante y entrecierra los ojos mientras examina atentamente el mapa. Estudia con atención cada objetivo marcado, considerando en silencio los retos logísticos que supone preparar veintidós elementos. "Con la producción de los cascos y las armas en marcha, calculamos unas ochenta y tres horas".

"Es tiempo más que suficiente para atar todos los cabos sueltos", dice Kun.

"Si eso es todo, volveré a mi nave para dar las órdenes de comenzar la fabricación", dice Ignin. "También dejaré a una de mis asistentes con ustedes. Se llama Taf. Es la intermediaria en nuestra nave y les facilitará el ponerse en contacto conmigo".

"Es un placer conocerte", dice Taf, acercándose a Kun. "No dudes en preguntarme lo que quieras. Te ayudaré en todo lo que pueda". Se adapta rápidamente. Tras su llegada, los asistentes de Kun responden a todas sus peticiones sin dudar ni hacer preguntas. El equipo de Kun se asegura de que Taf reciba todo lo que necesita de forma rápida y eficaz.

Dos horas más tarde, Kun convoca una reunión con sus asesores para discutir lo que espera que se lleve a cabo. "Quiero que todo el personal militar y los trabajadores de las embajadas de todo el mundo regresen inmediatamente. Proporcionaremos el transporte necesario para recoger a todo el mundo. Si alguien se niega a cumplir estas órdenes o se pone en contacto con alguien del exterior, será asesinado en el acto. ¿Me he explicado claramente?".

Sus asesores asienten al unísono y se ponen en marcha sin dudarlo.

Una sonrisa maliciosa se dibuja en el rostro de Kun. Mira a sus asesores con los ojos brillantes de expectación y confianza. "Dentro de unos días, el mundo temerá mi poder".

3 de noviembre de 2026   1000 hora estándar del este

Al mismo tiempo, el presidente de los Estados Unidos, Charles Whiteford, se encuentra en una sala de conferencias del Pentágono, reunido con todos los generales de cuatro estrellas. Están analizando la crisis mundial tras el corte de todas las comunicaciones con los territorios de Kun. La sala se queda en silencio cuando un asesor se dirige al frente de la sala para hacer una presentación.

"Como todos saben, han pasado tres días desde la última vez que hablamos con algún representante de la Nación Unificada de Kun. Lo único que teníamos eran rumores hasta que ayer logramos un avance". La presentación detrás de él avanza a la siguiente diapositiva. "Estábamos revisando fotos satelitales cuando encontramos un gran objeto sobrevolando Hanoi, Vietnam. Estas fotos se han hecho públicas y la gente está elaborando sus propias teorías sobre lo que está sucediendo en Vietnam. Hemos estado en conversaciones con las Naciones Unidas, que también están llevando a cabo su propia investigación. Hasta ahora, ninguna de las embajadas de KUNS se ha puesto en contacto con sus respectivos países. Aún no hemos recibido ninguna señal de socorro de ninguna de nuestras embajadas en los territorios de Kun. Esperamos lo peor. En cuanto a este objeto, o bien el ejército de Kun ha creado un nuevo tipo de aeronave que puede flotar en el aire durante lo que parece ser un periodo prolongado, o bien estamos presenciando el primer encuentro del tercer tipo, que es lo que creo que ha ocurrido". Se gira hacia la pantalla y pulsa un mando a distancia para pasar a la siguiente diapositiva. "Hemos estimado que el objeto casi esférico tiene aproximadamente dos mil pies de diámetro".

La sala entera se llena de exclamaciones de asombro al asimilar la revelación. Nadie puede creer que un objeto tan grande pueda flotar en el aire. Los rostros alrededor de la mesa reflejan una mezcla de incredulidad, preocupación y asombro. Se oyen murmullos mientras todos tratan de comprender las implicaciones de lo que está sucediendo.

El presidente Whiteford se inclina hacia delante. Su voz, firme pero tranquila, aporta un sentido de orden a la tensa sala, lo que calma a todos. "De acuerdo, soy escéptico respecto a que esto sea obra de extraterrestres. Pero me basaré en el mejor criterio de mi inteligencia". Dirige su atención al general sentado a su lado. "¿Cuál es su recomendación, general Turner?".

Sentado junto al presidente hay un hombre mayor con el pelo corto y peinado hacia arriba, una figura imponente. Es el presidente del Estado Mayor Conjunto, el oficial militar de mayor rango de las Fuerzas Armadas de los Estados Unidos. Revisa meticulosamente sus notas, asegurándose de comprender completamente la situación. Después de analizar cuidadosamente toda la información que se le ha proporcionado, el general Angus Turner llega a una solución con una expresión severa en su rostro. "Esta situación no tiene precedentes. Hasta que sepamos exactamente a qué nos enfrentamos, le aconsejo que mantenga esto en secreto. Solo debemos confirmar al público la información que sea absolutamente necesario que sepa. Dejemos que las teorías sigan como están".

Al otro lado de la mesa, un general de mediana edad se burla de la sugerencia de contención. Robert Jackson, un hombre delgado y musculoso, interrumpe al general Turner para expresar sus preocupaciones. "Lo que tenemos que hacer es reforzar nuestras defensas por si se produce un ataque. No tenemos ni idea de lo que pasa por la cabeza de Kun. Esa cosa podría ser un arma. Tenemos que estar preparados para un ataque".

El general Turner se vuelve hacia él y sacude su cabeza. "Movilizar nuestras fuerzas se consideraría un acto de agresión y podría provocar una escalada innecesaria. Kun es un hombre despiadado que se apoderó del sur de Asia a costa de millones de vidas. Si entrásemos allí sin más, él lo justificaría como un acto de guerra y haría todo lo posible por atacarnos. Aún hay muchas cosas que desconocemos sobre esta situación. Prefiero obtener más información antes que correr riesgos innecesarios".

"Esa es una razón más para reforzar nuestras defensas", dice el general Jackson. "No sabemos lo que está pasando, así que debemos estar preparados para lo peor. Ha funcionado perfectamente en el pasado y volverá a funcionar. Si nos quedamos aquí sentados, sin hacer nada, podríamos encontrarnos en una situación de gran desventaja si ocurriera algo. Lo único que quiero es estar preparado para el peor de los casos".

"No estoy diciendo que no hagamos nada", dice el general Turner. "Tenemos que actuar con cautela. Hay formas de prepararnos sin reforzar nuestras defensas. Por ahora, nos adaptaremos a lo que haga Kun". A continuación, mira al presidente. "Tenemos que encontrar la mejor línea de actuación. Ya he pensado en algunas formas de prepararnos que no requieren una escalada militar. Solo necesito su opinión".

Antes de que el presidente pueda responder, las puertas de la sala de conferencias se abren de golpe y un analista del Pentágono entra corriendo. Su urgencia capta inmediatamente la atención de todos los presentes. "Acabamos de recibir la noticia de que Kun ha ordenado a todo el personal militar y diplomático de todo el mundo que regrese a su territorio".

La repentina noticia toma por sorpresa al general Turner. Endereza la postura y clava la mirada en el analista. "¿Cuándo le han dado esta información?".

"Hace unos momentos", responde el analista, casi sin aliento. "No ha sido una notificación formal. El Gobierno de Kun ha restablecido las conexiones solo con su ejército y sus embajadas, y les ha ordenado que se marchen inmediatamente. Las noticias ya lo están cubriendo. No se ha avisado a ningún país".

El general Turner entrecierra los ojos, tratando de entender la repentina retirada del personal de Kun. "¿Alguien ha preguntado a algún miembro del personal de Kun qué demonios está pasando y por qué los están retirando a todos?".

El analista niega con la cabeza. "Los informes llegan lentamente, pero toda la información es la misma, independientemente de a quién preguntemos. No tienen la más mínima idea de por qué los están retirando después de todo este tiempo".

El general Turner frunce el ceño mientras intenta procesar la última información. Expresa sus pensamientos en voz alta mientras intenta darle sentido a todo esto. "Kun ha aislado su territorio del mundo durante tres días y ahora están retirando a su gente. No tiene sentido". Mira al presidente con incertidumbre en los ojos. "Tenemos que informar al público de nuestros hallazgos. Creo que algo está a punto de suceder". Dos horas más tarde, el presidente Whiteford se encuentra en la Casa Blanca, a punto de dirigirse a la nación. La sala se silencia cuando se acerca al micrófono y las cámaras captan cada uno de sus movimientos. Sin dudar, habla. "Estamos siguiendo de cerca la situación en el sur de Asia. Por desgracia, aún no hemos conseguido contactar con nadie. Nuestras llamadas no han obtenido respuesta. Hace unas horas, recibimos la noticia de que Kun ha ordenado a todo su personal militar y diplomático que regrese. Hemos preguntado a muchos de sus empleados qué está pasando, pero lo único que nos han dicho es que se les ha ordenado guardar silencio; cualquiera que incumpla esa orden será asesinado en el acto. Además, ninguno de sus buques de guerra o aviones responde cuando intentamos comunicarnos con ellos. Solo se dice lo mínimo cuando necesitan cruzar la frontera de un país. Tenemos informes de trabajadores diplomáticos en Europa que han sido asesinados por no seguir sus órdenes. Los trabajadores diplomáticos de la embajada en Londres fueron masacrados cuando intentaron rebelarse. El Gobierno del Reino Unido se ha involucrado; han tomado el control de la embajada y los responsables de la masacre han sido detenidos; sin embargo, se niegan a hablar. El Reino Unido ya ha registrado la embajada en busca de pistas sobre lo que está pasando, pero no han encontrado nada útil. Esto es puro caos e inhumano. La embajada en Washington D. C. ya ha sido desalojada hace aproximadamente una hora. Según el derecho internacional, no podíamos obligarlos a quedarse ni a responder a nuestras preguntas. Lo único que podemos hacer es asegurarnos de que sean escoltados a un avión de forma segura. Por el momento, esta es toda la información de la que disponemos. Mantendremos a todos informados de lo que ocurre a través de nuestras páginas oficiales en las redes sociales".

En medio de la avalancha de preguntas, un periodista le pregunta al presidente: "¿Tiene esto algo que ver con los extraterrestres de los que hemos recibido informes?".

"Es difícil de decir. Por el momento no hemos confirmado la presencia de ningún extraterrestre. Son solo especulaciones", responde el presidente Whiteford.

El presidente señala a un periodista para que formule la siguiente pregunta. "El año pasado, Kun y su grupo mercenario llegaron al poder derrocando por la fuerza a cuatro líderes simultáneamente. ¿Qué están haciendo Estados Unidos y la ONU para garantizar que Kun no extienda la influencia de su grupo a otros lugares?".

"Todos los países de la ONU han impuesto sanciones masivas a los activos extranjeros de Kun", responde el presidente Whiteford. "Pensábamos que seguiría las reglas después de haber hablado con él a principios de este año, pero parece que nos equivocamos".

Otro periodista grita, intentando llamar la atención del presidente Whiteford en medio del alboroto. "¿Por qué no enviar un grupo para averiguar qué está pasando?".

"No voy a arriesgar la vida de mis hombres", responde el presidente Whiteford. "Kun es despiadado y lo consideraría una declaración de guerra. Eso es algo que no queremos que suceda". Mira a su derecha cuando alguien le saluda con la mano. "Y esas serán todas las preguntas que responderé por ahora". Se aleja del escenario mientras los periodistas le acosan con más preguntas.

Cuando el presidente Whiteford abandona la sala, el secretario de prensa se apresura a subir al estrado para responder a las preguntas. Las puertas se cierran tras él, amortiguando el sonido de los periodistas que piden urgentemente más información.

Mientras el presidente recorre los pasillos de la Casa Blanca, el ambiente se llena de tensas conversaciones. Al llegar al Despacho Oval, se encuentra con su equipo de asesores esperándole. Cierra la puerta tras de sí, asegurándose la privacidad necesaria para la importante discusión que les espera. "Necesitamos respuestas. Estoy completamente perdido. Nada de esto tiene sentido. El pueblo estadounidense se merece algo mejor que esto".

"¿Cuál es nuestro siguiente paso, señor?», pregunta un asesor superior.

El presidente reflexiona un momento. Sabe que si no maneja esto con cuidado, podría ser difícil ganarse el apoyo del pueblo estadounidense cuando decida qué hacer. "Necesito a alguien que hable con el Congreso en mi nombre, porque necesitamos urgentemente una legislación de emergencia. Necesito que el Congreso apruebe un proyecto de ley que faculte al Gobierno para actuar con eficacia en caso de que Kun haga algo precipitado. No queremos que nos pille por sorpresa lo que sea que esté tramando".

"Me pondré manos a la obra", dice el asesor. "Debería poder conseguir que unos cinco miembros de la Cámara de Representantes se pongan de nuestro lado para mañana por la mañana. Eso debería ser suficiente para redactar un proyecto de ley de emergencia y llevarlo al pleno". "Es un buen comienzo", dice el presidente Whiteford. "Dejaré la financiación en tus manos. Ahora tengo que irme a Nueva York. La reunión con la ONU sobre este tema comienza en tres horas".

Durante dos días, el presidente Whiteford recibe actualizaciones periódicas sobre la situación. A pesar del flujo constante de informes, no ha habido cambios significativos. Una vez que todas las unidades militares, los trabajadores de las embajadas y los funcionarios en el extranjero regresaron al territorio de Kun, esas regiones entraron en cierre total. La única información que recopila Estados Unidos proviene de fragmentos de imágenes satelitales y conversaciones interceptadas, ninguna de ellas útil.

Su asesor acude al Congreso para persuadir a varios miembros clave de la Cámara de Representantes de que apoyen la asignación de fondos de emergencia. Se reunió con los legisladores y les expuso la urgencia de la situación. A pesar de sus esfuerzos, la solicitud es rechazada antes de que pueda ganar impulso. Muchos miembros del Congreso descartan la crisis, tratándola como un problema lejano en lugar de una amenaza inmediata.

En todo el país, los presentadores de noticias discuten sobre lo que podría estar ocurriendo detrás del silencio de Kun. Sus especulaciones solo avivan el fuego, ya que la gente en las redes sociales arde en paranoia a medida que cada nueva teoría se vuelve más descabellada que la anterior.

En el Despacho Oval, el presidente Whiteford se encuentra de pie junto a la ventana, con las manos a la espalda, mientras su reflejo lo observa. Quiere hacer todo lo que esté en su mano para descubrir la verdad, pero sus recursos son limitados. A pesar de su determinación, la situación le deja pocas opciones. Por ahora, lo único que puede hacer es esperar a ver qué sucede.

2

5 de noviembre de 2026   2100 hora estándar de Japón

En un tranquilo estudio en el corazón de Tokio, los miembros de Amazing Spring, un talentoso grupo musical, se reúnen para ensayar y prepararse para una próxima actuación el sábado. Al frente del estudio se encuentra Kazuo Ryouichi, el coreógrafo principal del grupo. Ha sido la fuerza impulsora desde los inicios del grupo, dando forma a la identidad de Amazing Spring durante los últimos cinco años, con su talento y visión incomparables. A sus treinta y ocho años, Kazuo es ampliamente reconocido como el mejor coreógrafo de Japón, conocido por su personalidad extrovertida y enérgica y su estilo musical. Su trayectoria en las artes comenzó a los diez años, mostrando desde muy temprano su dedicación y promesa. Su compromiso le llevó a graduarse como el mejor de su clase en la Universidad de Tokio con una licenciatura en Bellas Artes. A los veintidós años, su reputación había crecido significativamente, y empresas de todo el país estaban ansiosas por trabajar con él y beneficiarse de su brillantez creativa.

Sus palmadas rítmicas y precisas resuenan en la sala mientras dirige al grupo en cada movimiento de su rutina. "Vamos, chicas, solo faltan dos días para el gran espectáculo. Demos la mejor actuación que hayamos tenido nunca". Las integrantes responden en perfecta sincronía; cada paso refleja sus años de dedicación y práctica. Kazuo observa atentamente su actuación y, satisfecho con su progreso, detiene la música. "Muy bien, podemos parar aquí por esta noche. Buen trabajo, chicas. El último tren sale en una hora, así que asegúrense de llegar todas a casa sanas y salvas".

Las nueve ídolos se vuelven hacia Kazuo y le expresan su gratitud por su dirección y apoyo con una elegante reverencia. En respuesta, él les devuelve un respetuoso gesto con la cabeza antes de salir silenciosamente del estudio sin decir una palabra.

Las ídolos charlan tranquilamente entre ellas mientras se dirigen hacia la amplia ventana del estudio que da al extenso horizonte de Tokio. A lo largo de la pared, debajo de la ventana, sus bolsas y botellas de agua están ordenadas en fila.

Su líder, Haruka, se recuesta casualmente contra la pared y contempla la resplandeciente ciudad a través de la ventana. "Antes de irnos a casa, ¿alguien quiere ir al karaoke?".

"Si lo piensas bien, acabamos de salir del karaoke. Además, también hemos bailado. ¿De verdad quieres más?", pregunta Kaede, riéndose mientras recoge su botella de agua.

"Solo bromeaba", dice Haruka, dando un codazo juguetón a Kaede. "Buscaba una excusa para tomar un parfait con alguien".

Ayane se acerca y se une a las risas. "Si eso es lo que querías, solo tenías que decirlo. Yo te acompaño".

Coge su bolso y saca su teléfono. La pantalla se ilumina con varias llamadas perdidas y mensajes de texto sin leer de su madre. Abre los mensajes y se le encoge el corazón al leer el mensaje urgente. Tu abuelo está en el hospital. Se cayó mientras trabajaba. Llámame ahora. De repente, deja el teléfono y recoge rápidamente sus cosas. "Me ha surgido algo. Tendré que pasar del parfait". Sin detenerse a dar más explicaciones ni despedirse, sale corriendo de la habitación. Una vez en el pasillo, saca inmediatamente su teléfono y llama a su madre.

Su mamá responde de inmediato, con voz llena de preocupación. "Ayane, llevo más de una hora llamándote. ¿Por qué no contestaste el teléfono?".

"Lo siento, mamá, estaba en medio de un entrenamiento", dice Ayane. "No había visto tu mensaje hasta ahora. ¿Cómo está el abuelo?"u.

"Está aguantando, pero no sabemos cuánto tiempo le queda. Necesitamos que vengas a Nagoya", dice su mamá.

"Tengo una agenda muy apretada. Hay un espectáculo en dos días. No tengo tiempo para ir", dice Ayane.

Desde la puerta de su oficina, Kazuo escucha la urgente conversación y sale al pasillo. "Si vuelves el sábado, no pasará nada. La familia es importante. Ve con ellos".

Ayane se vuelve hacia él con los ojos brillantes de sincera gratitud y luego se inclina profundamente. "Esto significa mucho para mí. Gracias". Se lleva el teléfono al oído y su expresión cambia al volver a concentrarse en la voz de su madre. "Estaré allí mañana por la mañana, en cuanto empiecen a funcionar los trenes".

Ayane cuelga y se prepara para irse a casa. Pero antes de marcharse, otro compañero le llama la atención. "Espera, Ayane. ¿Te parece bien si te acompaño?".

"Por supuesto, Sachi", dice Ayane, sonriéndole. "Te enviaré los detalles más tarde".

Kazuo cruza los brazos y se apoya en el marco de la puerta mientras las ve dirigirse hacia la salida. "Recuerden, señoritas, regresen el sábado".

Ambas se dan la vuelta y responden al unísono: "Sí, lo haremos".

Ayane corre por el estrecho pasillo de su apartamento. Su mente y su corazón se aceleran mientras agarra una maleta de su armario y la tira sobre la cama. Le tiemblan las manos mientras mete ropa limpia para su viaje a Nagoya. Uno tras otro, los mensajes de sus amigos iluminan la pantalla, deseándole suerte a cada uno. Han oído lo suficiente como para comprender que debe haber pasado algo grave, y sus palabras transmiten calidez y apoyo

5 de noviembre 2026   1200 hora estándar del Este

El general Angus Turner está sentado en su oficina del Pentágono mientras mantiene una videollamada con el comandante de Fort Liberty, en Carolina del Norte. "Le dije al presidente que me encargaría de todos los asuntos relacionados con Kun y la nave desconocida. No creo que un equipo defectuoso entre dentro de esa categoría".

Mientras el otro general habla de su problema, una mujer de unos treinta años entra en la oficina con una jarra de agua y le sirve un vaso en silencio. Sin decir nada, se coloca detrás de él con las manos ligeramente por debajo de la cintura y espera en silencio a que termine la videollamada.

El general de Fort Liberty termina su informe. "Esa es mi opinión al respecto. Necesitamos que envíe a algunos especialistas para evaluar nuestra base".

Angus se inclina hacia atras, pensando qué hacer. "Puedo encargarme de eso".

La mujer que está detrás de él se inclina hacia adelante para susurrarle al oído. "Es un poco extraño que esto le esté pasando a la base más grande que tenemos. Con lo que está pasando con Kun, creo que lo mejor sería ir allí y ver qué está pasando. Puedo despejar su agenda para hoy y mañana".

Angus asiente ligeramente antes de hablar con el comandante. "Después de discutirlo con mi asesor principal, creo que lo mejor es que vuele allí personalmente para ver qué está pasando de primera mano. Si es cierto que toda la base está sufriendo un fallo masivo de los equipos, nuestra seguridad nacional podría estar en peligro. ¿Qué probabilidades hay de que haya una entidad extranjera involucrada?".

"Según los datos que hemos recopilado, es probable que sea así", responde el general. "Desafortunadamente, necesitamos más gente para ayudar a localizar el origen de nuestros problemas. Como he dicho, ninguno de nuestros equipos funciona".

Angus vuelve la cabeza hacia la mujer, que asiente sutilmente con la cabeza. A continuación, vuelve a centrar su atención en la llamada. "Enviaré a los especialistas que solicita esta noche. Por ahora, quiero que cierre la base y apague todo lo que esté conectado a Internet. Que nadie entre ni salga. Si se trata de algún tipo de virus, no quiero que se propague. ¿Me explico bien?".

El general endereza la postura, saluda a Angus y finaliza la videollamada.

Angus se levanta de la silla y la mujer le entrega su abrigo. "Paula, necesito que organices un vuelo a Carolina del Norte. Voy a hablar con Robert".

"Me pongo a ello inmediatamente", dice Paula. "Además, ese general me ha enviado algunos archivos sobre lo que está pasando. Déjame imprimirlos para que puedas revisarlos en el avión".

Mientras Paula hace los arreglos, Angus se dirige por el pasillo hacia la oficina de Robert. La puerta está abierta de par en par, dejando ver al interior, donde él está inmerso en una conversación telefónica.

Angus llama dos veces a la puerta mientras echa un vistazo a la habitación, que está muy bien organizada. "Espero no interrumpir nada".

Robert levanta el dedo índice hacia Angus. "Tengo que irme. Angus está en mi puerta. Yo también te quiero, cariño". Después de terminar la llamada, mira a Angus. "¿Qué pasa?".

"Acabo de terminar una llamada interesante con Fort Liberty. Dicen que nada funciona", dice Angus.

Robert le lanza una mirada extraña mientras se guarda el teléfono en el bolsillo. "¿Cómo que nada?".

"Nada relacionado con la electrónica", responde Angus. "Las comunicaciones, los sistemas de defensa y las infraestructuras básicas están fuera de servicio. Voy a enviar a un equipo de especialistas para ver qué está pasando. Nosotros también vamos".

"Espera un momento", dice Robert, recostándose en su silla y cruzando los brazos. "Si nada funciona, ¿cómo han podido llamarte?".

"Afirman que la única llamada que se pudo realizar fue la mía", dice Angus, encogiéndose de hombros. "Esta situación despierta mi interés y quiero ver qué está pasando".

"Qué raro", dice Robert, inclinándose hacia delante. "Supongo que me lo creeré. ¿Podría ser una trampa de ISIS o de alguna otra organización terrorista para causar más problemas a Estados Unidos?".

"Lo tomé en consideración, pero no creo que sea el caso", dice Angus. "No creo que una organización terrorista tenga la capacidad de eliminar una de nuestras bases militares".

"Esperemos que no. No queremos que ningún adversario extranjero ayude a Kun", dice Robert. "¿A qué hora salimos?".

Antes de que Angus pueda responder, Paula se abre paso entre él y se coloca entre los dos generales. "Ahora mismo, Robert. El avión sale en treinta minutos. Recoge tus cosas y vámonos". Le da un golpecito en el pecho a Angus con una carpeta. "Aquí tienes las notas impresas. Échales un vistazo cuando subamos al avión. También he hablado con el secretario para que nos consiga esos especialistas".

Robert se levanta y recoge sus pertenencias. Coge su abrigo y se lo pone. "Entonces, ¿qué estamos esperando? Salgamos".

Angus, Robert y Paula salen del Pentágono y se dirigen directamente a una camioneta SUV negra que los espera afuera. El trayecto hasta el Aeropuerto Ronald Reagan de Washington es breve. En lugar de detenerse en la terminal del aeropuerto, su vehículo se dirige directamente a la pista de aterrizaje. Allí les espera un jet militar privado para partir. Sin demora, suben a bordo y buscan sus asientos, listos para el despegue.

Una vez que Angus se acomoda en su asiento, abre la carpeta que Paula le ha entregado antes. Lee atentamente los documentos, examinando cada página con cuidado. "¿Así que esta es toda la información que tenemos en este momento?".

Paula se desabrocha el abrigo, lo coloca sobre su asiento y se sienta junto a Angus. "Esos son todos los archivos que me envió".

Angus se inclina sobre el pasillo y le pasa la carpeta a Robert. Después de leerla rápidamente, Robert se la devuelve a Angus. "¿Así que la base solo empezó a experimentar esto hace cinco horas? Hay algo que todavía no me cuadra. Pero no consigo averiguar qué es".

Paula se inclina por encima de Angus para poder mirar a Robert a los ojos. "Yo también lo creo. He estado tomando notas de todo lo que considero importante. Lo que más me llama la atención es esto". Inclina la pantalla de su teléfono hacia Angus y Robert para mostrarles lo que ha escrito.

Robert echa un vistazo a la pantalla y suelta una burlona carcajada. "¿Esperas que me lo crea? Es una suposición bastante atrevida".

"Alguien está tratando de desviar la atención de Angus hacia otra parte, como si quisieran alejarlo del Pentágono", dice Paula.

"No saquemos conclusiones precipitadas antes de conocer el alcance total de la situación", dice Robert. "¿Le has contado esto a alguien más?".

"Ustedes dos son los únicos con quienes lo he compartido", dice Paula. "Mientras veníamos hacia aquí, envié un mensaje al secretario de Defensa para que estuviera atento a cualquier cosa o persona sospechosa".

Mientras los dos continúan su conversación, Angus se recuesta en su asiento, cierra los ojos y se deja llevar por sus propios pensamientos. Se concentra en evaluar la situación y tratar de trazar un plan mental de los siguientes pasos que deben dar. Poco después, el avión despega.

Una hora más tarde, aterrizan en Carolina del Norte. Al bajar del avión, una caravana de vehículos militares ya los espera en la pista. Soldados armados los escoltan hasta uno de los vehículos militares. Entran y el comandante general de Fort Liberty, el general Zachary Dillon, los recibe.

"¿Ha habido algún cambio en la situación?", pregunta Angus.

"Es un apagón total", responde el general Dillon. "El apagón afecta a un radio de una milla alrededor de la base. Hemos trasladado algunos equipos fuera de la zona afectada y todo ha vuelto a funcionar".

Paula se sienta en silencio con su pluma en la mano mientras anota cuidadosamente sus pensamientos en un cuaderno. Algo le parece extraño, aunque no acaba de identificar qué es. "¿Podría ser que algo dentro de la base esté emitiendo una señal que lo está alterando todo?".

"Hemos buscado señales dentro de la base, pero no hay nada. Es una zona muerta», dice el general Dillon. "Con todo el equipo apagado, ya deberíamos haber encontrado algo".

Paula revisa sus notas mientras golpea ligeramente el cuaderno con el extremo del bolígrafo antes de volver a mirar al general Dillon. "¿Solo se ven afectados los aparatos electrónicos?".

"Todo lo que tenga componentes electrónicos se ve afectado", dice el general Dillon. "Eso incluye vehículos y generadores. Incluso las puertas automáticas han dejado de funcionar".

"Nada de esto tiene sentido, dice Paula, dejando el bolígrafo sobre el papel. «Nunca había oído hablar de algo as"». Mira a Angus. "Creo que lo que dije antes es cierto".

Angus se toma un momento para considerar lo que Paula le ha dicho. Por mucho que quiera descartar su teoría, hay algo en esta situación que le parece orquestado. Al darse cuenta de que las especulaciones por sí solas no les darán las respuestas que necesitan, exhala lentamente y se obliga a concentrarse en la tarea. "¿Han llegado los especialistas?".

"Algunos sí", responde el general Dillon. "Nosotros también llegaremos pronto".

Durante el resto del día, Angus, Paula y Robert dedican su tiempo a realizar investigaciones exhaustivas en la base. Se reúnen con los especialistas y los observan trabajar sin descanso para encontrar el problema. A pesar de los esfuerzos de todos, al caer la noche no están más cerca de encontrar una respuesta. Al final del día, los tres se dirigen al hotel en el que se alojan.

Angus estira el cuello y da un largo bostezo. "Descansen un poco, ustedes dos. Volveremos a Washington temprano por la mañana". Dicho esto, coge la llave de su habitación y desaparece por el pasillo. Una vez dentro, se da una ducha caliente para eliminar el estrés y la suciedad del día. A las diez, se derrumba sobre el firme colchón y casi se queda dormido, hasta que suena el teléfono que tiene en la mesita de noche. Gime mientras lo agarra para ver quién es. Al reconocer a la persona que llama, responde. "Angus al habla".

"Siento despertarte, pero todo en la zona afectada funciona ahora", dice el general Dillon.

Angus se incorpora, frotándose los ojos. "¿En serio? Qué raro. ¿Qué ha cambiado?".

"No lo sé", dice el general Dillon. "Es extraño".

"Voy de regreso", dice Angus, sin perder ni un segundo con su respuesta. Cuelga y se quita las cobijas de un tirón. Mientras se apresura a ponerse el uniforme, llama a Paula y Robert para decirles que se preparen también.

Durante toda la noche monitorean la situación de cerca. Pero, a pesar de que todo funciona con normalidad, no pasa nada.

06 de Noviembre de 2026   0500 hora estándar de Japón

Ayane se despierta al amanecer y se quita las cobijas. Se sienta, se estira y se frota los ojos, luego le envía un mensaje a Sachi para decirle a qué hora estará en la estación de tren. Después de desayunar y darse una ducha, sale de su departamento y cierra con llave antes de irse. El aire de la mañana es frío para su gusto, así que se abriga con una chaqueta cómoda.

En la estación, Sachi ya la está esperando, envuelta en una bufanda. Cuando ve que Ayane se acerca, levanta el brazo y la saluda con la mano. Las dos amigas se saludan rápidamente antes de correr hacia el andén justo cuando llega el tren, puntual. No pierden tiempo en subir y Sachi se desliza en su asiento junto a la ventana. Respira sobre el cristal para dibujar una cara sonriente con el dedo.

El tren sale de la estación y atraviesa a toda velocidad los suburbios de Tokio. El paisaje urbano da paso poco a poco a extensiones de campo abierto. Charlan tranquilamente para pasar el rato y, dos horas y media más tarde, el tren llega a la estación de Nagoya a las 8:30. Fuera de la estación, el padre de Ayane, Tatsuya, las está esperando. Una cálida sonrisa se dibuja en su rostro al verlas acercarse.

En cuanto Ayane ve a su padre, deja las maletas en el pavimento y se lanza a abrazarlo, envolviéndose en el fuerte abrazo de su padre. "Me alegro de verte, papá. Cuánto tiempo sin verte".

"Espero que Tokio te haya tratado bien", dice Tatsuya. La suelta y su mirada se dirige a la chica que está detrás de ella. "¿Quién es tu amiga?".

Ayane da un paso atrás hacia Sachi, ansiosa por presentarla. "Esta es Sachi. Te hablé de ella por teléfono. Es una amiga que quería venir conmigo".

Sachi saluda cortésmente a Tatsuya con la mano. "Encantada de conocerte".

Tatsuya le devuelve la sonrisa, pero antes de que pueda decir nada, Ayane lo interrumpe con expresión seria. "¿Cómo está el abuelo?".

"Aún no lo he visto", responde Tatsuya. "Acabo de salir del trabajo a las ocho y he venido corriendo a recogerlas". Reconoce la mirada preocupada de su hija y le da una palmadita en la espalda para tranquilizarla. "Yo no me preocuparía demasiado por él. Lo conozco desde hace muchos años. Es un luchador. Una pequeña caída como esta no lo va a derribar". Se acerca a las maletas de Ayane y se agacha para recogerlas. Les indica a Ayane y Sachi que lo sigan hasta donde ha estacionado su coche.

El hospital se encuentra a tres kilómetros de la estación, por lo que el trayecto es rápido y fácil. Tras un breve trayecto, llegan pronto a su destino. Atraviesan las puertas corredizas de cristal y entran en el luminoso y bullicioso vestíbulo, donde les espera Hana, la madre de Ayane.

"¿Cómo está el abuelo?", pregunta Ayane.

"Te llevaré a verlo para que lo compruebes tú misma", dice Hana.

Hana los conduce por el pasillo hasta la habitación donde se recupera el abuelo de Ayane. Ayane da un paso adelante y duda brevemente antes de abrir la puerta. Dentro, su abuelo está sentado en la cama, manteniendo una conversación amistosa con la enfermera. Parece relajado y alegre, sin mostrar signos visibles de angustia.

Cuando Ayane entra, su expresión cambia de despreocupada a agradablemente sorprendida y sus ojos se iluminan al verla. "¿Ayane? No esperaba verte".

Ayane se acerca a él con una mirada de confusión en su rostro. Duda antes de hablar, con una mezcla de preocupación y alivio en su voz. "¿Cómo te sientes, abuelo? No pareces herido. Mamá dijo que no te quedaba mucho tiempo".

Él inclina la cabeza y frunce el ceño mientras responde a la preocupación de Ayane. "No me queda mucho tiempo antes de salir del hospital". Ambos miran a Hana, que está de pie en silencio en la puerta, y ella les devuelve sus miradas preocupadas con una sonrisa amable. Él pone los ojos en blanco y vuelve a mirar a Ayane. "Ya conoces a tu madre. Exagera ante la más mínima cosa. Estoy bien. Mi único problema es el tobillo". Retira las sábanas para mostrar su tobillo hinchado. "Tropezé mientras trabajaba. Esta estúpida barra de metal apareció de la nada. No es nada grave. Solo necesito unos días de descanso y estaré como nuevo". Extiende el brazo hacia Ayane y ella se acerca y lo abraza con cariño.

"Estaba muy preocupada", dice Ayane. "No pegué ojo en toda la noche. Salí de Tokio temprano esta mañana solo para verte".

Después de terminar su abrazo, Tatsuya se acerca con una amplia sonrisa. "Me alegra ver que sigues aguantando, Toshiro".

Toshiro mira hacia la puerta, donde está Hana. "¿Hana ha invitado a todo el pueblo a verme? Una simple llamada habría bastado".

"Entonces, ¿todo está bien, Ayane?", pregunta Sachi, asomando la cabeza por la puerta.

"Así parece", responde Ayane. Se vuelve hacia Toshiro y le da una cariñosa palmada en la cama. "Ya que estás bien, tenemos que volver a Tokio".

Toshiro extiende la mano y toma suavemente la de Ayane, negando con la cabeza y esbozando una sonrisa tranquilizadora. "Tonterías, ya están aquí. Más vale que se queden el resto del día". Luego dirige su atención a Sachi y le hace la misma invitación. "Lo mismo para ti".

Ayane niega con la cabeza y agita las manos. "Me encantaría, pero tenemos que volver al trabajo. Tenemos que ensayar con nuestro grupo. Mañana tenemos un concierto importante".

"Las dos han venido hasta aquí con la intención de quedarse a dormir", dice Toshiro. "¿Por qué no ensayan aquí juntas y se van a primera hora de la mañana?".

Después de discutir entre ellas, Ayane cede con un suspiro. "Está bien, nos quedaremos a dormir".

Toshiro se inclina hacia la mesa que tiene al lado y coge su teléfono. Una sonrisa se dibuja en su rostro mientras llama a su esposa. "Estupendo. Voy a llamar a Akemi para decirle que Ayane y su amiga se quedarán esta noche". "Solo me quedaré a comer", dice Sachi, entrando en la habitación. "De todos modos, tenía pensado marcharme esta noche. Hay otras cosas de las que tengo que ocuparme antes de nuestro espectáculo".

Hana se vuelve hacia ella y le toma las manos entre las suyas. "¿Estás segura? No habría ningún problema si te quedaras a pasar la noche".

Sachi niega con la cabeza con firmeza, haciendo que su cabello vuele por todas partes. "Lo siento, pero tengo que irme a las tres".

"No obligues a la señorita", dice Toshiro. "Es tan importante como Ayane. Si tiene que estar en algún sitio, no debemos detenerla".

Ayane mira a la enfermera. "¿Cuándo le darán el alta?".

"Solo tiene un esguince en el tobillo", dice la enfermera. "Podemos darle el alta ahora mismo si él quiere".

"Entonces está decidido", dice Toshiro. "Fírmeme el alta para que pueda pasar tiempo con mi nieta. Quién sabe cuándo volveré a tener esta oportunidad"

Una vez que la enfermera confirma que Toshiro puede recibir el alta, el grupo se pone en marcha. Toshiro se sienta con cuidado en una silla de ruedas y todos le ayudan a recoger sus pertenencias, asegurándose de que no se deje nada. Con todo empaquetado, salen por la entrada principal del hospital.

Tatsuya acerca el vehículo a la entrada. Sale para ayudar a Toshiro a sentarse dentro del vehículo. Una vez que Toshiro está seguro, el resto del grupo se sube y Tatsuya se marcha.

"Me voy a casa para poder dormir", dice Tatsuya. "Puedes pasar el día en casa de tus abuelos, Ayane. Nos vemos esta noche para cenar".

Cuando llegan a la casa de los abuelos, Ayane y Sachi colaboran para ayudar a Toshiro a salir del vehículo. Al acercarse a la entrada principal, la puerta se abre y Akemi sale, y su rostro se ilumina al ver a su familia. "Cuánto tiempo, Ayane. Has crecido mucho desde la última vez que te vi".

Ayane suelta a Toshiro y se apresura a lanzarse a los brazos de Akemi. Sonríe cálidamente mientras abraza a su abuela. "Yo también me alegro de verte, abuela. ¿Están aquí mis hermanos?".

"Los dos siguen en sus clubes en la escuela. Llegarán más tarde", dice Akemi.

Ayane vuelve a ayudar a Toshiro mientras se dirigen hacia la casa. "Esta es Sachi, abuela. Ha venido para asegurarse de que llegaba bien".

"Encantada de conocerte, querida", dice Akemi. "Espero que mi nieta te haya mantenido alejada de los problemas".

"Ella me mantiene con los pies en la tierra. Sin ella, no podría rendir al máximo", dice Sachi.

"Me alegro de oírlo. Entremos a Toshiro. Podemos acostarlo en el sofá", dice Akemi. La tarde pasa rápidamente para Ayane y Sachi. Después de disfrutar de un delicioso almuerzo casero preparado por Akemi, las dos ídolos se sientan juntas en la mesa del comedor y escuchan las historias de la infancia de Ayane. Las risas llenan la habitación mientras Akemi recuerda buenos recuerdos y Sachi se deleita al aprender más sobre el pasado de Ayane. Después, Ayane y Sachi se trasladan al patio trasero para practicar su rutina de baile. El patio se anima con la música mientras las dos trabajan juntas, animándose mutuamente y perfeccionando sus movimientos. A las tres en punto, Hana se ofrece a llevar a Sachi a la estación de tren, y Ayane se une a ellas para el viaje.

Cuando Hana se detiene frente a la estación, se vuelve hacia Sachi con una sonrisa amable. "Ha sido un placer conocerte. Puedes volver cuando quieras".

"Hoy lo he pasado muy bien. Sin duda, encontraré tiempo para volver pronto", dice Sachi. Sale del vehículo y cierra la puerta tras de sí.

Mientras Hana se aleja, ve a Sachi despidiéndose con la mano por el espejo retrovisor. El gesto le dibuja una cálida sonrisa en el rostro. "Es una buena chica. Me preocupaba que no hicieras amigos en Tokio".

Ayane mira por la ventana mientras observa el paisaje que va pasando. "Al principio daba miedo, pero una vez que me adapté, no estuvo mal. Te lo contaré todo cuando lleguemos a casa".

Durante el resto del día, Ayane se sienta con su madre y sus abuelos. Comparte historias sobre su vida en Tokio, relatando momentos de su trabajo y los retos a los que se enfrenta.

En medio de la historia, Akemi mira el reloj que cuelga de la pared. "¿Ya son las seis? Debería empezar a preparar la cena".

"Puedo ayudarte", dice Ayane, levantándose con ella.

"Vamos. Tú eres la invitada", dice Akemi. "Hazle compañía a tu abuelo y Hana me ayudará".

Mientras Hana sigue a Akemi a la cocina, se detiene un momento para mirar a Ayane. "Tus hermanos llegarán en una hora. Para entonces, la cena debería estar lista".

Ayane asiente y sigue hablando con Toshiro.

Aproximadamente una hora más tarde, Tatsuya llega con los hermanos de Ayane, Kado y Shun, todos ansiosos por cenar. Mientras el aroma de la comida de Akemi llena la casa, llegan inesperadamente otros diez miembros de la familia, para gran alegría de Ayane. Después de la cena, el grupo se reúne en la sala de estar para ponerse al día con Ayane hasta que llega la hora de irse. Cada uno de los familiares abraza a Ayane y le da palabras de ánimo para su próxima actuación.

"Bueno, tengo que irme a trabajar", dice Tatsuya, levantándose de la silla. "¿Te quedas esta noche en casa de tus abuelos, Ayane?".

"Sí, quiero pasar más tiempo con ellos", responde Ayane.

"¿A qué hora sales mañana?", pregunta Tatsuya. "Yo salgo del trabajo a las ocho. Puedo llevarte a la estación de tren".

"Tenía pensado salir a las seis, pero si quieres llevarme, puedo salir a las nueve", dice Ayane.

"¿Te dará tiempo a volver a Tokio?", pregunta Tatsuya.

Ayane se toca los labios con el dedo e inclina la cabeza hacia el techo mientras piensa en sus planes para el día siguiente. "El viaje en tren dura unas tres horas. Llegaré al mediodía. De todos modos, el espectáculo no empieza hasta las siete. Tendré tiempo de sobra". Abraza a Akemi y una gran sonrisa ilumina su rostro. "También podré comer el desayuno de la abuela mañana por la mañana".

Antes de marcharse, Tatsuya abraza a Ayane y le da un beso en la frente. "Nos vemos mañana por la mañana, entonces".

Ayane pasa la noche conversando animadamente con su madre y sus abuelos hasta bien pasada las once. De repente, una suave cúpula de luz azul llama su atención desde la ventana de la sala. La luz brilla en la lejanía y se hace cada vez más grande a medida que pasa el tiempo. Durante aproximadamente un minuto, sigue expandiéndose, cautivando a todos los que están en la habitación. Sin previo aviso, la luz deja de crecer. La familia se queda en silencio con la mirada fija en el espectáculo que se ve afuera. Pasa otro minuto y una luz más oscura se impone abruptamente a la brillante luz azul y se desvanece, sin dejar rastro de su presencia. Ayane y su familia se esfuerzan por dar sentido a lo que han presenciado. Descartan el extraño fenómeno, suponiendo que debe de haber formado parte de un festival de luces local. Una vez pasado el suceso, la familia da por terminada la noche y cada uno se dirige a su habitación.

Mientras la casa se sumerge en el silencio y la oscuridad, todos ya están acostados para dormir. El teléfono de Ayane descansa sobre la encimera junto al refrigerador. De repente, la pantalla se ilumina con una llamada entrante. Sin embargo, lo tiene en modo vibración, por lo que nadie en la casa se da cuenta de la llamada. Después de un momento, la pantalla se apaga de nuevo, pero aparece una notificación que indica que tiene tres llamadas perdidas.

6 de Noviembre de 2026   1015 Hora estándar del Este

Al mismo tiempo, Angus y Paula están en el luminoso vestíbulo del hotel, esperando a que Robert se reúna con ellos.

Paula mira su reloj y observa cómo avanza el segundero. "¿Por qué tarda tanto?". Mira a Angus con preocupación en su voz. «No crees que le haya pasado algo, ¿verdad?».

Angus está de pie con los brazos cruzados, mirando hacia el pasillo por donde debería venir Robert. "Es extraño que no esté aquí. Siempre es muy estricto con sus horarios. ¿Lo has llamado?".

"Todavía no", dice Paula, sacando su teléfono.

Antes de que pueda pulsar el botón de llamada, Angus mira por encima del hombro y ve un alboroto al otro lado del vestíbulo. Un pequeño grupo de personas se reúne frente a un televisor montado en la pared. Intuyendo que ha ocurrido algo urgente, le da un golpecito en el hombro a Paula. "Algo está pasando".

Paula levanta la vista de su teléfono justo cuando Angus se dirige hacia el televisor. "¿Qué? Oye, espera". Rápidamente guarda su teléfono y se apresura a seguirlo. "¿Qué está pasando?".

En la televisión, un reportero narra desde un helicóptero que sobrevuela una escena de devastación. Las imágenes en directo revelan un enorme agujero por el que entra agua a raudales. La cámara recorre el borde del vacío, captando la magnitud de la destrucción, mientras el reportero lucha por encontrar las palabras para describir lo que está presenciando. Angus y Paula se quedan paralizados, incapaces de hablar, mientras un titular parpadea en la pantalla diciendo que esto solía ser la ciudad de Nueva York.

Robert está sentado en el borde de su cama, concentrado en la misma emisión. El intenso resplandor de la televisión ilumina su rostro, proyectando sombras que acentúan el terror y la incredulidad de su expresión. A su lado, su teléfono yace olvidado. La pantalla rota muestra débilmente su fondo de pantalla con él, su esposa y sus dos hijos. A medida que la realidad de la situación se impone, Robert aprieta los puños con fuerza y sus uñas se clavan en la piel. Su pecho se oprime bajo el peso del miedo y la incredulidad. "Esto no puede ser". Las lágrimas resbalan silenciosamente por sus mejillas. Entonces estalla; su voz irrumpe en la habitación con emoción descarnada. "¿Qué diablos está pasando?".

3

6 de noviembre de 2026   2100 hora estándar del Este

Todas las principales cadenas de noticias de Estados Unidos se quedan en negro de repente, dejando a los espectadores preguntándose qué está pasando. Al principio, muchos piensan que se trata de un error técnico aislado que solo afecta a una cadena. Sin embargo, al cambiar de canal, pronto descubren que el mismo problema se repite. Esta interrupción generalizada confirma que algo importante está sucediendo, aunque los espectadores desconocen el desastre que acaba de ocurrir. En medio de la incertidumbre, solo una cadena vuelve a emitir.

Una mujer de veintidós años con el cabello rojo oscuro se sienta frente a una cámara en la bulliciosa sede de noticias en Atlanta, Georgia. La escena detrás de ella es un caos apenas controlado, mientras el personal se apresura a restablecer la programación habitual. A pesar de la conmoción, ella mantiene su profesionalismo y se dirige directamente a los espectadores. "Parece que hemos perdido la conexión con nuestra cadena en la ciudad de Nueva York. Soy Brittney Taber y, por ahora, seguiré informando hasta que recuperemos la conexión".

Brittney continúa cubriendo las últimas noticias. De repente, alguien fuera de cámara la interrumpe y dice algo que le llama la atención. "¿En serio? No puede ser cierto". Por un momento, se queda sentada en silencio, atónita, antes de recuperar el sentido. "Estamos recibiendo informes sin confirmar de que ha explotado una bomba en la ciudad de Nueva York. Estamos tratando de ponernos en contacto con alguien en Nueva York para confirmarlo. Por ahora, parece que la bomba ha interrumpido las comunicaciones con nuestro estudio en la ciudad de Nueva York y los ha dejado fuera de la red. Puede que tarde un tiempo en solucionarse".

De repente, se oye un grito desgarrador detrás de ella, lo que hace que Brittney se estremezca. Se gira para hablar con alguien fuera de cámara y se le queda la cara pálida mientras vuelve lentamente hacia la cámara. "Acabamos de recibir un video que muestra lo que ha ocurrido en la ciudad de Nueva York. Tengan en cuenta que estas imágenes son perturbadoras. Si hay niños en la sala o si no pueden ver contenido sensible, les recomiendo que se aparten este momento".

Las imágenes, captadas con un teléfono móvil en Port Jersey, Nueva Jersey, comienzan con una vista clara del horizonte de la ciudad de Nueva York en la distancia, al otro lado del río Hudson. En primer plano, la Estatua de la Libertad se yergue alta y resuelta, con su icónica antorcha elevándose contra el cielo azul claro. La gente sigue con su día a día, ajena a la catástrofe que está a punto de ocurrir. Sin previo aviso, una cúpula azul claro y brillante se expande sobre la ciudad. El fenómeno envuelve rápidamente los imponentes rascacielos y puentes, avanzando sin cesar hasta envolver la Estatua de la Libertad y detenerse de repente. Los espectadores observan con asombro, sin saber muy bien qué es lo que está ocurriendo ante sus ojos.

Una cúpula azul oscuro emerge, siguiendo a la cúpula transparente. A medida que esta segunda cúpula cubre la ciudad, un sonido penetrante reverbera en el aire, similar al sonido del hielo cayendo en una tormenta. La cúpula oscura se detiene exactamente donde antes se detenía el límite de la cúpula transparente. Entonces, casi tan rápido como comenzó, ambas cúpulas se disipan, revelando las secuelas.

De vuelta en la sala de redacción, se oyen gritos de terror mientras el sonido del agua corriendo se hace más fuerte en las imágenes. La ciudad de Nueva York y la gran mayoría de sus alrededores han desaparecido por completo sin dejar rastro. Lo único que queda es un enorme agujero donde antes se alzaba la gran ciudad. Las imágenes terminan abruptamente.

Brittney se queda paralizada en la mesa de redacción, luchando por dar sentido a lo que ve en la pantalla frente a ella. El desastre la deja sin palabras y una avalancha de emociones la invade. Pero a pesar del caos y la confusión que se cierne sobre la sala de redacción, se obliga a mantener la compostura. Recuerda su responsabilidad como reportera y la importancia de mantener informado al público durante una crisis como esta. "¿Podemos enviar un helicóptero para confirmar estas imágenes?".

"Ya estamos enviando uno desde Nueva Jersey. Debería llegar pronto", dice alguien fuera de cámara, con la voz temblorosa por el miedo.

Momentos después, el helicóptero llega al lugar donde antes se encontraba la ciudad de Nueva York. Mientras sobrevuela la escena, la cámara recorre el enorme agujero y el reportero a bordo lucha por comprender la devastación que se extiende debajo. "No sé si pueden ver lo que yo veo, pero la ciudad ha desaparecido. Ha desaparecido. No queda nada". El operador de cámara cambia el enfoque hacia la implacable oleada de agua del océano que se apresura a llenar el agujero. El agua entra a raudales, arrastrando barcos y escombros hacia el vacío donde antes prosperaba la ciudad.

La atención de Brittney permanece en la transmisión en vivo. Sus manos tiemblan sobre el escritorio mientras observa a las personas atrapadas en el agua luchando por mantenerse a flote. Intenta mantener la calma, pero su rostro muestra su miedo. "No encuentro palabras para describir lo que está pasando. La ciudad simplemente... ha desaparecido. ¿Cómo es posible?".

Un compañero reportero se apresura a acercarse a Brittney, manteniendo la cabeza apartada de la cámara, tratando de ocultar su miedo a los espectadores. "Nos llegan informes de que otra ciudad ha desaparecido".

La expresión de Brittney se ensombrece mientras trata de asimilar la impactante noticia. Mira al hombre con los ojos muy abiertos, incrédula. "Qué? ¿En serio? ¿Qué otra ciudad?".

El otro reportero se inclina y le susurra algo al oído, para que los espectadores no puedan oírlo.

Ella vuelve a mirar a la cámara. Intenta mantener la compostura, pero le resulta imposible ocultar el pánico. "Nos llegan informes de que Washington D. C. también ha desaparecido". Mira a su alrededor en la sala de redacción, buscando a alguien que pueda tener la respuesta o más información. "¿Tenemos imágenes en directo de DC? ¿Las tenemos? Pon esas imágenes". La emisión cambia rápidamente a la retransmisión en directo de Washington D. C. La escena se asemeja a la de Nueva York: un enorme cráter vacío donde antes se encontraba la ciudad. La emisión pasa a otra toma aérea del agua que se precipita en el enorme agujero donde antes se encontraba la capital del país. Brittney habla sobre las imágenes; su voz se quiebra bajo el peso de la situación mientras ofrece una actualización urgente. "Tengo más noticias de última hora. Nos están llegando informes de que otros lugares del mundo también han desaparecido".

En una hora, siguen llegando confirmaciones de que otras ciudades han desaparecido. La desaparición de las principales áreas metropolitanas desencadena el pánico en todo el mundo, y las comunidades temen que su ciudad sea la siguiente. Lo único que se puede hacer es esperar a ver qué sucede a continuación.

7 de noviembre de 2026   0100 Hora Estándar de Japón

Un ruido repentino y fuerte despierta a Ayane sobresaltada. Deja caer las piernas al borde de la cama. Sus movimientos son lentos e inestables mientras lucha por sacudirse los últimos efectos del sueño. Se tambalea por la habitación hacia la puerta. Cuando gira el pomo y la abre, se encuentra a su padre allí de pie, lo que la despierta por completo.

Antes de que pueda decir una palabra, Tatsuya se acerca y la abraza con fuerza.

"Ayane, me preocupaba que ya te hubieras ido. No contestabas al teléfono".

"¿Qué pasa?", pregunta Ayane.

Tatsuya se aparta para mirarla a los ojos y se seca el sudor de la frente. "Tienes que ver lo que acaba de pasar en Tokio".

"¿Qué pasa en Tokio?", pregunta Ayane, frotándose los ojos.

Tatsuya la toma de la mano y la guía fuera de la habitación hacia la sala. La televisión muestra las últimas noticias y las imágenes proyectan una luz sombría en toda la habitación. Hana está sentada en el sofá con la mirada fija en la pantalla y las manos apretadas sobre la boca.

El noticiero muestra una toma aérea en vivo del enorme agujero donde antes se encontraba parte de Tokio. La imagen es abrumadora y Ayane se derrumba en el suelo mientras el mundo a su alrededor se vuelve borroso; los sonidos y las voces se desvanecen en una neblina amortiguada.

"Ayane... Ayane...", dice Hana.

La respiración de Ayane se vuelve pesada mientras su mente se apresura a dar sentido a lo que está sucediendo, con cada latido rápido de su corazón reflejando su creciente ansiedad.

Hana agarra la muñeca de Ayane y la sacude con urgencia. "Ayane, despierta".

Ayane respira hondo, obligándose a recuperar la compostura mientras asimila la realidad. Mira a sus padres con la boca ligeramente abierta por la sorpresa, pero las palabras que quiere decir se niegan a salir.

El alboroto despierta a los abuelos de Ayane, que entran en la sala de estar. Toshiro tiene dificultades para ponerse de pie, por lo que se apoya en la pared mientras observa la tensa escena. "¿Qué pasa tan temprano por la mañana?".

"Echa un vistazo tú mismo", dice Tatsuya, señalando la televisión.

Toshiro dirige su mirada hacia la televisión mientras el resto de la familia habla en voz baja entre ellos. Ayane, sin embargo, es incapaz de concentrarse en sus conversaciones. Su atención se centra en un leve sonido vibrante que resuena en algún lugar lejano. Cierra los ojos por un momento, concentrándose para identificar el ruido. Cuando se da cuenta de lo que es, se levanta de un salto y corre hacia la cocina. Sobre la encimera, su teléfono vibra insistentemente. La atención de la familia se centra en ella mientras descuelga el teléfono y responde. Al otro lado, una voz familiar la saluda.

«Ayane, ya era hora de que contestaras. Llevo más de dos horas llamándote», dice Kazuo.

Oír la voz de Kazuo provoca una oleada de emociones en Ayane, y se le llenan los ojos de lágrimas mientras se aferra al teléfono con fuerza contra la oreja. «¿Dónde están los demás?».

"No lo sabemos. Estamos esperando noticias suyas", dice Kazuo. "Escucha, Ayane, me temo lo peor".

Ayane intenta decir algo, pero no le sale la voz.

"Te mantendré informada cuando sepamos algo", dice Kazuo. "Si necesitas hablar, llámame. Llevaré el teléfono conmigo".

Ayane se calma y respira hondo para intentar recuperar el control sobre sus emociones. Con gran esfuerzo, pronuncia una sola palabra: "De acuerdo".

La llamada termina abruptamente y Ayane se queda inmóvil mientras mira su reflejo en la pantalla oscura del teléfono. Un pesado silencio llena la habitación. Entonces, sin decir nada, Tatsuya le pone suavemente una mano en la nuca y la atrae hacia él. Abrumada por la emoción, Ayane esconde el rostro en su camisa y deja escapar un grito ensordecedor.

La noche se hace larga para Ayane. Las horas se alargan sin fin mientras permanece sentada en el sofá, despierta pero entumecida, incapaz de volver a conciliar el sueño. Aprieta una almohada contra su pecho, esperando tener noticias de los demás en cualquier momento.

6 de Noviembre de 2026   1400 Hora estándar del Este

Han pasado cuatro horas desde que comenzó la crisis y Brittney sigue en el aire, cubriendo incansablemente los acontecimientos que se desarrollan. A pesar de su agotamiento, continúa ofreciendo información actualizada, sin saber si sus esfuerzos están sirviendo de consuelo a quienes la ven. «Según todos los informes que hemos recibido, ahora podemos confirmar que veintidós ciudades importantes, junto con sus alrededores, han desaparecido del mapa. De las veintidós, tres ciudades han desaparecido aquí en Estados Unidos. Las tres ciudades son: Nueva York, Washington D. C. y Los Ángeles. Para simplificar, aquí en el estudio hemos decidido llamar a este suceso "La Desaparición".

En este momento, la Guardia Nacional se ha movilizado tanto en California como en Nueva York. Las fuerzas de cada estado están ofreciendo ayuda en todo lo posible. Sus esfuerzos se centran en rescatar a personas del agua. Pero, a pesar de su incansable trabajo, muchas personas ya se han ahogado y, hasta ahora, los equipos de rescate solo han recuperado cadáveres.

A raíz de la Desaparición, Washington D. C. sufrió un golpe sin precedentes en su liderazgo. Casi todos los miembros del Congreso, los nueve jueces del Tribunal Supremo, todo el personal del Pentágono, la Casa Blanca, incluidos el presidente, el vicepresidente, todos los miembros del gabinete y cualquier otro político que se encontrara en la ciudad, han desaparecido. En medio del caos y la confusión, la nación busca desesperadamente respuestas. Con todos los sucesores desaparecidos, la gente se apresura a determinar quién, si es que hay alguien, puede asumir la presidencia.

A las dos de la tarde, Angus, Robert y Paula llegan al enorme agujero donde antes se encontraba Washington D. C. Cuando se acercan al borde de la devastación, una cámara de televisión los capta. Las imágenes llegan rápidamente a las cadenas de todo el mundo, proporcionando una prueba irrefutable de que estos tres han sobrevivido a la Desaparición.

Brittney identifica rápidamente a los generales militares; toma un papel con información sobre ellos. "Veamos. El general Angus Turner fue nombrado presidente del Estado Mayor Conjunto el pasado mes de octubre, junto con su vicepresidente, el general Robert Jackson. Estamos haciendo todo lo posible para conseguir una entrevista con ellos". Parece agotada, pero continúa, asegurándose de que el público siga informado. "Acabamos de recibir nuevas imágenes de California". El video muestra a personas que brillan con un tono azul mientras la Guardia Nacional se las lleva. "Estamos recibiendo informes de lo que solo puede describirse como "personas azules". Nuestros expertos creen que estas personas quedaron atrapadas en la cúpula azul inicial, pero lograron salir de la zona afectada antes de que la cúpula oscura lo envolviera todo". Brittney hace una pausa cuando alguien fuera de cámara le da una noticia urgente. Asiente con gravedad y vuelve a mirar a la cámara. "Acabamos de recibir otro video. Este es de las afueras de Santa Clarita, la ciudad al norte de Los Ángeles".

Las imágenes capturan el momento en que el tráfico se detuvo en los carriles en dirección sur de la Interestatal 5, mientras la pared de la cúpula oscura engullía Los Ángeles. El mismo sonido siniestro que se grabó anteriormente en las imágenes de la ciudad de Nueva York resuena a lo largo del video. Mientras tanto, en el carril norte de la autopista, los vehículos que brillan con una luz azul se han detenido. Los conductores y pasajeros salen de sus coches, paralizados al ver cómo la ciudad es engullida por la cúpula que avanza. Lo que comenzó como asombro se convierte rápidamente en horror. Cuando la cúpula alcanza el límite de la otra cúpula, parece que el fenómeno ha llegado a su fin. Apenas unos segundos después, todo lo que brilla con luz azul se desvanece, desapareciendo por completo y sin dejar rastro. Los espectadores se derrumban conmocionados al ver cómo las personas desaparecen ante sus ojos. El terror en los rostros de estas personas mientras se desvanecen provoca náuseas a muchos. A cierta distancia, los objetos azules permanecen intactos

7 y 8 de Noviembre de 2026

En los dos días siguientes, las naciones de todo el mundo se apresuraron a recuperarse. Dieciocho países fueron víctimas, lo que obligó a sus gobiernos a trasladar sus capitales y reorganizar sus estructuras de liderazgo. Mientras que algunos países pueden adaptarse a la crisis, otros se sumergen en el caos. En algunas regiones surgen vacíos de poder y un puñado de naciones se derrumban por completo.

Rusia se sumerge en el caos. Con Moscú desaparecida, las facciones rivales intentan tomar el control, lo que conduce a una guerra civil que desestabiliza todo el país.

Israel se enfrenta a un destino similar tras la desaparición de Jerusalén. Esto desencadena violentos enfrentamientos entre grupos religiosos, cada uno de los cuales intenta desesperadamente obtener poder e influencia sobre el país.

India perdió dos ciudades: Bombay y su capital, Nueva Delhi. La situación se complica aún más por las invasiones de los países vecinos, lo que intensifica la crisis de la nación.

Dos países dejan de existir por completo. Singapur y Corea del Sur han sido borrados del mapa. Con la desaparición de la capital de Corea del Sur, Seúl, Corea del Norte se aprovecha rápidamente de la situación. En cuestión de horas, las fuerzas norcoreanas aprovechan la oportunidad y lanzan una invasión contra Corea del Sur. El ejército surcoreano restante se rinde cinco horas después y la península se reúne bajo un solo nombre: Corea.

Los otros países que sufren golpes devastadores son las capitales de Japón, Malasia, Filipinas, Indonesia, China, Australia, que perdió Melbourne y Sídney, Francia, la capital de Italia junto con la Ciudad del Vaticano, Inglaterra, Brasil, México, las tres ciudades de Estados Unidos y Toronto, en Canadá. El número estimado de muertos es de alrededor de medio billón.

El 8 de noviembre, la capital de Estados Unidos se trasladó de nuevo a Filadelfia, Pensilvania. Muchos legisladores que anteriormente habían servido en el Congreso se reunieron allí, decididos a ayudar al país a recuperarse y reconstruir su marco legislativo. Durante la desaparición, ocho representantes se encontraban fuera de la ciudad. Estas personas tomaron inmediatamente el control y aceptaron la ayuda de cualquier antiguo miembro del Congreso. Sin embargo, varios de esos legisladores trataron de impulsar la agenda de su partido y aprovecharse de la situación. Dado que no fueron elegidos para representar al pueblo de su estado, los miembros supervivientes del Congreso deben redactar una ley para impedir que cualquiera elabore proyectos de ley que beneficien a un partido. No se promulgarán nuevas leyes hasta que los estados elijan a sus propios representantes. Por el momento, la Cámara de Diputados y el Senado se han fusionado en un solo órgano. El mayor problema al que se enfrentan es encontrar un nuevo presidente y vicepresidente.

Japón sufre las pérdidas más devastadoras tras la Desaparición. Tokio, con veintiséis millones de habitantes, es la ciudad que registra el mayor número de víctimas mortales de la catástrofe. La economía del país gira en gran medida en torno a su capital. En las primeras horas tras el suceso, el yen japonés pierde rápidamente su valor, ya que ya no hay nada que lo respalde. Durante las siguientes veinticuatro horas, las empresas de todo el país cierran definitivamente. Luego, tras pasar un día completo, la bolsa japonesa se desploma, lo que los lleva a una depresión. Los gobiernos locales hicieron todo lo posible por intervenir y detener la caída del mercado, pero sus esfuerzos fueron en vano. Afortunadamente, la ayuda llegó cuando Estados Unidos restableció su Congreso. Entre los primeros proyectos de ley aprobados se encuentra uno de ayuda, diseñado para socorrer a las naciones afectadas por la Desaparición. Con las economías en caos y las monedas en declive a nivel mundial, el dólar estadounidense se convierte rápidamente en la moneda más codiciada, ya que ofrece cierta estabilidad en un mundo incierto.

7 de Noviembre de 2026   0600 Hora Estándar de Japón

Las primeras luces del amanecer se deslizan por el cielo. Ayane permanece inmóvil, con la mirada inquieta entre la televisión y el teléfono que sostiene en la mano. Los presentadores de noticias informan solemnemente sobre las innumerables ciudades que han desaparecido. A medida que la mañana avanza hacia el mediodía, Ayane se enfrenta a la devastadora realidad de que su grupo de ídolos, los compañeros que tanto significaban para ella, han desaparecido. Abrumada por el dolor, se acurruca en el sofá, abrazando una almohada contra su pecho. Llora desconsoladamente hasta que el mundo se vuelve borroso y cae en un sueño inquieto.

Ayane sueña que está cantando sola en un vasto y vacío escenario de teatro. Un único foco la ilumina mientras se encuentra en el centro, vestida con un vaporoso vestido de color lila claro. No hay música, solo su voz llena el espacio mientras canta su parte de la canción. Cuando termina de cantar, pasa a bailar y se mueve con gracia por el escenario; cada paso y cada giro resuenan en el suelo de madera. Cuando termina su rutina, Ayane se queda de pie en silencio, contemplando el mar de asientos vacíos.

Una voz débil flota suavemente desde algún lugar en la distancia, apenas audible pero inconfundiblemente familiar. «Conviértete en lo que intentamos ser. No lo olvides nunca, Ayane». Las palabras resuenan en todo el teatro, permaneciendo en el aire antes de desvanecerse gradualmente.

Una luz blanca brillante aparece detrás de Ayane, y ella se despierta con el vívido recuerdo de su sueño aún presente en su mente. Aún acurrucada en el sofá, se da cuenta de que está apretando su teléfono contra su pecho. Cuando lo saca para verlo, se da cuenta de que ya son las seis de la tarde. Sus manos tiemblan mientras desbloquea el teléfono y se desplaza por sus contactos. Cuando encuentra el nombre de Kazuo, duda solo un instante antes de pulsar el botón de llamada. Kazuo responde rápidamente a su llamada, pero antes de que pueda decir nada, Ayane lo interrumpe. "Voy a seguir siendo una ídolo para poder ser la luz que el mundo necesita. Necesito tu ayuda, por favor".

Kazuo se queda en silencio un momento para ordenar sus pensamientos antes de responder. "Sabes que va a ser difícil, ¿verdad? Una fuerza desconocida ha devastado el mundo. ¿Estás segura de que no quieres tomarte un tiempo libre para ti?".

"Les debo a todos continuar este viaje", dice Ayane. "Aunque ellos ya no estén, yo sigo aquí. Quiero que el mundo lo sepa".

"Si eso es lo que realmente quieres, ¿quién soy yo para interponerme en tu camino?", pregunta Kazuo. "Te ayudaré, pero solo con una condición. Tienes que convertirte en la mejor ídolo que el mundo haya conocido jamás. Hazlo y te ayudaré".

Ayane se sienta en el sofá con determinación en sus ojos. "Lo haré. Puedes contar con ello".

8 de Noviembre de 2026   1400 Hora estándar de Japón

Kazuo llega a Nagoya al día siguiente, conduciendo un camión de mudanzas lleno de sus pertenencias. Tan pronto como entra en el camino de acceso a su nueva casa, saca su teléfono y llama a Ayane. "Acabo de llegar. Te enviaré la dirección por mensaje para que podamos hablar en persona".

Cuando Ayane llega, aparca en la calle y sale del coche, tomándose un momento para admirar la casa. "Es una casa bastante grande para una sola persona". Luego camina hacia la puerta y llama: "Kazuo, ¿estás ahí?".

"Hola, Ayane, pasa", dice Kazuo.

Ayane atraviesa la puerta principal y entra en la casa. La sala de estar es acogedora y se da cuenta de que Kazuo ha colocado cuidadosamente algunos adornos para alegrar el espacio. Tiene unos cuantos jarrones de colores en las estanterías y fotos enmarcadas en la pared.

Kazuo se da cuenta de que Ayane está parada en la entrada y se acerca rápidamente a ella, dándole una palmada amistosa en la espalda. "Me alegra ver que estás bien". Luego estira los brazos por encima de la cabeza y deja escapar un largo bostezo. "Lo siento, no he podido dormir nada".

"Yo estoy igual", dice Ayane, esbozando una sonrisa forzada. "Han pasado tantas cosas. No sé qué más hacer".

"Hay alguien aquí a quien quiero presentarte", dice Kazuo.

Desde la cocina, se oye la voz de una mujer. "¿Está aquí? Dame un segundo". Una mujer hermosa entra en la sala y se coloca junto a Kazuo. "Así que esta es la chica a la que vas a orientar". "Ayane, me gustaría presentarte a mi esposa, Miyu", dice Kazuo, rodeando con el brazo la cintura de la mujer.

Ayane se queda paralizada, con la boca ligeramente abierta por la sorpresa. "Nunca mencionaste que estabas casado con una de las cantantes más populares de nuestro tiempo".

"Oh, ¿entonces sabes quién es?", pregunta Kazuo.

"¿Quién no conoce a Miyu Yoshioka?", pregunta Ayane. "Solo ha sido votada como la mejor cantante de esta generación. He visto su rostro en todas las revistas de música populares".

"Hemos mantenido este matrimonio en secreto hasta hoy", dice Kazuo. "No queríamos que el éxito de uno arruinara la carrera del otro. Sin embargo, después de todo lo que ha pasado, decidimos que era hora de que todo el mundo lo supiera".

"Fue muy aterrador", dice Miyu, secándose las lágrimas. "Estábamos componiendo nuevas canciones cuando vimos una luz brillante fuera de nuestra ventana. Al principio, pensamos que eran los vecinos con nuevas luces, pero cuando abrimos las persianas, toda la ciudad estaba dentro de una cúpula azul. No sabíamos qué pensar. Tan rápido como apareció, desapareció".

"Estaba hablando con mi mamá y nos dimos cuenta de lo mismo. No le dimos más importancia", dice Ayane.

"Estaba hablando con mi mamá y también lo vimos. No le dimos mayor importancia", dice Ayane.

"Cuando llegó la mañana, vimos los daños que había dejado", dice Kazuo, soltando a Miyu. "Desde nuestra casa se veía claramente el agujero. Cuando me llamaste anoche, decidimos dejar Tokio y mudarnos aquí".

"¿Cómo pudiste comprar este lugar?", pregunta Ayane, inclinando la cabeza hacia un lado. "Nuestro dinero perdió todo su valor cuando la economía se derrumbó".

"Es la casa de un amigo. Les pregunté si podíamos mudarnos aquí por un tiempo", responde Kazuo. "Antes de todo esto, los dos teníamos una pequeña fortuna, pero ahora ya no queda nada. Pero da igual. Miramos hacia el futuro. Lo hecho, hecho".

"Entonces, ¿por qué?", pregunta Ayane. "¿Por qué mudarse aquí? No tenían por qué hacerlo".

"Lo perdimos todo, excepto nuestras pertenencias en Tokio", dice Kazuo, con una expresión de tristeza en el rostro.

Ayane se da cuenta de que Kazuo y Miyu han pasado toda su vida en Tokio. Crecieron, fueron al colegio, hicieron amigos y, finalmente, se conocieron. Tokio era más que un simple lugar para vivir; era el telón de fondo de todos sus recuerdos y la base de sus relaciones. Ahora que todo lo que una vez apreciaban y todas las personas que querían han desaparecido, Ayane entiende por qué no podían quedarse. La pérdida que sufrieron era personal. De repente, la realidad la golpea. Se da cuenta de que ella se encuentra en la misma situación. Aunque no creció en Tokio, hizo muchos amigos y acumuló recuerdos que ahora han desaparecido.

"Ayane, quiero que seas mi alumna", dice Kazuo. "Te enseñaré todo lo que sé. Quiero que tu carrera como ídolo prospere bajo mi tutela".

"Si no seré una molestia para ti ni para Miyu, entonces acepto", dice Ayane, secándose las lágrimas.

"Danos unas horas para instalarnos y podremos empezar a repasar algunas cosas que espero de ti", dice Kazuo.

Tres horas más tarde, después de instalarse en su nuevo hogar, Kazuo y Miyu se sientan juntos en su sofá, tomados de la mano y frente a una cámara. Se conectan en directo a las redes sociales para compartir una actualización sobre su situación y los recientes cambios en sus vidas.

"Buenas noches a todos", dice Kazuo. "Nos alegra que estén aquí. Tenemos algunos anuncios que hacer. En primer lugar, sí, Miyu y yo estamos casados. Llevamos tres años casados".

Los comentarios en la transmisión se llenan de reacciones de los espectadores ante la noticia. Algunos inundan el chat con emojis alegres para celebrar la noticia, mientras que otros responden con lágrimas y corazones rotos. Unos pocos envían palabras duras y emojis enfadados, expresando su frustración e incredulidad. El chat es una mezcla caótica de esperanza, tristeza y rabia.

"En segundo lugar, nos hemos mudado a Nagoya", dice Kazuo. "Podíamos ver el agujero desde nuestra casa en Tokio y eso nos ponía en un estado de ánimo horrible, lo que nos lleva a nuestro último anuncio". Llama a Ayane y ella se sienta en el sofá junto a Miyu. "He decidido aceptar a una alumna. Quizás la recuerden del grupo de ídolos Amazing Spring al que daba clases. Para todos los que no saben quién es, esta es Ayane Sugita".

Los comentarios vuelven a inundarse con gente que dice que pensaba que ella también había fallecido. Los mensajes de ánimo se mezclan con sinceras expresiones de dolor, y la pantalla se llena de emojis llorando y con corazones.

"Tanto Miyu como yo tenemos pensado enseñarle todo lo que sabemos", dice Kazuo. "La convertiremos en la mejor intérprete que Japón haya conocido jamás". Ambos inclinan elegantemente la cabeza hacia la cámara. «Esperamos que disfruten de lo que les vamos a ofrecer".

Tan pronto como termina la transmisión, la historia llama rápidamente la atención de los medios de comunicación japoneses. Sus teléfonos suenan casi de inmediato, con reporteros y productores ansiosos por presentar a Kazuo, Miyu y Ayane en televisión esa misma noche. Sin demora, los tres aceptan, listos para compartir su mensaje y sus planes con el mundo.

9 de Noviembre de 2026   0700 Hora estándar del Este.

El general Angus Turner y el general Robert Jackson se enfrentan en la parte trasera de un vehículo blindado. Miembros del Servicio Secreto los escoltan hacia el centro de Filadelfia mientras escuchan en silencio a un DJ en la radio.

"Buenos días, Filadelfia. Es lunes, día nueve, a las siete. El tiempo para hoy es despejado, con una máxima de cincuenta y ocho grados; la temperatura actual es de cuarenta y seis grados. Es hora de conocer los titulares más importantes para empezar el día. Nuestra noticia principal: durante la noche, Kun anunció que había provocado la Desaparición. Las Naciones Unidas celebraron otra reunión de emergencia y el ambiente se caldeó. Kun dejó claras sus demandas. Quiere que todos los gobiernos se arrodillen ante él y ha dado a los líderes mundiales una semana para decidir. Kun también confirmó que, efectivamente, los extraterrestres se pusieron en contacto con él a principios de este mes. Estados Unidos aún no ha emitido una respuesta oficial. Los representantes de la OTAN se han reunido y están en conversaciones para invocar el artículo cinco contra Kun en los próximos días. A continuación, el Congreso espera aprobar hoy un proyecto de ley para ayudar a los países afectados por la Desaparición. Muchas personas no están de acuerdo con ellos y afirman que el Congreso tiene la obligación de dar prioridad al pueblo estadounidense antes que a cualquier otra persona. Ayer, tras pasar horas deliberando sobre quiénes deberían ser el próximo presidente y vicepresidente, el Congreso llegó a un acuerdo a puerta cerrada sobre quién asumirá el cargo de comandante en jefe. El anuncio se hará a las diez, seguido de la toma de posesión a las doce. Por último, la preocupación pública por los seres azules sigue creciendo. Algunos quieren deshacerse de ellos, alegando que podrían provocar otra desaparición. El Congreso no ha abordado estas preocupaciones directamente, pero ha trasladado todo lo que brilla en azul a lugares seguros, lejos de la población, y lo está vigilando las veinticuatro horas del día. Y estas son las principales noticias de hoy. Estas han sido las noticias de las siete. El locutor termina el segmento de noticias y suena música de fondo.

Robert cruza los brazos y clava su aguda mirada en Angus. Una expresión de decepción se apodera de él al contemplar el caos que se está desarrollando. "¿Así que eso es lo que llaman a esta tragedia: la Desaparición?" A continuación, dirige su atención hacia Noel, el agente del servicio secreto sentado junto a Angus.

"Parece que eso es lo que la gente ha acuñado", dice Noel.

Robert deja escapar un largo y cansado suspiro. Ya está agotado y lo único que desea es que termine el día. "Apaga la radio. Estoy cansado de escuchar música después de estos acontecimientos que han conmocionado al mundo. Ha habido muertos".

"Robert, no hace falta que te muestres tan molesto. Esta ceremonia terminará pronto", dice Angus. "No estoy molesto. Solo estoy preocupado, eso es todo", responde Robert. "Estamos a unos 160 kilómetros de lo que solían ser Nueva York y Washington D. C., y los altos funcionarios se están reuniendo en un solo lugar para una ceremonia en la que se anunciará quiénes serán los próximos responsables. Sería mejor que esto se hiciera en un lugar oculto o a través de una cámara web".

"Tenemos que demostrar al mundo que seguimos siendo tan fuertes como siempre", dice Angus. "Tenemos que dejarnos ver para que nadie piense que somos débiles. La mejor manera de demostrar nuestro poder es estar a la vista de todos".

Robert se queda callado un momento. Se pasa las manos por las mejillas mientras ordena sus pensamientos. "Lo entiendo mejor que nadie. Sin embargo, nuestro enemigo tiene un arma que el mundo nunca ha visto antes, procedente de alienígenas cuya existencia acabamos de confirmar. Ni siquiera conocemos el verdadero alcance de esa arma. Puede que todos los lugares donde se han producido desastres nos hayan mostrado un agujero del mismo tamaño, pero podrían tener fácilmente un arma mucho más grande que esa y acabar con todos nosotros en un instante".

Todos permanecen en silencio durante el resto del trayecto, pensando en lo que ha dicho. Minutos más tarde, el vehículo se detiene frente al Ayuntamiento de Filadelfia, donde una multitud de periodistas y curiosos espera a que los generales salgan.

El conductor sale y abre rápidamente la puerta a los generales. Cuando pisan la acera, los periodistas los bombardean con un sinfín de preguntas sobre el futuro de Estados Unidos y las demandas de Kun. Los generales mantienen la concentración y caminan con confianza hacia el edificio. Una vez dentro, el personal de seguridad cierra las puertas tras ellos. Se dirigen a la sala de reuniones, donde les esperan los ocho miembros supervivientes del Congreso y otros oficiales militares. El debate que va a tener lugar se centrará en los últimos informes de inteligencia, la Desaparición y los anuncios críticos de las diez en punto.

Tras dos horas de intenso debate y análisis, la reunión llega a su fin. Un congresista se levanta de su asiento y se dirige al frente de la sala. "Para terminar, hay dos cosas más de las que queremos hablar. Para quienes no me conocen, soy Scott Hage, representante de esta hermosa ciudad, Filadelfia, y uno de los ocho miembros que se encontraba fuera de la ciudad cuando Washington D. C. desapareció. También tengo el honor de ser el presidente del Congreso. Un título que solo se utiliza en esta circunstancia especial". La sala se oscurece al apagarse las luces. Se enciende un proyector que muestra fotos borrosas del arma que causó la Desaparición. "No tenemos imágenes ni videos claros del arma utilizada. Sin embargo, anoche Kun tuvo la amabilidad de mostrarnos lo que utilizó. Así que tenemos bocetos de ella". Pasa a la siguiente diapositiva, que es un dibujo de la misma. "Es un objeto redondo, del tamaño aproximado de un coche normal, con unos cuatro metros y medio de diámetro. Esta arma tiene dos partes que, para simplificar, hemos denominado parte exterior y parte interior. La parte exterior es de color azul claro, mientras que la parte interior es de color azul oscuro. La parte interior tiene el tamaño de un neumático, aproximadamente un metro. Estas dos partes se expanden, formando la cúpula que vemos en todas las imágenes".

Robert interviene en la presentación, interrumpiendo a Scott. "¿De verdad se supone que debemos creer la información que proporcionó Kun? ¿Un objeto no más grande que un automóvil que arrasa ciudades enteras sin dejar rastro? Incluso las bombas nucleares dejan algún tipo de radiación".

"Sí, eso es exactamente lo que se supone que deben creer", dice Scott, mirando a Robert a los ojos. "Los expertos que analizan esta información me han asegurado que es muy probable que sea correcta. Si tuvieran alguna duda, no estarías viendo nada de esto". Vuelve a la presentación y continúa donde lo había dejado. "El área afectada abarca cien kilómetros o sesenta y dos millas. Después de examinar cuidadosamente lo que ha hecho esta arma, nuestro equipo ha decidido darle un nombre".

Todos se enderezan y se inclinan hacia delante en sus asientos, esperando la revelación.

"Han elegido el nombre de Deatomizador", dice Scott, pasando a la siguiente diapositiva. "Eligieron este nombre por sus propiedades. La "De" significa destrucción, mientras que "atomizador" describe su función. Lo que la gente llama la Desaparición es esa arma que separa por la fuerza cada átomo con el que entra en contacto. Por eso esta arma da la ilusión de que no queda nada; todo se descompone a nivel atómico. Los expertos también han hecho un video para que lo vean y lo entiendan mejor". Pone el video y narra lo que está sucediendo. "Así pues, esta arma tiene dos fases. La primera fase emite una luz azul exterior que cubre una zona. En esta etapa, parece que el arma pone en estado activo los átomos con los que entra en contacto. La segunda etapa emite una luz azul oscura interior que envuelve a la exterior. Creemos que la luz azul oscura separa los átomos, como se ve en el video de California en el que desaparecen las personas. No entendemos del todo por qué desaparecieron las personas que estaban fuera de la cúpula. Nuestra mejor conclusión es que la luz más oscura en realidad no se detiene en el borde de la otra luz azul. Simplemente no podemos ver que continúe. Nadie que estuviera a más de mil pies de la cúpula que brilla en azul desapareció. Probablemente se diseñó así para asegurarse de que, si alguien puede salir de la zona azul clara, le dé una sensación de seguridad y se detenga fuera solo para seguir siendo afectado y acabar con él. La siguiente parte del video consiste en averiguar por qué se extiende hacia el cielo casi treinta y tres millas, pero solo desciende hacia el suelo mil seiscientos pies. Desafortunadamente, no obtuvieron nada. No pudieron pensar en una respuesta definitiva. Dijeron que podría ser una característica añadida al arma, para que no destruyera el planeta en el que se utilizara. Treinta y tres millas bajo tierra sería catastrófico para nosotros. El fin de los tiempos". El video termina con el planeta envuelto en lava procedente del enorme agujero. Las luces se vuelven a encender. "¿Alguna pregunta?".

Angus es el único que levanta la mano. "¿Qué es ese silbido que se oye en todos los videos?".

"Aunque no aparece en la información, lo más probable es que sea el sonido de los átomos al separarse, pero no están muy seguros. ¿Alguna pregunta más?", pregunta Scott, mirando a su alrededor en la sala en silencio. "Bueno, si no hay más preguntas, la presentación ha terminado".

Mientras la sala se llena de conversaciones, Angus se inclina hacia Noel, que está sentado a su lado. "¿Sabes si James Peterson asistirá a la ceremonia?"

"Según mis datos, sí. Cree que va a hablar en la ceremonia", dice Noel.

"Bueno, ya veremos cómo le sale la jugada", dice Angus. Se levanta de la mesa y dirige su atención hacia Scott. "Ha sido una reunión muy productiva. Gracias, congresista Hage, por la presentación. Robert y yo nos vamos ahora para prepararnos para los eventos de hoy". Llega a la puerta, pero se detiene para volverse hacia Scott. "Una última cosa: ¿eres el mismo Hage que va a hacer los anuncios hoy?".

"Sí, daré una versión más breve de lo que he presentado aquí", dice Scott.

"Suena bien, Scott. Nos vemos entonces", dice Angus.

Angus y Robert salen del edificio y se adentran en la multitud que aún permanece allí. Al verlos, los periodistas gritan preguntas, esperando una respuesta. Sin embargo, ambos generales permanecen en silencio, optando por no responder a las llamadas mientras se dirigen a su vehículo blindado. Una vez dentro, se marchan rápidamente y se dirigen a un hotel donde Paula los espera.

Cuando el carro se detiene frente a Paula, ella se adelanta y les abre la puerta para que salgan. "Espero que la reunión informativa haya ido bien".

Angus sale primero y se detiene un momento para respirar profundamente el aire fresco de la mañana. "Ha sido muy esclarecedora. Ese tal Scott realmente sabe cómo montar un espectáculo".

Robert sale detrás de Angus, con expresión molesta. "Hubiera preferido una reunión informativa directa a un circo de showman. Le quita seriedad a la situación".

"Deberías habérselo dicho", dice Angus.

"Se lo dije", responde Robert. "Cuando saliste de la sala, le dije que no montara un espectáculo cuando diera su discurso ante el mundo".

"Si me siguen por aquí, caballeros, les llevaré a la sala de conferencias", dice Paula, señalando la entrada del hotel. "Tendrán un almuerzo temprano antes del gran evento. Hoy va a ser un día largo. Espero que estén preparados".

El hotel está en el corazón del centro de Filadelfia, cerca de donde se realizarán los anuncios. En el interior, el vestíbulo está lleno de personas de diversas ramas del ejército, cada una inmersa en sus propias conversaciones. A medida que avanzan, todos los que se cruzan con ellos los saludan. Angus no suele ser de los que dejan pasar las cortesías de la conversación, pero hoy tiene asuntos más importantes que atender. Lo único que puede hacer es pasar de largo y saludar con la mano. Al final del vestíbulo, llegan a unas puertas custodiadas por dos agentes del servicio secreto.

Paula saca su identificación de su bolso y la muestra a los agentes. "He traído al general Turner y al general Jackson para que se preparen para los eventos de hoy".

El agente apenas mira su identificación antes de abrir la puerta. "Los estábamos esperando a los tres. Por favor, pónganse cómodos. El almuerzo estará listo en breve".

Las puertas se abren a una gran sala de conferencias, llena de actividad. El espacio está repleto de gente, desde personal militar hasta políticos.

"La sala está muy animada", dice Angus.

Paula guarda su identificación en el bolso y se apresura a reunirse con Angus. "¿Qué otra cosa se podía esperar? Toda esta gente está aquí para saber quién será el próximo presidente".

Mientras Robert observa la sala, los sigue con expresión agria. "Volviendo a lo que decía antes. ¿Por qué necesitamos que todas estas personas importantes se reúnan en un solo lugar? ¿No hemos aprendido nada?".

Angus ignora las preocupaciones de Robert y sigue avanzando por la sala. "No podemos hacer nada al respecto. Busquemos un lugar para sentarnos y almorzar". Mientras observa a la multitud, sus ojos se posan en un rostro familiar. Con Paula y Robert siguiéndole, los conduce hacia una mesa cerca del centro de la sala. "Vaya, vaya, vaya. Si es Mitch. ¿Cuánto tiempo ha pasado?".

Un hombre de unos cincuenta años se da la vuelta al oír su nombre y se sorprende al ver a Angus. "Oh, Angus. Ha pasado demasiado tiempo. ¿Y Robert también está aquí? Por favor, siéntense". Intenta levantarse, pero Angus le hace un gesto con la mano para que se quede sentado.

Robert saca la silla que está junto a Mitch y se sienta en ella. "¿Así que también te trajeron aquí en avión?"

"Conduciendo, en realidad", dice Mitch. "Ha pasado mucho tiempo desde la última vez que hablamos. El ejército me trasladó a Pittsburgh el año pasado". Le da a Robert una firme palmada en el hombro. "Me enteré de lo de tu familia. Lo siento".

"No lo sientas" dice Robert, echando el hombro hacia adelante y apartando la mano de Mitch. "Es mi carga y yo tengo que lidiar con ella".

Angus y Paula se sientan frente a ellos. Mientras se acomodan, Mitch dirige su atención a Paula y le dedica una cálida sonrisa. "¿Quién es esta encantadora señorita?"

"Es Paula. Ya la conoces" dice Angus.

"¿Paula? Cuánto tiempo. Recuerdo cuando eras así de alta", dice Mitch, extendiendo la mano para mostrar la estatura que tenía ella hace años. "¿Así que ahora sigues a estos dos?"

"Yo también me alegro de verte, Mitch", dice Paula. "Como puedes ver, soy la asesora principal de estos dos".

"¿Qué has estado haciendo?", pregunta Angus.

"Además del ejército, he empezado un nuevo pasatiempo", dice Mitch. "¿Alguno de ustedes ha oído hablar del disc golf?"

"¿No es ese en el que se usa un frisbee y se intenta lanzarlo a una meta con una cadena?", pregunta Robert.

"Unos compañeros de trabajo me invitaron a jugar un día y desde entonces no he parado. Me ayuda mucho a relajarme, sobre todo con lo que ha pasado recientemente", dice Mitch. "¿Y ustedes dos? Por lo que he visto, ambos han estado ocupados con asuntos del Pentágono".

"Este mes ha sido una locura", dice Angus, dejando escapar un suspiro. "Primero con los avistamientos de extraterrestres y ahora con toda la desaparición. Hemos estado muy ocupados".

"He estado con Angus todo el tiempo. Siguiéndolo a todas partes", dice Robert.

Mitch se inclina hacia adelante, apoya los codos en la mesa y entrelaza los dedos. "Vamos al grano. ¿Saben quién va a ser el próximo presidente? He apostado con algunos compañeros que va a ser ese tal James Peterson".

"Esa es información clasificada", dice Robert. "Y aunque lo supiéramos, ¿por qué te lo diríamos?".

"Para ayudarme a ganar dinero, por supuesto", dice Mitch. Dirige su mirada a Paula. "Vamos. Tú deberías saberlo".

"Tu suposición es tan buena como la mía", dice Paula, cerrando los ojos y encogiéndose de hombros. "Apúntame también a James".

"Son muy reservados" dice Mitch, suspirando y sacudiendo la cabeza. "Supongo que esperaré a ver qué pasa".

Unos momentos después, llega el almuerzo. Angus y Robert comen sin demora. La conversación continúa mientras disfrutan de la comida. Una vez que Angus termina su último bocado, se limpia la boca con una servilleta y se pone de pie. "Ha sido un placer hablar contigo, Mitch. Mantengámonos en contacto".

Mitch deja caer el tenedor bruscamente y se pone de pie con la boca llena de comida. "Dame tu número".

El grupo saca sus teléfonos e intercambia información de contacto, asegurándose de que podrán comunicarse en el futuro.

"Nos vemos más tarde", dice Angus.

Mitch se despide con la mano mientras Paula guía a Angus y Robert fuera de la habitación. Los lleva por el pasillo hasta sus habitaciones para que se refresquen y, en veinte minutos, se dirigen al East Fairmount Park, donde tendrán lugar los anuncios y la ceremonia.

Una multitud enorme llena el parque para este momento histórico. Los medios de comunicación de todo el mundo están aquí, listos para lo que se va a decir. Entre bastidores, Scott espera a que lo acompañen. En la primera fila se sientan muchas personas importantes, entre las que destacan los dos generales y James Peterson. Están sentados uno al lado del otro.

James Peterson, un hombre alto y delgado de unos cuarenta años, se inclina hacia los generales con una sonrisa de confianza. Sus ojos penetrantes y su postura firme demuestran que es un hombre que siempre se sale con la suya. Nunca acepta un no por respuesta. "Como candidato que se enfrentó al presidente en las últimas elecciones, es justo que ocupe su lugar. Cuando me llamen a ese escenario y me convierta en presidente, lo primero que haré será aceptar la oferta de Kun. Seré muy duro con él por lo que ha hecho. Mi administración alcanzará rápidamente un acuerdo de paz. Recuerden mis palabras".

Angus y Robert se contienen y deciden no enemistarse con James. En cambio, responden con cautela, manteniendo un tono diplomático durante todo el intercambio. Discuten el cambiante panorama político y cómo los últimos días lo han transformado todo.

Cuando el reloj marca las diez, Scott sube al escenario y la multitud se calla. Se acerca al podio y comienza su presentación, empezando por los detalles sobre el Deatomizador. Cuando termina, pasa al siguiente anuncio: quiénes serán el próximo presidente y vicepresidente. El mundo contiene la respiración mientras Scott habla.

La mayoría espera que James Peterson asuma el cargo, ya que fue el candidato en las últimas elecciones. Algunos creen que el nuevo líder pertenecerá al mismo partido que el presidente anterior. Unos pocos apuestan por una figura neutral, sin afiliación a ningún partido, que ocupará el cargo hasta que se celebren nuevas elecciones.

Scott echa un último vistazo a sus notas antes de mirar a la multitud. "El Congreso tuvo que elegir un nuevo presidente y vicepresidente. No fue una tarea sencilla en absoluto. Después de mucho debate, hemos llegado a una conclusión sobre a quién elegimos. Sin más preámbulos, el próximo presidente y vicepresidente de los Estados Unidos son el general Angus Turner y el general Robert Jackson".

4

9 de noviembre de 2026   1025 hora estándar del Este

"El próximo presidente y vicepresidente de los Estados Unidos son el general Angus Turner y el general Robert Jackson", dice Scott mientras señala a los dos generales.

Antes de que Angus y Robert puedan levantarse, James se levanta de un salto de su silla. Su rostro se pone rojo intenso, furioso. "Esto es una mierda. Yo era el siguiente candidato a la presidencia. Yo merezco ser el próximo presidente, no estos dos".

Angus se levanta de su asiento con calma, mirando fijamente a James a los ojos y manteniéndose firme sin el más mínimo atisbo de vacilación. "Tienes que sentarte y ser consciente de dónde estás. Has dejado claro lo que quieres para los Estados Unidos, y eso no va a funcionar".

La frustración de James hierve a fuego lento mientras da un paso adelante, endereza los hombros y empuja su pecho contra Angus. "¿Quién te crees que eres? No voy a recibir lecciones de alguien que no merece ser presidente".

El Servicio Secreto se acerca al altercado, listo para intervenir, pero Angus levanta rápidamente la mano, indicándoles que se mantengan al margen y no se involucren todavía. Empuja a James con la misma fuerza, negándose a ceder o a dejar que James lo intimide. Ambos hombres se mantienen firmes, enzarzados en un tenso enfrentamiento que se intensifica con cada momento que pasa. "Bueno, creo que yo soy el próximo presidente de los Estados Unidos de América, mientras que tú no eres más que un bebé llorón que no puede salirse con la suya".

James llega a su límite y de repente lanza un puñetazo a Angus.

Robert se interpone entre ellos y agarra la muñeca de James antes de que le alcance el puñetazo. Mira a James con el ceño fruncido, desafiándole a que le golpee, pero esta vez a él. "¿Has olvidado dónde estás? Intentar atacar a Angus te hace quedar mal. Ese temperamento es la razón por la que no te eligieron para ser el próximo presidente.
Eres demasiado impulsivo para que te den la presidencia y el poder que conlleva. Tú mismo lo dijiste: te aliarías con nuestros enemigos para conseguir lo que quieres. Esto es más grande de lo que puedes imaginar. Veinte millones de estadounidenses han muerto y aquí estás, haciendo el ridículo". Mira directamente a los agentes del Servicio Secreto reunidos cerca. Con un rápido movimiento de cabeza, les indica que intervengan y saquen a James del parque. Respondiendo de inmediato, dos agentes agarran a James por los brazos y lo sacan a la fuerza del recinto.

James se resiste a los agentes mientras se lo llevan. Sus ojos permanecen fijos en Angus y Robert, llenos de ira y rebeldía. Negándose a marcharse en silencio, lanza una última frase. Su voz resuena por todo el recinto antes de desaparecer tras las cortinas. "Recuerden mis palabras, conseguiré lo que quiero aunque sea lo último que haga".

En la parte trasera del recinto, Brittney está de pie con un micrófono en la mano, informando sobre lo que está sucediendo. "Las cosas se estáncalentando mucho". Mira al camarógrafo y le indica que se acerque a la escena. "Frank, haz un primer plano de James antes de que se vaya".

Frank capta la última mirada de James antes de que desaparezca detrás de las cortinas. Una vez que la tensión finalmente se calma, enfoca la cámara de nuevo hacia Angus y Robert, que suben al escenario. Scott se hace a un lado para dejar espacio a Angus para que coja el micrófono.

Angus hace una pausa y deja que su mirada recorra la multitud antes de llevarse el micrófono a la boca. "Me gustaría dar las gracias al congresista Hage por su ayuda en el evento de hoy. Aunque solo lo he conocido hoy, ha sido de gran ayuda para hacer pública toda esta información. También me gustaría dar las gracias a todos los miembros del Congreso por depositar su confianza en mí y en Robert para liderar esta nación en estos momentos de necesidad. Hemos hablado de las medidas que Estados Unidos debe tomar y tomará contra Kun por sus crímenes contra la humanidad. También hemos hablado con la OTAN, y están de acuerdo con nuestro plan de futuro. Kun Wen es un líder recién nombrado sin experiencia previa en puestos de liderazgo. Llegó al poder gracias a la ocupación militar que inició hace casi un año. Es un loco que ha matado a todos los que se han interpuesto en su camino. Kun no ha respondido cuando hemos intentado ponernos en contacto con él. Un representante solo nos ha dicho que anunciemos públicamente nuestra lealtad a su país. No aceptamos sus demandas y no nos pondremos de su lado después de las atrocidades que han cometido. Nuestra información nos ha revelado que le encanta el poder y que lo obtendrá por cualquier medio a su alcance. Hoy, eso va a cambiar. Estados Unidos no se arrodillará ante él ni ante su régimen. Dicho esto, anunció hoy que declaramos la guerra contra él y su grupo por lo que han hecho. Aprenderán que no pueden intimidarnos para que nos sometamos a sus exigencias. Sus acciones tienen consecuencias, y aprenderán lo que sucede cuando se meten con el mundo. La guerra es el único camino que tenemos para mantener a nuestra gran nación libre de la tiranía.

La multitud estalla en vítores entusiastas mientras Angus y Robert se dirigen al backstage. Los periodistas gritan con entusiasmo preguntas para obtener reacciones inmediatas y más detalles, pero no obtienen respuesta. Angus y Robert se mantienen concentrados y optan por no decir más de lo necesario.

Brittney vuelve a ponerse delante de la cámara para asegurarse de que los espectadores estén bien informados de los próximos acontecimientos. "Con esto, vamos a hacer una pausa. Seguiremos informando a medida que se desarrollen los acontecimientos. Volveré aquí al mediodía para la toma de posesión. Volvemos al estudio".

La retransmisión termina, lo que lleva a Frank a bajar la cámara. Mira a Brittney, consciente de que tienen un breve descanso antes del próximo gran evento. "Tenemos una hora y media hasta que comience la toma de posesión. ¿Quieres comer temprano?".

"Sí, vamos. Puede que luego no tengamos oportunidad", dice Brittney.

Frank recoge el equipo de cámara y se lo entrega al equipo que los acompaña. Él y Brittney se dirigen a un restaurante cercano, sin querer alejarse demasiado del parque por si la comida tarda más de lo esperado.

Una vez en la cena, un mesero les muestra una mesa. Frank se acomoda, recostándose en su silla mientras intenta relajarse después de la tensa mañana. "¿Cómo te va en tu vida como reportera? Sé que para una novata puede ser bastante difícil adaptarse a este estilo de vida. Como sabes, yo solía ser reportero hasta que cambié mi enfoque hacia el manejo de la cámara. Así que no dudes en hacerme preguntas".

Brittney no responde de inmediato. En cambio, mira por la ventana, perdida en sus pensamientos. El peso de los recientes acontecimientos claramente la agobia. Después de una larga pausa, finalmente se vuelve hacia Frank. "Está bien, pero no me gusta cómo me empujaron a esta posición. Muchos de mis colegas tuvieron que morir".

"Sé cómo te sientes", dice Frank. "He trabajado con muchos de ellos durante los últimos treinta años. Todavía estoy tratando de asimilarlo. Va a pasar mucho tiempo antes de que pueda aceptar lo que ha pasado. Sé que comparto este sentimiento con la gran mayoría de los estadounidenses, o al menos eso es lo que quiero creer. Lo único que podemos hacer es informar de lo que pase. Se lo debemos mucho al pueblo estadounidense".

"No sé cómo sentirme", dice Brittney. "¿Crees que ir a la guerra es lo correcto? ¿No deberíamos centrarnos en ayudar a los afectados por esto?"

"No puedo tomar esa decisión", dice Frank. "Por un lado, veo que la guerra es necesaria; se han cobrado la vida de millones de personas. Eso no puede quedar impune. Pero si entramos en guerra, solo vamos a perder más vidas. Por otro lado, si no entramos en guerra, podríamos volver a encontrarnos en esta situación con aún más ciudades destruidas. Sin duda, es una situación complicada. Lo siento por Angus, que tiene que tomar esa decisión".

"Quizás lo mejor sea cumplir con las exigencias de Kun", dice Brittney.

"¿Y vivir bajo su yugo?", pregunta Frank. "Creo que paso".

"Tenemos mucha gente brillante en todo el mundo", dice Brittney. "Apuesto a que podríamos llegar a algún tipo de acuerdo que beneficiaría a Estados Unidos a largo plazo".

"Escucha, Brittney. Eres joven. No conoces los horrores del mundo como yo», dice Frank. "He estado en Oriente Medio y he visto de primera mano lo que la guerra le hace a la gente. El hecho de que una de las partes ceda no significa que los opresores vayan a detenerse. Te quitarán todos tus derechos. No serás nada para ellos. Somos periodistas. Somos los primeros en morir en esa situación. Si no les gusta un grupo de personas por cualquier motivo, ¿qué impedirá que Kun vuelva a lanzar esas armas? Alguien tiene que plantarle cara y decirle que ya es suficiente. No podemos rendirnos ante él. Tenemos que luchar contra él de cualquier forma posible".

"¿Incluso si eso significa que podríamos ahorrarnos otro día de sufrimiento?", pregunta Brittney.

"La vida solo será sufrimiento bajo su mandato", dice Frank.

Después de hablar un rato más, llega su comida. Comen despacio, dejándose llevar por la conversación. Cuando terminan, se apresuran a volver al parque, llegando con veinte minutos de antelación al inicio de la toma de posesión.

Al mediodía, comienza la ceremonia de toma de posesión de Angus y Robert. Ambos hombres se colocan ante la multitud y, siguiendo la tradición, colocan las manos sobre una Biblia y prestan juramento. Una vez completada la toma de posesión, se convierten oficialmente en los líderes de los Estados Unidos.

Angus se acerca al micrófono con una carpeta en las manos. La levanta en alto para que la gente la vea. La multitud se calla mientras espera con expectación sus palabras. Angus se yergue mientras se prepara para dirigirse a la nación por primera vez como su líder. "En esta carpeta se encuentra la declaración de guerra que el Congreso me ha dado para que la firme. Fue una decisión difícil llegar a esta conclusión en tan poco tiempo, pero creemos que es la elección correcta. En circunstancias normales, el Congreso habría sido el único en debatir esta declaración. Sin embargo, dado que no existen normas establecidas que permitan a los miembros no electos del Congreso declarar la guerra, reunimos a todos los partidos del gobierno para hablar sobre esta declaración". Abre la carpeta y saca el documento. "Durante los últimos días, no sabíamos a quién culpar por esta atrocidad, así que estuvimos debatiendo qué medidas tomaríamos cuando lo descubriéramos. Ahora que sabemos quién es el responsable, tomaremos medidas". Se mete la mano en el bolsillo de su traje y saca un bolígrafo, que sostiene en alto para que todos lo vean. "Con este bolígrafo, firmaré mi nombre para oficializar esta declaración de guerra". Traen un podio y Angus coloca el documento sobre él. La multitud observa con intensidad, conteniendo la respiración hasta que termina de firmarlo. Vuelve a guardar el bolígrafo en el bolsillo y levanta el documento para que todos lo vean. "Pondré fin a todo este sufrimiento innecesario y devolveré la justicia al mundo".

Durante el resto del día, Angus y Robert se reúnen con los líderes de la ONU y la OTAN con la esperanza de que otros países compartan su espíritu de lucha. A pesar de sus sinceros intentos, pronto se sienten decepcionados. Uno tras otro, los representantes de otros países le dan la espalda a Estados Unidos. No comparten los mismos objetivos que Estados Unidos, lo que les deja solos en esta guerra.

10 de Noviembre de 2026   1330 Hora estándar del Este

"¿Que quieres decir con que no van a ayudar?", pregunta Robert. Su voz resuena en la habitación mientras habla con urgencia por teléfono, tratando de conseguir ayuda de un líder extranjero.

"Creemos que nos conviene más ponernos del lado de Kun. Lo siento". La llamada termina abruptamente, dejando a Robert furioso.

"¿Cómo se atreven a no ponerse de nuestro lado?", dice Robert, lanzando el teléfono al suelo. "Ya son ochenta países. Si perdieran una ciudad, estarían llorando y suplicando nuestra ayuda".

"Nunca te había visto tan enojado", dice Angus, sentado en su escritorio, a solo unos metros de Robert. "Nunca me había visto en una situación en la que las ciudades simplemente desaparecieran, pero aquí estamos", dice Robert con un poco de sarcasmo. Se recuesta en su silla y exhala con fuerza. "Ya ha pasado un día entero desde que tomamos esta posición y siento que no hemos avanzado nada. ¿Y qué pasa si declaramos la guerra? No significa nada si nadie nos respalda. ¿Sabes qué? Ha sido un día largo. Voy a almorzar".

Cuando llega a la puerta, Angus lo observa atentamente con preocupación en los ojos. "Sé que estás estresado, Robert. Pero no vuelvas a fumar".

"Lo dejé hace más de veinte años", dice Robert, apoyando la frente contra la puerta. "No pienso volver a empezar. Mi esposa me mataría si se enterara". Con esas palabras, abre la puerta y sale de la habitación con la cabeza bien alta.

Frente al lugar donde estaba sentado Robert, los dos principales asesores de Angus, Paula y Xavier, se concentran intensamente en su papeleo.

"No tenemos otra opción que ponernos en contacto con los medios de comunicación y darles a conocer esta terrible información. La gente tiene que saberlo", dice Xavier.

"Muy bien, Paula, llama a quien quieras y dales la terrible noticia", dice Angus.

"Ahora mismo me pongo con ello, señor", dice Paula, sacando su teléfono para hacer la llamada.

Angus se recuesta en su silla y mira por la ventana mientras la cálida luz del sol le da en la cara. "Necesitamos desesperadamente un milagro".

Mientras tanto, Robert da un breve paseo hasta el comedor, con la mente aún ocupada por los pensamientos sobre los interminables rechazos. Al llegar a la entrada, un miembro del personal lo saluda. "Ah, señor Jackson. Me empezaba a preguntar cuándo iban a almorzar usted y el señor Turner". El empleado mira detrás de Robert. "Sin embargo, no veo al señor Turner".

"Está ocupado con el trabajo. Solo estoy yo", dice Robert.

"Esta bien", dice el empleado. "Siéntase como en casa, le traeremos el almuerzo en breve".

Robert asiente con la cabeza y se sienta en el centro de la habitación, eligiendo un lugar cómodo para relajarse. La luz del sol se filtra a través de las ventanas, dando a la habitación una sensación de calidez. En la pared hay un televisor colgado que muestra las noticias, con Brittney como reportera. "Última hora: otro país se ha puesto del lado de Kun".

Robert pone los ojos en blanco y deja de prestar atención al televisor. Cierra los ojos y se sumerge en sus pensamientos. ¿Qué pasará con Estados Unidos si nadie se pone de nuestro lado? ¿Podemos permitirnos esta guerra? ¿Qué tipo de armas le han dado a Kun? Abre los ojos y se sacude esa idea. No hay necesidad de jugar a los "qué pasaría si...". Tengo que encontrar respuestas definitivas a este problema.

La empleada se acerca a Robert con su almuerzo en una bandeja. Lo deja con cuidado delante de él y le dedica una cálida sonrisa. "Espero que disfrutes la comida, cariño".

"Se ve delicioso", dice Robert.

El plato principal incluye una cazuela de carne y papas, acompañada de brócoli al vapor y una porción de ensalada de col. De postre, disfruta de una rebanada de pastel de calabaza. Aunque normalmente opta por agua con sus comidas, hoy ha elegido una Coca-Cola. Robert es un hombre de grandes modales. Prefiere ponerse la servilleta en el regazo, no apoyar los codos en la mesa y inclinarse sobre ella mientras come para que no se le caiga nada sobre su bonita ropa. A mitad de la comida, da un sorbo a su Coca-Cola y vuelve a sintonizar la televisión.

De repente, Britney abre los ojos con sorpresa. "Acabamos de recibir más noticias de última hora".

"Ya estamos otra vez", dice Robert, poniendo los ojos en blanco.

"Japón acaba de confirmar que se pondrá del lado de Estados Unidos", dice Brittney.

Robert se atraganta con su Coca-Cola al escuchar la impactante noticia. Deja el refresco, salta de su asiento y corre de vuelta a la oficina, deteniéndose en la puerta. "¿Es cierto lo que acabo de oír? ¿Japón realmente se pone de nuestro lado?".

"Acabo de hablar por teléfono con su representante", dice Xavier. "Dicen que hemos sido de gran ayuda para su país y que quieren ayudarnos en todo lo que puedan".

Robert lanza un fuerte grito de alegría y levanta los puños al aire. Su emoción resuena por todo el edificio. "¡Sí, claro! Por fin tenemos a alguien que lucha de nuestro lado".

"No te emociones demasiado todavía, Robert", dice Angus. "Solo es un país. Necesitamos más si queremos tener alguna posibilidad contra Kun".

"Tienes razón, pero considero que el apoyo de Japón es un gran avance. Necesitamos que todos los medios de comunicación cubran esto", dice Robert.

Paula escribe rápidamente un mensaje en su teléfono; sus dedos se mueven rápidamente por la pantalla mientras redacta una actualización sobre los últimos acontecimientos. Una vez enviado el mensaje, mira a Angus. "Acabo de enviar un mensaje sobre esto a nuestras cuentas en las redes sociales. Estoy de acuerdo con Robert. No podemos dejar que este momento pierda impulso"

"Haz lo que puedas para mantener las conversaciones. Yo tampoco quiero que esto se apague", dice Angus.

A lo largo del día, Paula y Xavier trabajan sin descanso para garantizar que la noticia de la alianza de Japón llegue a todos los rincones de Internet y a los principales medios de comunicación. Sus esfuerzos dan pronto sus frutos. La confirmación del apoyo de Japón actúa como catalizador, lo que lleva a otras naciones a reconsiderar su postura sobre el conflicto. Canadá es el siguiente país en dar un paso adelante y anunciar su decisión de unirse a Estados Unidos y Japón. El impulso continúa cuando varios países europeos cambian de postura. Uno tras otro, estos países declaran su apoyo, inclinando gradualmente la balanza de las alianzas globales. Cabe destacar que Rusia permanece en silencio, incapaz de responder a la invitación debido a su guerra civil en curso. Mientras tanto, varios otros países decidieron no unirse, alegando razones como conflictos internos, temor a las repercusiones o una falta general de preocupación por las acciones de Kun. A las nueve de la noche, los países aliados declaran oficialmente la guerra a Kun, lo que supone una escalada significativa del conflicto y consolida la respuesta internacional.

11 de Noviembre de 2026   0600 hora estándar de Japón

Ayane se acerca a una casa abandonada y en ruinas situada en medio de la nada. La pintura del exterior está descolorida y descascarillada. Todas las ventanas están rotas, dejando al descubierto el interior completamente a oscuras. El sol poniente proyecta su inquietante luz anaranjada sobre la escena.

Ayane se acerca a la puerta y llama tres veces, con los nudillos resonando contra la madera desgastada. Se oyen voces débiles al otro lado, pero sus palabras son demasiado confusas para entenderlas. Sin desanimarse, llama tres veces más con más fuerza.

Se oyen voces desde dentro. "Quiere que la dejemos entrar".

"No podemos dejarla entrar".

La puerta se abre lentamente, revelando el interior brillantemente iluminado. Entra sin dudarlo. Todo dentro de la casa es blanco: las paredes, los pisos, el techo y los muebles. Una vez dentro, la puerta se cierra de golpe detrás de ella y se bloquea abruptamente. Susurros ininteligibles llenan el aire, rodeándola y aumentando su sensación de inquietud. Atraída por el sonido de la televisión, Ayane se dirige con cautela hacia la sala de estar. La habitación está oscura, excepto por el resplandor que proviene de la televisión. En la pantalla, Amazing Spring está actuando, pero se da cuenta de que ella no aparece en el elenco. Entre ella y el televisor, se ve parcialmente la silueta de una figura que se asoma desde detrás del sofá. Ayane siente un escalofrío recorrer su cuerpo mientras se acerca; su corazón se acelera con cada paso. Cuando rodea el sofá y finalmente ve el rostro de la figura, una ola de horror la invade, dejándola con un nudo en el estómago.

Sentada en el sofá está Sachi. Su postura es rígida y antinatural, ya que todos los músculos de su cuerpo se contorsionan más allá de lo confortable. La sangre le corre por la cara, dejando líneas irregulares en su piel desgarrada, y su ropa está completamente desordenada, saturada de manchas de color rojo oscuro. La gravedad de sus heridas y el estado caótico de su apariencia la hacen parecer apenas humana. Sin previo aviso, Sachi gira repentinamente la cabeza para mirar a Ayane. "Se suponía que ibas a morir con nosotros, Ayane. ¿Por qué sigues viva?". Salta al sofá y le grita a Ayane.

Abrumada por el terror y la horrible visión que tiene ante ella, Ayane lanza un grito desgarrador. La intensidad del momento le hace doblar las piernas y caer al suelo. Su cuerpo tiembla incontrolablemente y las lágrimas le recorren el rostro mientras intenta procesar lo que está viendo.

Sachi salta hacia ella, la agarra por el cuello y la levanta del suelo. "Respóndeme, Ayane. No te atrevas a olvidar".

De entre las sombras surgen otras figuras. Los miembros restantes de Amazing Spring entran en la habitación. Sus rostros están inexpresivos y sus ojos vacíos, desprovistos de cualquier calidez o reconocimiento. A medida que se acercan, cantan y gritan a Ayane. Ayane se tapa desesperadamente los oídos para bloquear el ruido.

De repente, una voz atraviesa el caos. "Despierta, Ayane". Una luz blanca cegadora envuelve a Ayane. Cuando abre los ojos y recupera el sentido, la voz persiste con preocupación. "Ayane, ¿puedes oírme? ¿Vuelven las pesadillas?".

Ayane yace inmóvil en la cama, con la mente nublada y la respiración superficial. Examina su entorno y poco a poco se da cuenta de que está en una habitación de hotel. Miyu está de pie junto a ella con expresión preocupada. "Empezaste a gritar, así que vine aquí para asegurarme de que estabas bien".

Las lágrimas brotan de los ojos de Ayane mientras el terror de la pesadilla sigue atormentándola. Duda un momento antes de acercarse a Miyu en busca de consuelo. Ayane rodea a Miyu con los brazos, buscando consuelo en la presencia tranquilizadora de su amiga. Miyu responde con delicadeza, abrazando a Ayane y acariciándole suavemente la espalda para calmar sus nervios.

Tras unos momentos de silencio, Ayane se separa lentamente. Se seca las lágrimas de los ojos, todavía visiblemente conmocionada e incapaz de calmarse lo suficiente como para intentar volver a dormir. "¿Quieres ir a comer algo?"

"Claro", dice Miyu, sonriendo a Ayane. "Vi un restaurante al lado cuando llegamos anoche. Veamos si está abierto tan temprano".

Después de recoger sus pertenencias, Ayane y Miyu salen del hotel, listas para comenzar su día en Kioto, la nueva capital de Japón. Están aquí para una entrevista que promocionará a Ayane y generará expectación por un próximo concierto programado para el día 16. La ciudad está tranquila, lo que les permite disfrutar de un momento de paz mientras se dirigen al restaurante cercano.

Al entrar en el local, Ayane y Miyu se fijan inmediatamente en un televisor que emite noticias sobre el reciente acuerdo de Japón de unirse a Estados Unidos en la guerra. El reportaje queda en segundo plano mientras el anfitrión las saluda y las acompaña a sus asientos.

Miyu quiere que Ayane deje de pensar en lo que ha pasado, así que habla de lo primero que se le viene a la mente. "Cuando era pequeña, tenía muchas oportunidades ante mí, pero ninguna de ellas me llevó a ser la cantante que soy hoy".

Ayane inclina la cabeza hacia un lado y mira a Miyu con expresión de desconcierto. "¿Soy yo la persona adecuada con quien hablar de esto?".

"Eres la única persona con quien debería hablar de esto", dice Miyu. "En fin, siempre me decían qué hacer y cómo actuar. La única formación musical que recibí fue tocar el piano".

"¿Así que eras una niña rica y mimada?", pregunta Ayane.

"Se podría decir así", dice Miyu, riéndose. "No fue hasta que llegué al instituto cuando salió a relucir mi verdadera personalidad. Por capricho, me uní al club de música, y el resto es historia. Me convertí en la cantante más famosa de Japón. He conocido a mucha gente diferente a lo largo del camino. Algunas buenas y otras no tan buenas, pero nunca dejé que eso me desanimara a seguir adelante". Se inclina sobre la mesa y coloca sus manos suavemente sobre las de Ayane. "Sé que estas pesadillas pueden ser duras. Mentiría si dijera que nunca he tenido que lidiar con eso. Si alguna vez necesitas ayuda, aquí estoy para hablar contigo".

"Gracias, Miyu", dice Ayane, tomando una servilleta y secándose las lágrimas que se forman en sus ojos.

"Déjame contarte una historia sobre otra cantante que conozco. ¿Sabes quién es Yuko Kusumoto?", pregunta Miyu. Ayane arruga la servilleta y asiente con la cabeza. "Es tan famosa como tú".

Durante un instante, el silencio llena el espacio entre ellas. La calidez de la cafetería se desvanece en el fondo, dejando solo el leve murmullo de las conversaciones lejanas. Miyu baja la mirada y recorre el borde de su taza con los dedos mientras recupera la compostura. Cuando finalmente levanta la vista, su expresión se ha suavizado mientras narra su historia. "Hace casi seis años, estaba grabando mi segundo álbum de estudio. Kazuo era el productor musical. Pero en ese momento, apenas nos conocíamos, así que aún no estábamos juntos". En el estudio de grabación, Miyu se encuentra frente al micrófono, concentrada en su interpretación. Al otro lado del cristal, Kazuo la observa, supervisando el progreso de la sesión. Su voz se escucha a través de los altavoces del estudio cuando Miyu termina la última toma. "Muy bien, Miyu. Con eso debería bastar para terminar las voces de tu álbum".

Miyu se gira hacia el cristal y se inclina ante Kazuo. "Gracias por tu ayuda".

"Ven a este lado", dice Kazuo. "Hay alguien aquí a quien me gustaría que conocieras".

La voz de Miyu se suaviza mientras su mirada se desvía hacia Ayane. Exhala un suspiro silencioso y ordena sus pensamientos antes de continuar con su historia. "En ese momento, no se me ocurría por qué Kazuo querría que conociera a alguien. Mi primer álbum no había tenido mucho éxito en ventas, pero, a pesar de ello, fui con una sonrisa en la cara".

"Me gustaría presentarte a Yuko Kusumoto", dice Kazuo. "He tenido la suerte de trabajar con ella y pensé que sería un buen momento para que se conocieran y, con suerte, establecieran una conexión el uno con el otro".

"Es un placer conocerte", dice Yuko. "Lo que Kazuo no te ha dicho es que quería conocerte desde que me contó que trabajaban juntos. Soy una gran admiradora suya".

Miyu recupera la concentración y vuelve a mirar a Ayane. "Me sorprendió mucho que una cantante que yo creía más famosa que yo quisiera conocerme. Desde entonces, las dos nos hicimos muy amigas. Nos apoyamos mutuamente cuando las cosas se ponen difíciles".

"¿Has podido ponerte en contacto con ella?", pregunta Ayane.

Miyu niega con la cabeza y su voz tiembla por la emoción. "No he podido ponerme en contacto con ninguno de mis amigos. Creo que ya es demasiado tarde". La constatación le pesa y baja la cabeza. Un sollozo silencioso se le escapa mientras lucha por contener las lágrimas.

Ayane se da cuenta de que Miyu está luchando contra su propio dolor. Se inclina sobre la mesa, imitando el gesto reconfortante que Miyu hizo antes. "Si necesitas hablar con alguien sobre lo que has pasado, puedes contármelo".

Miyu levanta la mirada. Sus ojos brillan con lágrimas contenidas. Las emociones amenazan con abrumarla, pero respira hondo y esboza una suave sonrisa a Ayane. "Gracias. Haré precisamente eso".

Pasa una hora mientras Miyu encuentra consuelo en Ayane. Miyu recibe un mensaje de Kazuo preguntándole dónde está. Ella responde rápidamente, informándole de que ella y Ayane están desayunando en la calle y le invita a unirse a ellas. Durante el resto de la mañana, se preparan para una entrevista programada para las doce en punto.

Llegan al estudio y la entrevista comienza con Kazuo mostrando con orgullo a Ayane y respondiendo a varias preguntas. A medida que la entrevista llega a su fin, Kazuo comparte una importante novedad sobre el próximo concierto. "Como he dicho antes, el concierto se celebrará el día catorce. Hemos recibido el visto bueno para actuar en Okinawa. Junto con Ayane y mi esposa, por ahora habrá treinta y cinco actuaciones. Ayer conseguí que mucha gente se sumara a este concierto. Espero que se unan más personas y grupos. En este momento, estoy hablando con el gobierno local sobre la celebración de un festival en toda la isla. El sábado, Miyu, Ayane y yo viajaremos a Okinawa en un crucero, y ellas interpretarán canciones a bordo. El domingo, subirán al escenario en Okinawa. Este evento también se retransmitirá por televisión para que todo el mundo pueda verlo".

La entrevista termina y la emoción se extiende rápidamente por las redes sociales. La gente publica mensajes de apoyo y entusiasmo por el próximo evento.

11 de noviembre de 2026　　　　　2055 hora estándar del Este

"Todos los miembros actuales del ejército han sido movilizados", dice Robert, informando a Angus sobre sus aliados. "Solo ha pasado un día y todos están listos. Acabamos de recibir noticias de nuestros aliados de que ellos también tienen a sus ejércitos en estado de alerta. ¿Sabemos algo de Kun?"

"Nada. Sigue manteniéndonos a distancia", dice Angus.

"Deberíamos atacarlo antes de que nos ataque de nuevo", dice Robert.

"Aún no sabemos qué armas tienen. La que conocemos puede borrar del mapa una ciudad entera", dice Angus.

"Razón de más para atacar", dice Robert. "No sabemos qué les están proporcionando estos alienígenas y, francamente, no quiero esperar para averiguarlo".

Angus cruza los brazos. Mantiene un tono severo, sin vacilar en su decisión. "Es mejor que nos preparemos mejor y encontremos la mejor manera de combatirlos".

"Terco como siempre", dice Robert, poniendo los ojos en blanco. "¿Y si estamos perdiendo el tiempo y esta es nuestra única oportunidad de atacarlos? Quiero..."

Xavier irrumpe en la habitación, interrumpiendo a Robert. "Los dos tienen que ir a la sala de crisis ahora mismo. Rusia acaba de lanzar misiles nucleares contra los territorios de Kun".

Angus se levanta de inmediato y agarra su abrigo mientras se dirige a la puerta. "Continuaremos esta conversación más tarde". Sin dudarlo, se apresuran por el pasillo hacia la sala de crisis. Al entrar en la sala, un grupo de altos mandos militares y asesores se han reunido para abordar la crisis actual. Angus no pierde tiempo y da un paso al frente. "¿Cuál es la situación?".

Paula muestra una transmisión satelital en vivo sobre Rusia. "Aproximadamente a las 8:54, Rusia lanzó dieciocho ojivas nucleares. Su objetivo es, sin duda, la capital de Vietnam. Por lo que sabemos, cada arma nuclear fue lanzada desde diferentes lugares de Rusia. Nuestra inteligencia pensaba que estos lugares estaban abandonados desde la caída de la Unión Soviética".

En la televisión, un mapa detallado muestra la ubicación actual de las armas nucleares a medida que avanzan hacia Vietnam.

"Pensé que Rusia estaba sumida en el caos", dice Angus, analizando atentamente la televisión. "¿Cómo han podido lanzar tantas armas nucleares sin que nos diéramos cuenta?".

"No lo sabemos" responde Paula. "Solo puedo especular que se debe a un plan que pusieron en marcha hace mucho tiempo por si Moscú caía. Me refiero a mucho antes del colapso de la Unión Soviética". "Esto va a provocar la destrucción mutua de ambos" dice Robert con la boca abierta y los ojos llenos de terror. "Que Dios se apiade de nuestras almas".

A los pocos minutos del lanzamiento nuclear, Kun moviliza sus fuerzas militares. Se lanzan misiles para interceptar las ojivas entrantes. Al mismo tiempo, aviones de combate se apresuran a entrar en el espacio aéreo chino para confirmar la ubicación exacta de cada arma nuclear. Después de veinte minutos, se localizan las dieciocho ojivas. Las armas nucleares cruzarán Vietnam en cuestión de minutos, sumiendo al país en el caos. En respuesta, el gobierno de Kun ordena urgentemente a sus ciudadanos que se refugien en sus casas. Mientras tanto, cuatro de las ojivas son interceptadas sobre Rusia y otras seis sobre China.

Xavier muestra en la pantalla las trayectorias de las ojivas restantes. "Acabamos de calcular hacia dónde se dirigen las ocho restantes. Todas van hacia Hanói". "¿Qué probabilidades hay de que alcancen su objetivo?", pregunta Angus.

"Menos del uno por ciento", responde Xavier.

A medida que la crisis se intensifica, los medios de comunicación de todo el mundo retransmiten los acontecimientos en tiempo real. El mundo entero está sumido en la incertidumbre, con millones de personas observando con ansiedad. Los líderes mundiales se preparan para el peor desenlace. Pasan otros veinte minutos y la cuenta atrás para la catástrofe llega a su fin. Las bombas nucleares están ahora a solo dos minutos de alcanzar Hanói. El ejército de Kun lanza misiles frenéticamente para interceptarlas. Muchos de los misiles fallan su objetivo. A solo un minuto del impacto, quedan tres bombas nucleares. Todo el mundo está en vilo esperando que caiga una bomba. Dos son derribadas y solo queda una. Se lanza un último misil, pero falla la bomba por unos centímetros. La última bomba cae sobre Hanói y explota.

La sala de situación se ha quedado en silencio mientras todos observan la imagen satelital de una nube en forma de hongo que se forma sobre Hanoi. Los medios de comunicación están difundiendo la noticia de lo que acaba de ocurrir. El ejército de Kun ha cesado todas las operaciones ofensivas. No hay más lanzamientos de misiles ni despliegue de armamento desconocido. Parece que se ha evitado la guerra.

"Quiero un informe completo de los daños. El reinado de Kun ha terminado", dice Angus.

"Una vez que la nube en forma de hongo se disipe, podremos ver los daños causados", dice Paula.

"¿Cómo está respondiendo el ejército de Kun a esto?", pregunta Angus.

"No han respondido. No están tomando represalias", dice Paula.

"Qué bueno oírlo", dice Angus. "Manténganme informado si llega alguna nueva información".

Entonces, sin previo aviso, la nube en forma de hongo desaparece al instante, revelando un campo de fuerza que protege a Hanói de una muerte segura mientras el enorme objeto flota amenazadoramente sobre la ciudad.

"¿Es esa la nave extraterrestre?", pregunta Angus.

"Sí, señor", responde Paula. "No puedo creer que haya impedido que una bomba nuclear destruyera la ciudad".

Robert se queda desconcertado. Entonces, golpea la mesa con la mano con una fuerza que resuena en toda la sala. "Así que ese es otro de sus trucos. Nunca hubiera pensado que vería el día en que las bombas nucleares no tuvieran ningún efecto".

Momentos después, el ejército de Kun toma represalias contra Rusia. Durante las siguientes cinco horas, bombardean todas las ciudades importantes, causando la muerte de millones de personas. Los devastadores horrores se retransmiten en todo el mundo, sin dejar lugar a dudas sobre el aterrador poder de Kun. Al amanecer, Rusia deja de existir, lo que permite a Kun apoderarse del territorio.

Tras ser testigos del poder que ahora ostenta Kun, todos los países europeos ceden a sus demandas, dejando a Estados Unidos, Canadá y Japón solos en la guerra contra Kun.

5

14 de Noviembre de 2026   0600 hora estándar de Japón

Ayane se abre paso por los pasillos tenuemente iluminados del crucero, dirigiéndose hacia su habitación. La mayoría de las luces están apagadas, excepto las del piso, que iluminan su camino. El barco está casi en silencio; el único sonido proviene de las olas que rompen contra el casco. Después de lo que parece un largo paseo, llega a su habitación. Busca a tientas las llaves, luchando por encontrar la cerradura en la oscuridad. Tras varios intentos, finalmente abre la puerta y entra.

La habitación está completamente a oscuras. Ayane recorre la pared con la mano, buscando el interruptor de la luz. Cuando lo acciona, las luces permanecen apagadas. Lo acciona varias veces, pero no ocurre nada. Tras varios intentos más, se rinde y busca en su bolso para sacar su teléfono, solo para darse cuenta de que no está allí. Mientras sigue buscando en su bolso, una fuerte ráfaga de viento barre la habitación. Se gira y ve que la puerta del balcón está completamente abierta, dejando que la pálida luz de la luna ilumine el espacio. Frente a ella se encuentra una silueta oscura. Durante un momento, permanece inmóvil. Entonces, sin previo aviso, se abalanza sobre ella. Las rodillas de Ayane se doblan y cae al frío suelo presa del miedo. Aunque su mente le grita que se mueva, su cuerpo permanece paralizado, reacio a aceptar lo que ven sus ojos. "Otra vez no. Esto ha estado sucediendo todas las noches. Solo déjame en paz".

La silueta se cierne sobre ella con una presencia imponente. Inclina la cabeza, estudiando cuidadosamente cada uno de sus movimientos. Se agacha lentamente para ponerse a la altura de sus ojos. "¿Por qué no te has suicidado, Ayane?"

Ayane aprieta los ojos y se tapa los oídos con las manos, aislándose de todo. "No eres real. No puedes hacerme daño".

La silueta agarra a Ayane por el pelo y la pone de pie de un tirón. La empuja contra la puerta y la levanta del suelo agarrándola por el pelo. "Míranos cuando te hablamos". Ayane se debate y patea violentamente, pero no consigue nada. Una mano helada le agarra la mandíbula e inclina su cabeza hasta que la mira directamente a los ojos. Su rostro cambia, transformándose en los rostros de sus amigos ídolos. "¿Nos has olvidado, Ayane? Todo esto es culpa tuya". Los gritos de Ayane resuenan en la oscuridad, rompiendo el silencio de la habitación. De repente, una luz blanca cegadora la envuelve, borrando la figura sombría. Cuando recupera el sentido,
Miyu está a su lado, tratando de despertarla.

"Toma, Ayane, bebe esto", dice Miyu, entregándole una botella de agua.

Ayane da un trago al agua. Cuando baja la botella, sus ojos se encuentran con los de Miyu, y una tranquila tristeza se cierne entre ellas.

"¿Ha sido la misma pesadilla?", pregunta Miyu.

Ayane mira fijamente sus manos temblorosas mientras las lágrimas le recorren el rostro. "No puedo más. Cada noche es peor. Les suplico, pero no dejan de venir. Debería haber sido yo quien muriera, no ellos". Miyu rodea a Ayane con los brazos y la atrae hacia sí en un abrazo reconfortante. "No digas eso. No desperdicies tu vida por haber sobrevivido. Vive por todos aquellos que has perdido». Miyu se aparta ligeramente y le pone una mano suavemente en el hombro a Ayane. "Ahora, vamos. Tenemos que prepararnos. Nos espera un gran día".

En la Isla de Okinawa   0900 hora estándar de Japón

Una niña japonesa de doce años descansa tranquilamente en su cama de hospital, con un gorro blanco cubriéndole la cabeza. Sentado a su lado está su padre, un soldado caucásico estadounidense vestido con uniforme del Ejército de los Estados Unidos, sosteniéndole la mano.

Llaman a la puerta y entra un médico con una carpeta. "Tengo los resultados de las pruebas. ¿Están listos para revisarlos?".

"Aca estamos", responde el hombre.

La doctora acerca una silla y se sienta junto a la cama. Hojea los papeles que lleva en la carpeta. "Según los resultados, Justin, me complace decirle que Lilly ha terminado su tratamiento de quimioterapia". Justin se inclina y abraza a Lilly, sonriendo entre lágrimas. "¿Lo has oído, pequeña? Lo has conseguido. Tu mamá estaría muy orgullosa de ti". Después del abrazo, se recuesta en la silla y dirige la mirada hacia la doctora. "Gracias por acompañarnos en cada paso del camino, doctora Ogawa. No creo que hubiera podido hacerlo sin usted".

"Ahora que está en remisión, seguiremos vigilándola para asegurarnos de que su recuperación sigue por buen camino", dice la Dra. Ogawa.

"¿Podrá salir hoy al festival?", pregunta Justin. "Lleva esperando desde principios de semana".

"Tenemos que vigilarla hoy", dice la Dra. Ogawa. "Hace solo unas horas que terminó la quimioterapia y su cuerpo necesita tiempo para recuperar fuerzas. No queremos que le pase nada malo". Se vuelve hacia Lilly y le guiña un ojo. "Sin embargo, si no tiene ninguna complicación al final del día, podemos dejarla salir mañana, siempre y cuando vaya acompañada de un adulto a todas partes". Mira a Justin, esperando que capte la indirecta.

"Entonces estaré esperando con ansias el mañana", dice Justin con una cálida sonrisa en el rostro. "Sé que eres una chica grande; puedes hacerlo". Extiende el puño y Lilly responde con un alegre choque de puños. Justin se pone de pie y se dirige hacia la puerta junto a la Dra. Ogawa. "Tengo que volver al campo para terminar un trabajo. Volveré sobre la una o las dos". Se detiene en la puerta y se da la vuelta para mirar a Lilly. "Tus abuelos vendrán al mediodía con la comida y para ver cómo estás. Nos vemos esta noche. Adiós, cariño".

Sale de la habitación seguido por la Dra. Ogawa.

"Papá, espera", dice Lilly.

Justin se da la vuelta para echar un vistazo a la habitación una vez más. "¿Qué pasa?"

Lilly mira a su padre con determinación en los ojos. Extiende el brazo y le ofrece su dedo meñique. "Hazme una promesa con el meñique. Quiero que me prometas que me llevarás al festival mañana. Ella estará allí, en el escenario. No quiero perdérmelo".

Justin sonríe y también extiende su dedo meñique. "Es una promesa, Lilly. Cuando vuelva, hablaremos de todo lo que quieres hacer mañana. Ahora descansa un poco". Cierra la puerta tras de sí y se aleja por el pasillo.

"Sé que estos dos últimos años han sido muy duros para ti", dice la Dra. Ogawa. "Te ves cansado. ¿No has estado descansando?".

"Descansaré cuando esto termine", dice Justin, frotándose los ojos. "Ahora mismo, mi tiempo y mi energía están mejor dedicados a Lilly. Ha sido duro para ella. Debería estar jugando con sus amigos y haciendo lo que mejor saben hacer los niños. Solo espero que a partir de la semana que viene pueda volver a ser una niña. No tener madre y luchar contra el cáncer es demasiado para una niña. Por eso siempre estaré aquí para ella". Llega al ascensor y pulsa el único botón disponible. "Me alegro de que tenga unas vistas estupendas de Okinawa y del océano desde su ventana. Creo que ese paisaje la ha ayudado a superar estos dos últimos años".

La puerta del ascensor se abre y Justin entra. La Dra. Ogawa se queda en el pasillo, despidiéndose con una sonrisa. "Cuídate, Justin. Nos vemos más tarde".

El hospital está situado en Nanjo, en la parte sureste de la isla. Fuera de la entrada, un coche espera pacientemente a Justin. Dentro del vehículo, un joven vestido con un uniforme militar japonés se reclina en el asiento del conductor. "¿Cómo ha ido todo?"

Justin se sube al asiento del copiloto y cierra la puerta con un golpe seco. "Todo ha ido muy bien, Yuuto. Hoy era su último día de quimioterapia. Si todo va bien, mañana podré llevarla al festival".

Yuuto endereza el asiento y, rebosante de emoción, da una palmada al volante. "Es una gran noticia. Después del trabajo, te voy a llevar a tomar algo. Seguro que William vendrá con nosotros". Sin perder un momento, arranca el carro y sale rápidamente, ansioso por comenzar el día. "Me parece bien", dice Justin. "Podemos ir a las cinco. Le prometí a Lilly que volvería después del trabajo. Además, ¿no se enfadó tu esposa la última vez que saliste a tomar algo?".

"Eso fue la última vez. Esta vez es diferente. Estamos celebrando la recuperación de tu hija. Ella lo entenderá", dice Yuuto.

"Me parece que solo quieres una excusa para beber", dice Justin.

"¿Qué? ¿Yo? No", dice Yuuto con sarcasmo. "Mi esposa me deja beber cuando quiero. Te lo juro".
"Claro, vamos con eso. ¿Cuál es el informe de hoy?", pregunta Justin mientras saca su teléfono.

"Además de los siniestros buques de guerra al oeste de la isla que Kun envió para demostrar su poder, lo único que tenemos hoy es una inspección de la nueva construcción en Itoman para asegurarnos de que cumple con la normativa", dice Yuuto.

"Ah, sí, el nuevo almacén militar", dice Justin. "¿No comenzó la construcción en enero? No puedo creer que este año esté a punto de terminar".

En el Crucero 0955 hora estándar de Japón

"¿Estás lista para salir, Ayane?", pregunta Miyu.
"En un momento. Estoy terminando de maquillarme", dice Ayane, frente al espejo, dando los últimos retoques a su pintalabios.

Están en el camerino, detrás del escenario, preparándose para salir al escenario principal del teatro del crucero para la primera de las dos actuaciones. Este evento marca la inauguración del festival, y tanto Miyu como Ayane llevan vestidos a juego. El vestido de Miyu es de un rojo intenso, mientras que el de Ayane es de un azul llamativo. Cada vestido brilla bajo las luces, y la tela reluciente capta cada destello. Los vestidos se ajustan perfectamente a sus figuras, lo que les dificulta moverse.

El escenario se encuentra en la parte delantera del barco y da a un gran teatro de tres pisos con capacidad para ochocientos invitados. El barco mide casi mil pies de proa a popa y transporta a cerca de cuatro mil pasajeros, aunque hoy lleva a bordo a casi tres mil pasajeros y tripulantes. A las seis de la mañana, el barco llegó al puerto de Naha, pero permaneció anclado en mar abierto junto a otros ocho cruceros. Está previsto que atraque a las 5:30 de la tarde, tras la conclusión de la segunda función.

En el escenario, un hombre con uniforme de marinero sale y habla en inglés. "Buenos días a todos, espero que estén tan emocionados como yo por esta función. Muchos de ustedes ya saben quién soy, pero para aquellos que nos ven desde casa, soy el capitán de este magnífico barco, el capitán Louis». A su lado, un traductor habla en japonés.

Entre bastidores, Miyu se coloca delante de Kazuo. Da una vuelta con elegancia, permitiéndole ver su atuendo completo. "¿Qué tal estoy, Kazuo?".

Kazuo rodea con un brazo la cintura de Miyu y la atrae hacia él. Con la mano libre, le levanta suavemente la barbilla y la mira a los ojos. "Tan hermosa como el día en que te conocí".

Detrás de ellos, Ayane se sonroja al verlos coquetear. Miyu se da cuenta de la expresión ruborizada de Ayane y se echa a reír. Después, le tiende la mano. "Vamos, nos van a llamar".

Ayane toma la mano de Miyu y se dirige al lado del escenario, fuera de la vista del público.

El capitán Louis mira por encima del hombro y ve a los cantantes esperando a que los presente. "Y como invitadas de honor de hoy, tenemos a la legendaria Miyu Yoshioka, junto con Ayane Sugita". Se vuelve hacia ellas y aplaude.

Miyu sube al escenario primero, saludando con confianza a la multitud que la aclama.

Ayane la sigue de cerca, también saludando. Al subir al escenario, las brillantes luces la deslumbran y, por un instante, olvida todo lo que ha sucedido. Una sensación de calma y relajación se apodera de ella, y se siente en paz, aunque solo sea por un momento. Cree que todos los presentes comparten el mismo sentimiento que ella.

Desde el otro lado del escenario, el traductor se acerca para saludarlas en japonés. "Es un placer conocerlas. Traduciré lo que digan al inglés".

El capitán Louis saluda amistosamente a Miyu y Ayane con un gesto de la cabeza mientras se retira del escenario.

Miyu cierra los ojos y saborea el momento mientras el público sigue vitoreando. "Me gustaría decir que hemos venido aquí por una razón mejor, pero hoy es un día para recordar a todos los que hemos perdido. Esto es por ellos. El concierto y las festividades de este fin de semana tienen como objetivo devolver la paz al mundo. Demostremos que el amor lo puede todo". Miyu da un paso atrás y deja que los focos se centren en Ayane.

"Estos últimos días he estado luchando contra la pérdida de mis amigos", dice Ayane. "Con la ayuda de Miyu y Kazuo, planeo continuar mi carrera musical. Gracias a ellos he encontrado la fuerza para seguir adelante. Espero poder llegar al corazón de todos los que nos están viendo. Así que espero que este festival sea un gran éxito". Levanta el puño en el aire mientras el público corea sus nombres.

Miyu da un paso atrás junto a Ayane y le dedica una cálida sonrisa. "¿Estás lista?".

Ayane asiente con la cabeza y comienza el espectáculo.

Durante la siguiente hora, las voces de Miyu y Ayane armonizan maravillosamente, llegando a todos los rincones del teatro. Cada canción fluye a la perfección hacia la siguiente, cuidadosamente elaborada para adaptarse al estado de ánimo de los recientes acontecimientos. Sus notas transmiten la intensidad de sus emociones, y el público lo siente como si las cantantes les estuvieran hablando directamente a ellos. Sus voces tiemblan, luchando por contener sus emociones crudas mientras se pierden en su música, pero permanecen plenamente presentes en la energía compartida entre ellas y el público. Cuando la última nota se desvanece, el teatro estalla en vítores y aplausos que parecen no tener fin. Miyu y Ayane están una al lado de la otra bajo las luces del escenario, sudando y respirando con dificultad. Se miran y sonríen. Han dado la mejor actuación que han dado nunca.

Miyu toma la mano de Ayane y la levanta en alto. "Gracias a todos. Ha sido un espectáculo increíble. Asegúrense de volver aquí a las cinco para vernos actuar de nuevo. No se lo pueden perder". Las luces del teatro se encienden y ellas se retiran lentamente del escenario mientras saludan al público.

Entre bastidores, Kazuo espera con dos botellas de agua en la mano. "Ha sido una actuación estupenda". Al fondo, el capitán Louis vuelve al escenario para pronunciar sus últimas palabras. "Asegúrense de volver aquí antes de las cinco para ver la última actuación. Como ha dicho Miyu, no se lo pueden perder".

Miyu le da un golpecito juguetón en el hombro a Ayane y le guiña un ojo. "¿Has oído, Ayane? Todavía nos queda una actuación más hoy. Espero que puedas seguirme el ritmo".

"Puedes contar conmigo. Todavía tengo ganas de seguir", dice Ayane. Sonríe suavemente mientras abre su botella de agua y da un refrescante sorbo.

Kazuo mira su reloj y luego da una palmada. "Hasta entonces, las dos tienen un encuentro con sus fans".

"Empezaremos a las doce", dice Miyu, estirando el brazo por encima de la cabeza. "Tenemos que refrescarnos y comer algo. Hasta entonces, nuestros fans pueden esperar". Toma a Ayane de la mano y la sienta frente al espejo. "Déjame arreglarte el maquillaje antes de que salgas. No podemos permitir que nadie te vea tan sudada".

Una vez listas, las tres se suben a un elevador de servicio que las lleva unos pisos más arriba. Las puertas se abren, revelando el interior del barco en la cubierta donde se encuentran los botes salvavidas. Los artistas utilizan este elevador para llegar rápidamente a la sala de teatro sin ser vistos por los invitados. Una vez fuera, se detienen para elegir uno de los muchos restaurantes que ofrece el barco. Después de decidirse por uno, Kazuo toma la iniciativa y los guía a través del laberinto de pasillos hacia el restaurante.

Dentro del restaurante, la anfitriona se acerca con una cálida sonrisa para darles la bienvenida al entrar. "¿Cuántos son en su grupo?"

"Solo nosotros tres", responde Kazuo.

Antes de que la anfitriona pueda llevarlos a sus asientos, una voz los llama desde atrás. "Que sea una mesa para cuatro". Se dan la vuelta y ven a una mujer saludándolos con la mano. "Cuánto tiempo sin verte, Miyu. Charlemos y pongámonos al día".

El rostro de Miyu se ilumina de alegría. "¿Yuko, eres tú?" Sin darle tiempo a Yuko a responder, la abraza con fuerza.

Yuko da un grito y le da un golpecito en el hombro a Miyu. "Ya basta. Ya puedes soltarme".

"No me devolviste las llamadas. Pensé que habías muerto", dice Miyu, apretándola aún más fuerte.

"Lo estaré si sigues abrazándome", dice Yuko, sin aliento.

Miyu finalmente la suelta y da un paso atrás. «¿Por qué no me devolviste ninguna de mis llamadas?"

Yuko respira hondo y se limpia discretamente la saliva de los labios. "Han pasado muchas cosas esta última semana. Entremos para que podamos hablar en la mesa".

"Dios mío, es Yuko Kusumoto", dice Ayane, deslumbrada.

La anfitriona las conduce a través del restaurante, suavemente iluminado. Se detiene en una mesa junto a la ventana, que ofrece una vista del océano. La luz del sol baila sobre la superficie del agua y el horizonte se extiende infinitamente. El grupo se acomoda en sus asientos y se toma un momento para apreciar tanto el paisaje como el ambiente acogedor antes de centrar su atención en los menús.

Mientras revisan el menú y hacen sus pedidos, Miyu mantiene la mirada fija en Yuko. "No sabía que estabas en este barco. ¿Por qué no te reuniste con nosotros antes?".

"No estaba", dice Yuko. "Subí hace poco. Mi avión llegó a Okinawa a las diez. Así que pregunté si podía subir a este barco para ver a una vieja amiga y me dijeron que sí. Para responder a tu pregunta de por qué no te devolví las llamadas, bueno, mi casa se perdió en el desastre. Tuve la suerte de estar fuera comprando algo para picar en la tienda. Dejé mi teléfono en mi apartamento y, de repente, desapareció". Se mete la mano en el bolsillo y saca un teléfono. "Me compré un teléfono nuevo con un número nuevo. También perdí tu información de contacto".

Miyu busca en su bolso y saca su teléfono. Desbloquea la pantalla y se lo muestra a Yuko. Las dos amigas se inclinan, teclean cuidadosamente sus datos de contacto y confirman los números de la otra. Ayane intenta contener su emoción, pero sus ojos brillantes la delatan. "Miyu me contó hace poco la historia de cómo se conocieron".

"¿Ah, sí?", pregunta Yuko. "Por lo emocionada que te ves al verme, supongo que sabes todo sobre mi carrera".

"Sí, lo sé", dice Ayane. "Sé que eras una niña prodigio y que, cuando empezaste tu carrera musical, te disparaste en las listas de éxitos. Kazuo, en un momento dado, fue tu mezclador y te presentó a Miyu". Yuko se sonroja y rápidamente tapa la boca de Ayane con las manos. "Vale, vale, para. No esperaba que supieras cómo nos conocimos los tres. En fin, después de eso me reuní con Miyu varias veces. Trabajamos juntas en algunos proyectos, pero nunca salió nada. Los jefes de la discográfica dijeron que nuestras voces no encajaban. No saben de lo que hablan."

"Intentamos cantar juntas varias veces", interviene Miyu. "Incluso conseguimos que Kazuo compusiera nuestra música, pero nunca funcionó. Nuestros estilos musicales son demasiado diferentes".

"¿Has visto lo que hay a lo lejos?", pregunta Yuko, desviando su atención hacia el océano. "Me aterrorizó cuando lo vi por primera vez desde el avión. Se rumorea que se están preparando para un ataque".

Sus ojos se desvían hacia la ventana, donde, en la distancia, las siluetas de los buques de guerra de Kun se vislumbran en el horizonte.

"Pensaba que eran buques de guerra estadounidenses", dice Kazuo.

"No, echa un vistazo a esto", dice Yuko, sacudiendo la cabeza. Señala la pantalla de su teléfono a Kazuo, mostrándole las noticias que hablan de los buques de guerra. "Los periodistas dicen que el ataque podría producirse en cualquier momento. Pero yo no me preocuparía demasiado. La base militar tiene a todo su personal en alerta, preparado para cualquier cosa".

En ese momento, un rugido sordo resuena en el barco mientras unos aviones surcan el cielo, dirigiéndose hacia los buques de guerra que se vislumbran en el horizonte. El restaurante se queda en silencio a la espera de un ataque. Durante varios tensos segundos, el tiempo parece detenerse. Entonces, tan repentinamente como aparecieron, los aviones se inclinan bruscamente hacia la derecha, alejándose de los buques de guerra y regresando hacia tierra. Un suspiro colectivo de alivio recorre el restaurante, rompiendo el silencio mientras todos se relajan y reanudan la conversación.

"¿Ves? No hay nada de qué preocuparse", dice Yuko, sonriendo.

En el Hospital   1150 Hora estándar de Japón

Lilly yace en la cama, con el corazón palpitando de emoción por lo que le depara el mañana. Durante los últimos dos años, ha estado entrando y saliendo del hospital. Le diagnosticaron cáncer a los diez años, pero a pesar de todas las dificultades, aprendió a encontrar alegría en las pequeñas cosas, como la impresionante vista del océano que se extiende infinitamente más allá de su ventana. En los cálidos días de verano, abre la ventana para dejar que la brisa salada entre y escucha el mundo exterior. Aunque está en el último piso, aún puede oír el océano rompiendo en la orilla. Por la noche, cuando la ciudad duerme, lo oye aún mejor.

Lilly es una fiel seguidora de Amazing Spring desde que se formó hace cinco años. Su música se convirtió en su salvavidas, lo que la ayudó a superar los tratamientos. Se le rompió el corazón cuando se enteró de que todos menos Ayane habían fallecido. Desde que Ayane dijo que iba a seguir siendo una ídolo, Lilly la ha estado siguiendo de cerca, al tanto de cada novedad. Espera poder encontrarse mañana con Ayane en el festival y decirle lo mucho que significa para ella.

"¿Cómo te sientes, Lilly?", le pregunta la Dra. Ogawa, que viene a ver cómo está.

"Me siento bien. No hay nada de qué preocuparse", responde Lilly, flexionando los músculos de los brazos. La Dra. Ogawa se ríe suavemente mientras revisa los signos vitales de Lilly. "Me alegro de oírlo. ¿Ya ha comenzado la transmisión del festival?"

"Comenzó a las diez, con Ayane cantando", dice Lilly, con los ojos brillantes. "Ahora mismo, los periodistas están entrevistando a la gente. El gran evento comienza a las doce".   La Dra. Ogawa mira su reloj. "Oh, entonces en diez minutos".

"Sí", dice Lilly con una gran sonrisa.

"Bien, todo parece estar bien", dice la Dra. Ogawa, terminando su revisión. "Si me necesitas, estaré al final del pasillo".

Lilly saluda alegremente con la mano cuando la Dra. Ogawa se da la vuelta para marcharse, y la doctora le devuelve el gesto con una amable sonrisa antes de cerrar la puerta tras de sí.

El festival comienza oficialmente a las doce, con muchos cantantes y bandas actuando por todo Okinawa. Poco después, los abuelos de Lilly llegan con el almuerzo. Durante la siguiente hora, se quedan con ella para hacerle compañía y ver el festival. Aunque Lilly ha estado entrando y saliendo del hospital, no le importa. Se mantiene en contacto con su familia y amigos. Siempre hay alguien que la visita, por lo que nunca se siente sola.

Sigue siendo una chica alegre y despreocupada.

Dos horas antes   0955 hora estándar de Japón

Justin y Yuuto llegan al lugar de trabajo, donde Yuuto estaciona el coche junto a un grupo de Humvees militares.

"Los cascos están en la parte de atrás. Voy a buscarlos", dice Yuuto. Cuando se inclina hacia el asiento trasero, algo se le cae del uniforme y aterriza en el regazo de Justin. Trae los cascos al asiento delantero y mira el objeto que ahora tiene Justin en la mano. "Oh, vaya. ¿Cómo ha llegado eso ahí?".
Justin suspira y, sin mirarlo a los ojos, le devuelve el objeto a Yuuto. "Puede que me la hayas gastado la primera vez, pero la centésima vez es diferente".

"No eres gracioso", dice Yuuto, quitándole el objeto a Justin. "Está bien, entonces buscaré a otra persona. He oído que hoy nos llega un nuevo recluta". Se guarda el objeto en el bolsillo.
Justin lo ignora, sale del vehículo y se ajusta el casco con firmeza en la cabeza. Saca su teléfono para revisar de nuevo los detalles de la construcción mientras un grupo de soldados se acerca a él.

Un estadounidense de unos setenta años le saluda con la mano. "Hola, Justin, ¿cómo ha ido todo en el hospital?".

Justin levanta la vista y sonríe. "Todo ha ido muy bien, Will. Si tenemos suerte, Lilly podrá salir mañana".

"Esas son buenas noticias", dice William, sonriendo y dándole una palmada en la espalda a Justin. "Tenemos que celebrarlo. Después del trabajo, vamos a tomar algo. Esta noche invito yo". Los soldados que lo rodean vitorean, pero él los interrumpe. "No voy a pagar por ninguno de ustedes".

"Ya te he adelantado, William", dice Yuuto, saliendo del vehículo. "Hablamos de ir a tomar algo de camino aquí".
Mientras se dirigen al almacén, los soldados felicitan a Justin por la recuperación de su hija. Mientras tanto, Yuuto ajusta su ritmo para caminar delante de un soldado recién alistado. Con un sutil movimiento de la mano, deja que el mismo objeto de antes se le caiga del bolsillo, haciendo que parezca que se le ha caído por accidente. El objeto cae cerca de los pies del novato.

El novato lo recoge y se lo muestra a Yuuto. "Eh. señor, se le ha caído esto".

Justin ve lo que sucede por el rabillo del ojo, pero sigue caminando como si no hubiera visto nada. "Aquí vamos otra vez".

Sin embargo, William capta el cambio en el ambiente y se da la vuelta inmediatamente. "Yuuto. ¿De verdad vas a volver a hacer esto?". Se mete la mano en el uniforme y saca un objeto similar, mostrándoselo a Yuuto. "¿Cuántas veces tenemos que pasar por esto?". Se acerca a Yuuto y le pone el objeto en la cara.

"Por última vez, mi nieta es mucho más linda que tu hijo".

"No es así" —dice Yuuto, quitándole el objeto al novato mientras se burla—. "Echa otro vistazo a mi hijo. Sé que tus ojos ya no funcionan como antes, pero incluso tú deberías ver que mi hijo es más guapo. Acaba de cumplir siete años el mes pasado".
El objeto que Yuuto ha estado manipulando con indiferencia es una foto de su hijo. Durante los últimos tres años, Yuuto y William han estado debatiendo sobre cuál de los dos tiene el hijo más guapo. Han intentado que Justin se involucre con su hija, pero él siempre los ignora. Ambos se quedan fuera, debatiendo entre ellos mientras Justin comienza su inspección dentro del almacén. El novato se queda incómodo entre ellos, sorprendido por su insistencia. Yuuto y William lo presionan para que diga quién tiene el hijo más guapo. Sintiendo la presión, señala a Yuuto.

William niega con la cabeza al novato. "Estoy decepcionado de ti". Se aleja mientras se guarda la foto en el bolsillo.

Yuuto observa cómo se aleja William. Se lleva las manos a las caderas y niega con la cabeza. "¿Crees que conoces a alguien?". Suspira dramáticamente antes de volverse hacia el novato. "¿Cómo te llamas?".

"Me llamo Omi, señor".

Yuuto sonríe y le pasa el brazo por los hombros a Omi, dándole un abrazo amistoso. "Encantado de conocerte, Omi. Soy Yuuto. Como puedes ver, aquí somos muy excéntricos. Espero que puedas encajar en todos los juegos que jugamos".

"¿Puedes ponerme al día con todos los que están aquí? Todos son muy reservados", dice Omi.

"En condiciones normales, yo también mantendría la boca cerrada. Sin embargo, como elogió a mi hijo delante de William, le pondré al día sobre las personas importantes", dice Yuuto, acercando a Omi hacia él. "Empecemos por mí y Justin. Es mi mejor amigo. Su nombre completo es Justin Myers. Me alisté en el ejército hace siete años, cuando yo tenía veinte y él treinta y uno. Nos conocimos y conectamos al instante. Nació en Estados Unidos, más concretamente, en la zona de Dallas-Fort Worth, en Texas. Sabes dónde está, ¿verdad? No importa. Allí se alistó en el ejército cuando tenía dieciocho años. Fue a la universidad y se licenció en ingeniería en Austin. Luego, estuvo destinado en un lugar llamado Fort Cavazos hasta que lo trasladaron aquí, a Okinawa. Conoció a su hermosa esposa y tuvo un hijo cuando tenía veintiséis años. Desgraciadamente, su esposa perdió la vida hace unos años en un terrible accidente".

"Creo que me estás dando demasiada información", dice Omi.

"Esta bien", dice Yuuto. "A continuación, tenemos al tipo con el que estaba discutiendo. Se llama William Woods. También es estadounidense. Aunque no estoy seguro de dónde nació. Es muy reservado sobre su pasado. Lo único que sé es que le obligaron a alistarse en el ejército. Viene de un hogar roto, así que tuvo que marcharse de allí, y el ejército era la única opción que tenía. Viajó por todo el mundo, pero nunca encontró un lugar al que pudiera llamar hogar hasta que llegó aquí, a Okinawa, hace cincuenta años. Cuando lo destinaron aquí, le gustó tanto que pidió quedarse. Me dijo que no tiene intención de jubilarse porque no tiene ningún lugar al que volver en Estados Unidos. Hace mucho tiempo que cortó toda relación con su familia. Ahora es un mentor para todos. Si alguna vez tienes alguna pregunta difícil, él es a quien debes acudir. Ayudó a Justin a superar la muerte de su esposa y la enfermedad de su hijo". Suelta a Omi, le da una palmada en la espalda, se lleva el dedo índice a los labios y le guiña un ojo. "Si alguien te pregunta de dónde has sacado todo esto, no lo has oído de mí".

Justin termina su inspección y guarda su lista de tareas pendientes mientras William permanece en silencio a su lado. "Con esto termina la inspección. Todo está en orden".

"¿Qué más tienes planeado para hoy?", pregunta William.

"Eso es todo por hoy", responde Justin.

"Bueno, ¿qué tal si complaces a este viejo y almuerzas conmigo?", pregunta William.

"Claro. ¿Qué tienes en mente?", pregunta Justin.

"Hay un pequeño restaurante muy agradable no muy lejos de aquí del que he oído hablar a la gente. ¿Quieres probarlo?", pregunta William.

Antes de que Justin pueda responder, Yuuto interviene con entusiasmo: "Si van a salir a comer, quiero ir con ustedes".

La noticia del plan para almorzar se extiende rápidamente y pronto se reúnen en silencio una docena más de soldados, ansiosos por tomarse un descanso. Cuando William y Justin salen, el grupo ha crecido hasta quince personas. Todos se suben a los Humvees militares que están delante, y William y

Justin se suben al vehículo de Yuuto. El restaurante está a solo cinco minutos en coche del almacén. No tiene muchos clientes debido al festival. Cuando el grupo entra, el personal intercambia miradas de sorpresa y rápidamente se pone en acción. El gerente les ayuda a sentarse en las mesas. Los soldados se acomodan y ocupan casi la mitad del comedor. No tardan mucho en empezar a charlar en voz alta. Justin, William y Yuuto se sientan juntos en la primera mesa cerca de la entrada.

William suspira profundamente mientras se deja caer en la silla y se frota la nuca. "Ah, qué bien sienta descansar estas viejas piernas".

"¿No estabas sentado en el carro?", pregunta Yuuto.

"Lo entenderás cuando tengas mi edad", dice William. "Eso si es que llegas a mi edad."

"¿Todavía me vas a invitar a esa cerveza, Will?", pregunta Justin, hojeando el menú.

"¿Y ver cómo bebes tú solo?", pregunta William. "Ni hablar. Puede que tú hayas terminado por hoy, pero yo sigo trabajando. Además, yo también quiero tomarme una cerveza para compartir este momento contigo".

La camarera se acerca a su mesa con una libreta en la mano. "¿Qué les sirvo, caballeros?"

Yuuto levanta el menú y pide primero. "Veamos. Empezaré con la sopa de miso y luego tomaré el udon especial. Después, pediré un plato completo de takoyaki y terminaré con dos onigiri y el sushi de la casa".

William interviene: "Para que sea más fácil, solo di lo que no quieres".

La camarera se ríe mientras lo anota todo y luego mira a Justin. "¿Y para ti?".

"Tomaré el udon", dice Justin.

"Lo mismo para mí", dice William.

"Lo anotaré", dice la camarera, cerrando su libreta. Coge los menús y se dirige a la cocina.

"Entonces, Justin, ¿qué planes tienes después de comer?", pregunta William.

"Voy a volver al hospital para pasar un rato con Lilly. Yuuto me va a llevar", responde Justin. Antes de que William pueda responder, recibe un mensaje en su teléfono. Lo lee y entrecierra los ojos. "Por desgracia, acabo de recibir órdenes de los superiores. Quieren que todos los soldados estén preparados para un ataque". William se pone de pie y carraspea para llamar la atención de todo el grupo. "¿Lo han oído todos? Como su comandante, estén alerta. Los próximos días pueden ser difíciles". Vuelve a sentarse.

"Déjalos intentar", dice Yuuto, dando un golpe en la mesa con las manos. "Este es mi hogar. Lucharé hasta el final si es necesario".

"Esperemos que no llegue a ese extremo", dice William mientras se vuelve hacia Justin. "Puedes quedarte en el almacén por el momento. Lamento que no puedas ver a tu hija ahora mismo".

"Está bien", dice Justin, negando con la cabeza. "Mañana se lo compensaré en el festival". Saca su teléfono y le envía un mensaje a Lilly diciéndole que volverá tarde esta noche.

Los tres amigos charlan y comparten chistes para pasar el rato hasta que llega la comida. Saben que la cocina está muy ocupada y que la espera será larga, ya que hay muchos pedidos al mismo tiempo. Cuando por fin llega la comida, los ricos aromas llenan el aire. Para cuando terminan y regresan al almacén, es la una de la madrugada. El grupo se dispersa y busca formas de pasar el tiempo. Algunos se reúnen en pequeños grupos para jugar a las cartas. Otros se recuestan contra cajas o paredes para charlar entre ellos. El ambiente es tranquilo, pero está lleno de una energía inquieta, lista para cualquier cosa. Después de una hora moviéndose por el almacén, Justin sale a tomar el aire. Se sienta a la sombra de un árbol y escucha la brisa. Al poco tiempo, se queda dormido.

En el Crucero   1205 hora estándar de Japón

Termina el almuerzo y Ayane, Miyu y Kazuo se preparan para reunirse con sus fans. Yuko se une a ellos, ansiosa por formar parte del evento. La sala de eventos se encuentra cerca de la parte superior, en el centro del barco. Cuando llegan, ya se ha formado una larga fila. Mientras pasan, Miyu y Ayane se disculpan por la espera. El personal les muestra la mesa que hay al fondo de la sala. Una vez que se acomodan, los fans inundan la sala. Durante tres horas, estrechan manos, firman autógrafos e intercambian palabras sinceras. Cuando el último fan se marcha y la puerta se cierra tras ellos, Ayane, Miyu, Kazuo y Yuko se recuestan en sus sillas y dejan escapar un suspiro de alivio colectivo, agradecidos por el momento para respirar y recargar energías.

"Ha sido muy divertido" dice Yuko. "No había hecho algo así en años".

Ayane mueve los hombros y luego levanta las manos para liberar la tensión del cuello. "Creo que voy a volver a mi habitación y descansar un rato".

Kazuo se inclina hacia adelante y la mira. "Vendremos a buscarte treinta minutos antes de las cinco".

Miyu y Yuko se despiden de Ayane. Siguen hablando mientras ella sale de la habitación.

Mientras Ayane camina por el pasillo y susurra para sí misma: "Bien. Tengo una hora y media para prepararme".

Llega a su habitación y se dirige directamente a la mininevera para coger una botella de agua. Cuando se da la vuelta, la televisión ya está encendida, pero no recuerda haberla encendido. Busca el control remoto por toda la habitación, pero no lo encuentra por ninguna parte. Se da por vencida y se sienta en el borde de la cama, destapando su bebida.

Una voz inquietante habla desde el televisor. "¿Te diviertes olvidándote de nosotros, Ayane?".

Ayane se despierta abruptamente en la cama, mientras una oleada de confusión inunda sus sentidos. El corazón le late con fuerza en el pecho y le tiemblan las manos mientras se incorpora. Mira a su alrededor, sin recordar cuándo se quedó dormida. Un miedo inquietante se apodera de ella, distorsionando la frontera entre el sueño y la realidad hasta que todo se vuelve incierto.

Se da cuenta de que tiene una botella de agua sin abrir en la mano y que la televisión está apagada. Coge su teléfono para mirar la hora. "Son solo las 3:36. Debí quedarme dormida sin darme cuenta. Quizá necesite terapia". Recoge sus cosas con el corazón aún acelerado y sale apresuradamente de la habitación, donde se reencuentra con Miyu, Kazuo y Yuko.

"Has vuelto pronto", dice Miyu, saludándola con la mano.

"Me sentía incómoda estando sola", dice Ayane.

"Estás pálida", dice Yuko. "¿Ha pasado algo?".

Ayane duda y las palabras se le atascan en la garganta mientras lucha por encontrar la respuesta adecuada. "He tenido pesadillas recurrentes estas últimas noches".

"¿Sobre qué?", pregunta Yuko.

"Sobre mi grupo de ídolos", dice Ayane en voz baja.

"Podría ser un trastorno de estrés postraumático", dice Yuko. "¿Has hablado con un médico?".

Ayane niega con la cabeza. "Tenía pensado ir la semana que viene. Cuando termine este festival". Yuko se levanta y se acerca, rodeando a Ayane con los brazos por detrás. "No te exijas demasiado. Recuerdo haber leído en alguna parte que los sueños son una puerta de entrada al corazón. No pasa nada por pedir ayuda. No tienes por qué hacer todo esto sola".

A las 4:30, el puente está lleno de gente, con la tripulación coordinando los últimos preparativos para llevar el barco al puerto. De repente, la voz del capitán Louis resuena por el intercomunicador, llamando la atención de todos con un anuncio. "Buenas tardes a todos. Les habla su capitán. A las cinco comenzaremos a atracar en el puerto. Tardaremos unos treinta minutos en completar el proceso. Por suerte para nosotros, esta noche volveremos a tener a nuestros artistas en el escenario. Asegúrense de llegar temprano a la sala de teatro para coger asiento. No se pierdan la última actuación del día de Miyu Yoshioka y Ayane Sugita. Si no pueden asistir, no se preocupen. El espectáculo se retransmitirá por los altavoces y en los televisores de todo el barco. Esperamos que estén disfrutando de su crucero con nosotros". El capitán Louis apaga el intercomunicador. "Preparémonos para el atraque."

El capitán Louis se mueve por el puente. Comprueba con la tripulación que todo funciona correctamente antes de entrar en el puerto. A través de los grandes ventanales, el mar abierto se extiende ante ellos, sin ningún otro barco entre ellos y el puerto. Esta noche no atracará ningún otro barco, lo que les deja el camino libre para moverse con facilidad. Una vez satisfecho, el capitán Louis da la confirmación y señala a la tripulación que permanezca a la espera hasta que llegue el momento de que el barco se acerque.

Diez minutos antes de las cinco, Ayane y Miyu están entre bastidores, retocándose el maquillaje frente al espejo mientras se preparan tranquilamente para la segunda actuación.
Yuko está cerca, observando a Miyu mientras se da toquecitos en la cara. "Oye, Miyu, ¿te parece bien si canto la primera canción contigo? Después del encuentro con los fans, tengo muchas ganas de cantar".

Miyu se detiene un momento para pensar. "Creo que podemos arreglarlo. ¿Qué te parece, Ayane? ¿Te parece bien que Yuko y yo cantemos primero?".

"Adelante. Nosotras podemos cantar la siguiente canción", dice Ayane.
Yuko se apresura a sentarse frente al espejo y Miyu se inclina para ayudarla a retocarse el maquillaje con cuidado. A las 4:55, Miyu y Yuko suben al escenario. Su inesperada aparición deja al público confundido y susurrando entre sí.

"Tenemos un pequeño cambio para la primera canción", dice Miyu. "Como Yuko Kusumoto ha venido hasta aquí para estar con nosotros, hemos decidido que ¿por qué no dejarla cantar? Así que vamos a empezar un poco antes de lo previsto y vamos a interpretar esta primera canción juntos".

El público aplaude con entusiasmo.

Miyu y Yuko interpretan una de las canciones más populares de Yuko. La letra es una declaración de fuerza y perseverancia para superar obstáculos imposibles. La melodía rebosa esperanza, y cada estrofa pinta una vívida imagen de lucha y triunfo. Aunque sus voces no armonizan, la emoción las lleva con facilidad. Su apasionada interpretación llena el teatro e inspira al público a sentir cada palabra.

Cuando ellos terminaron, Yuko abandona el escenario con una brillante sonrisa y entonces sus ojos se posan en Ayane. Se acerca a ella y le da una palmada en la espalda. "Los he calentado para ti. Dalo todo".

Ayane sale corriendo al escenario, irradiando energía en cada movimiento. El público estalla en una ovación y aplausos frenéticos. Las luces del escenario se atenúan y se centran en Miyu, que da un paso adelante para comenzar la siguiente canción. Esta canción es una de las más populares de Miyu. La alegre melodía resuena en todo el teatro. Es un himno vibrante sobre cómo sacudirse el miedo y disfrutar del momento. La letra anima a todos a olvidar sus preocupaciones y bailar libremente. La voz de Ayane se eleva con confianza, invitando al público a unirse; sus manos se levantan y sus pies marcan el ritmo al unísono. Toda la sala parece vibrar con el ritmo, llena de vida y con una sensación compartida de liberación y celebración.

Justo cuando las primeras notas resuenan en un televisor del puente, el capitán Louis da sus órdenes. "Llevémosla a puerto". A su alrededor, la tripulación se mueve rápidamente. Él mantiene la vista fija en el horizonte a través de las ventanas para asegurarse de que cada paso de la aproximación al puerto se desarrolla según lo previsto.

En el lado de babor del barco, otro crucero se encuentra cerca y anclado. Entonces, sin previo aviso, un rayo de luz atraviesa el horizonte, seguido de una explosión ensordecedora. Un misil impacta en la sección central del barco y, en un instante, estalla una bola de fuego cegadora que envía una onda expansiva que sacude las ventanas del puente. Llueven fragmentos de metal retorcido y escombros en llamas. Las llamas se propagan por las cubiertas del otro barco, destruyendo todo a su paso.

Antes de que la tripulación pueda procesar lo que ve, aparece otra bola de fuego. Entonces, uno tras otro, los otros siete cruceros son alcanzados, los misiles desgarran sus cascos y provocan la entrada de una enorme cantidad de agua. En cuestión de minutos, las aguas, antes abarrotadas, se convierten en un cementerio, ya que los barcos se inclinan pesadamente antes de desaparecer bajo el océano iluminado por el petróleo. El capitán y la tripulación se quedan paralizados, sin saber cómo reaccionar. Las llamas crean un muro de fuego ininterrumpido en la superficie del océano, mientras el humo se eleva hacia el cielo, oscureciendo el sol.

El capitán Louis recupera la compostura y endereza la postura. "Sáquenos de aquí".

Un tripulante se da la vuelta. "Todavía necesitamos tiempo para que las hélices arranquen por completo".

"¿Cuánto tiempo?», pregunta el capitán Louis.

"Un minuto o dos", dice otro miembro de la tripulación, revisando frenéticamente los controles.

"Una vez que nos movamos, dirígete al norte mientras giras ligeramente a estribor", dice el capitán Louis.

"Sí, capitán", dice la tripulación.

El capitán Louis agarra la barandilla con tanta fuerza que cruje bajo sus manos mientras sus ojos se fijan en el horizonte en llamas. A pesar del aire fresco del puente, le brota sudor en la frente. Su mente se acelera con escenarios en los que su barco es el siguiente objetivo. Entonces, de la nada, aparecen aviones militares sobre sus cabezas. Los repentinos estampidos sónicos sacuden las ventanas. En cuestión de segundos, lanzan una lluvia de misiles sobre los buques de guerra enemigos. Estos son impotentes ante la velocidad y la precisión de los aviones.

En medio del caos, las hélices del crucero cobran vida y propulsan el barco hacia adelante. De todos los buques de guerra, uno apenas se mantiene a flote mientras se inclina bruscamente hacia babor. Su casco está ennegrecido y su cubierta retorcida, pero la tripulación a bordo se mueve con determinación.

El sistema de puntería del buque de guerra fija su objetivo en el crucero. Dentro del puente enemigo, una mano se cierne sobre el botón de lanzamiento. El buque de guerra se estremece violentamente, inclinándose aún más hacia babor. Justo antes de pulsar el botón, el buque de guerra se inclina, lanzando el torpedo fuera de curso.

El torpedo corta el agua, dejando tras de sí un rastro plateado de espuma. A medida que el arma se curva, detona directamente debajo de la proa del barco, enviando una enorme columna de agua hacia el cielo. La proa del barco salta por un momento y luego vuelve a caer. Las alarmas suenan instantáneamente en el puente, parpadeando en rojo mientras el barco se llena de agua. La inclinación ya es notable.

"¿Cuál es el informe de daños?", pregunta el capitán Louis.

"Los compartimentos del tres al ocho informan de que hay agua. No, mejor dicho, del nueve", dice un miembro de la tripulación.

El capitán Louis no pierde tiempo. Hace sonar la alarma por el intercomunicador del barco y se lleva el micrófono a la boca. "Esto no es un simulacro. El barco ha sido alcanzado y nos estamos hundiendo por la proa, rápidamente".

6

En la isla   1710, hora estándar de Japón

"Justin, despierta", dice Yuuto, sacudiéndolo para despertarlo.

Justin se despierta sobresaltado por los disparos y las explosiones lejanas de los cruceros. "¿Han comenzado su ataque, Yuuto?"

"Sí, Kun finalmente ha hecho su movimiento", dice Yuuto. "Estamos bajo ataque".

"¿Dónde está Will?", pregunta Justin, poniéndose de pie de un salto.

"Él y los demás soldados están dentro, preparándose para salir", dice Yuuto.

Entran corriendo en el almacén y ven a un grupo de soldados reunidos alrededor de William.

Este se fija en Justin y Yuuto y les hace señas para que se acerquen. "Buenos días, Bella Durmiente. Espero que hayas descansado, porque esta noche no vamos a dormir".

"Will, ¿cuál es la situación?", pregunta Justin.

"Hace unos momentos, hemos recibido un mensaje sobre los buques de guerra de Kun que están hundiendo cruceros cerca del puerto de Naha. Ahora tenemos paracaidistas enemigos volando alegremente hacia nosotros", dice William.

Una radio portátil crepita con voces superpuestas de informes urgentes. Akihiro, un operador de radio, está sentado con los audífonos apretados contra las orejas mientras escucha toda la información crucial. "William, los barcos enemigos están desembarcando en la isla cerca de donde estamos. Están a unos dos kilómetros al oeste".

"Muy bien, chicos, vamos a ser la primera línea de defensa. Coged vuestro equipo y salgamos", dice William, entregándole un rifle y un casco a Justin. Sin demora, el equipo se dirige al exterior, donde se encuentran los Humvees militares. Señala el Humvee más grande, con capacidad para al menos diez personas. "Justin, tú conduces este. Yuuto será tu observador".

"Tú vienes con nosotros, novato", dice Yuuto, agarrando a Omi por el brazo. "Súbete atrás".

Justin se sube y cierra la puerta con un fuerte golpe. Le tiemblan las manos mientras desbloquea rápidamente su teléfono y busca el contacto de Lilly. Pulsa el botón de llamada, pero solo oye un pitido repetitivo.
"Maldición, no sirve de nada. Las conexiones ya están cortadas".

"El personal del hospital está entrenado para cosas como esta. Lilly estará bien", dice Yuuto.

Justin se guarda el teléfono en el bolsillo mientras su expresión se tensa por la tensión. "Tienes razón. Todo debería salir bien". Gira la llave en el contacto y el Humvee cobra vida con un rugido.

El Humvee que va a la cabeza arranca con William en el asiento del copiloto, mientras Akihiro escucha la radio en la parte trasera. Justin es el siguiente y les sigue. Uno tras otro, los seis Humvees salen del almacén y se incorporan a la carretera principal, y se dirigen a toda velocidad hacia el oeste para interceptar al enemigo en la playa. A lo lejos, las sirenas atraviesan la isla, acompañadas por el rugido lejano de los aviones. Los disparos retumban como truenos repentinos, seguidos de fuertes explosiones que iluminan el cielo del atardecer. A lo largo de la carretera, personas frenéticas corren en dirección opuesta a la que va el pelotón de William. Sus rostros están pálidos y sus ojos muy abiertos por la confusión y el miedo mientras huyen en busca de seguridad.

William toma el micrófono del Humvee de su soporte y presiona el botón lateral para hablar con todos los miembros del convoy. "Una vez que hagamos contacto, dispararemos al verlos. Repito, dispararemos al verlos".

Justin aleja su Humvee unos metros del Humvee que va delante, manteniendo la vista atenta a cualquier señal del enemigo. El convoy se mueve con urgencia y determinación, y cada soldado es consciente del peligro inminente que les espera. Tras dos minutos de tensa conducción, el equipo llega cerca de la playa.

William fija la mirada en el primer enemigo que tiene delante y luego contiene la respiración. "Oh, Dios mío". Más adelante, cientos de civiles muertos que intentaron huir de los invasores cubren el suelo. "¿Cómo han podido masacrar a tanta gente en tan poco tiempo?".

Un solitario soldado enemigo se encuentra de pie junto a los cadáveres, escudriñando los alrededores. Divisa el Humvee de William acercándose y levanta una pistola, apuntando directamente al Humvee.

"No puedes penetrarnos con esa pequeña arma. ¿Por qué lo intentas?", pregunta William.

Sin previo aviso, el conductor cae muerto con el parabrisas aún intacto. La mente de William se queda en blanco por la incredulidad, paralizándolo por un momento. Entonces, sus instintos toman el control y agarra el volante, girándolo bruscamente hacia la derecha. Los neumáticos chirrían con fuerza sobre el asfalto.

Justin observa el giro brusco y entrecierra los ojos, confundido.

Por la radio, la voz de Akihiro se oye entre interferencias. "Retirada, retirada. No entréis en combate. Tienen un arma que desconocemos".

"Oh, mierda", dice Justin. Gira el volante bruscamente hacia la derecha mientras el enemigo dispara otra vez y le falla por poco.

Los otros cuatro vehículos no tienen tanta suerte. Llegan veinte soldados enemigos y comienzan a dispararles, matándolos a todos. Los vehículos militares se desvían con un chirrido de neumáticos y chocan contra los edificios circundantes.

"¿Qué carajos?", dice Yuuto. Se asoma por la ventana y observa el caos que se desarrolla detrás de ellos.

"Vuelve aquí, Yuuto, y contacta con William", dice Justin, tirando de la ropa de Yuuto.

Dentro del Humvee de William, este lucha con el volante mientras intenta mantener el control. "Dáme una mano, Akihiro. No puedo aguantar mucho más".

El soldado muerto se desploma contra el volante, lo que dificulta el control del Humvee. Se desvía bruscamente, derrapando de forma más errática hasta que William pierde el control y se estrella contra una zanja. Se levanta una enorme nube de polvo que oculta el Humvee en una espesa columna.

Justin pisa el freno a fondo y el Humvee se detiene con un chirrido junto a la espesa columna de polvo.

Yuuto salta del vehículo cuando el polvo se disipa, revelando poco a poco el Humvee accidentado. Las puertas se abren de golpe y William y Akihiro salen, conmocionados pero ilesos.

"Tenemos que irnos" dice William. "No queremos que nos atrapen". "No estás lastimado, ¿verdad?" pregunta Yuuto, de pie junto a la puerta del pasajero.

"Estoy bien, súbete" dice William, saltando al asiento del pasajero.

"Yo también estoy bien", dice Akihiro, sosteniendo una radio portátil contra su pecho. Intenta abrir la puerta trasera, pero no puede agarrar la manija. Yuuto se adelanta y la abre. El cadáver de Omi cae al suelo con un golpe sordo.

"Mierda, han matado a Omi", dice Yuuto.

"Podemos llorar a los muertos más tarde", dice William. "Sácalo. Cuando esto termine, volveremos por él".

Yuuto recoge el cadáver y lo coloca con cuidado en el suelo, junto al Humvee destrozado. Akihiro se sube al vehículo y Yuuto lo sigue. La puerta se cierra de golpe y Justin pisa el acelerador, alejándose del lugar del accidente.

Akihiro se lleva el micrófono de la radio a la boca y se esfuerza por mantener la voz tranquila a pesar de los horrores que aún están frescos en su mente. "A todos los que puedan oír esto, les informo de que el enemigo tiene una nueva arma que puede perforar el blindaje de los vehículos militares. Repito, el enemigo tiene un arma que puede perforar el blindaje de los vehículos militares". A continuación, repite el mensaje en japonés, tratando de mantener el mismo tono.

"Acabamos de perder un pelotón completo en un instante", dice Justin, golpeando el volante con las manos. "¿Cómo se supone que vamos a luchar contra eso?".

"Tenemos que tomarlos por sorpresa, pero incluso eso podría ser una misión imposible", dice William.

Akihiro escucha atentamente la conversación y luego se inclina hacia William. "Me han dicho que nuestras fuerzas se están reuniendo en el aeropuerto. Necesitan refuerzos desesperadamente. También dicen que el enemigo tiene un escudo que los protege del peligro. Ni siquiera las balas pueden atravesarlo".

"¿Un escudo que las balas no pueden atravesar? No me digas", dice William.

"No lo habría creído si todo nuestro equipo no hubiera sido aniquilado", dice Justin. "Tenemos que hacer algo. No puedo dejar que lleguen a Lilly".

"Acelera, Justin", dice William. "Ve al aeropuerto. Quizás alguien pueda encontrar una forma de superar ese escudo antes de que lleguemos".

Justin pisa el acelerador y se encuentra con más cadáveres tendidos en la carretera. Se le revuelve el estómago y levanta el pie del acelerador, dejando que el Humvee reduzca la velocidad al acercarse a la espeluznante escena.

"¿Por qué reduces la velocidad? Sigue conduciendo", dice William.

"Podría haber supervivientes", dice Justin.

William se inclina y le pone la mano en el hombro a Justin. "Hijo, te aseguro que, sea cual sea el arma que estén utilizando, los ha matado a todos al instante. Ahora pasa por encima de ellos".

Justin aprieta la mandíbula y rechina los dientes ante la gravedad de lo que está a punto de hacer. Sus manos agarran el volante con fuerza mientras sigue adelante. Las llantas ruedan implacablemente sobre los cuerpos caídos. Yuuto se tapa los oídos, luchando por bloquear el repugnante crujido que se hace más fuerte cuanto más avanzan. Akihiro se aprieta los audífonos contra las orejas, dejando que la estática y las voces lejanas ahoguen el ruido. Justin y William no tienen más remedio que endurecerse, apartando sus mentes del horror que se encuentra bajo sus ruedas, negándose a pensar en ello.

En el crucero   1710, hora estándar de Japón

El crucero tiembla violentamente cuando el torpedo impacta. En la sala de teatro, la explosión golpea con más fuerza, haciendo que el suelo tiemble y sacudiendo todas las filas de asientos. Las luces parpadean y la gente cae de sus asientos, rodando por los pasillos y unos sobre otros. Algunos se agarran los brazos o la cabeza, de donde brota sangre de heridas recientes. Los gritos de dolor mezclados con el pánico resuenan en las paredes.

En el escenario, Miyu y Ayane se derrumban en mitad de la actuación. La música se detiene en un instante, sustituida por gritos. Cuando recuperan el sentido, se levantan con esfuerzo. La visión del público las horroriza y las paraliza en el sitio.

Kazuo no pierde tiempo y se apresura a subir al escenario, agarrándolas y acercándolas a él. "Tenemos que irnos ya".

Mientras abandonan el escenario, Ayane mira hacia atrás al público, sintiéndose impotente.

Una vez entre bastidores, Miyu se da la vuelta para mirar a Kazuo con ojos ansiosos. "¿Qué está pasando?" "Tenemos que ir a un bote salvavidas ahora mismo", dice Kazuo con la respiración entrecortada. "He oído por casualidad a un trabajador decir que el barco está siendo atacado por buques de guerra".

Yuko está junto al ascensor, haciéndoles señas frenéticamente. "Esta es la única forma de salir de aquí. Tenemos que irnos ya".

El intercomunicador se enciende y la voz del capitán Louis llena la sala. "Esto no es un simulacro. El barco ha sido alcanzado y nos estamos hundiendo rápidamente por la proa. Ordeno la evacuación total del barco. Todo el mundo debe abandonar el barco". La electricidad se corta y la sala queda sumida en la oscuridad total.

Ayane se queda paralizada, escuchando lo que sucede a su alrededor. Los gritos desgarradores resuenan en el auditorio, mezclándose con el gemido sordo del barco mientras se balancea irregularmente en el agua. Unos instantes después, las luces vuelven a encenderse y, sin dudarlo, corren hacia el elevador. Este se dispara hacia arriba, dejándolos salir a la cubierta donde se encuentran los botes salvavidas.

A su alrededor, los pasajeros entran en pánico y gritan unos sobre otros, sin saber muy bien qué ha pasado. Cinco minutos después del impacto del torpedo, el estado del barco empeora drásticamente. El barco se inclina notablemente hacia estribor. La proa, que normalmente se encuentra a quince metros sobre la línea de flotación, ahora está a nueve metros y se hunde rápidamente.

Salen del ascensor y, de repente, la electricidad se corta de nuevo, sumiéndolos en una oscuridad total. Las luces de emergencia permanecen apagadas y los gritos de confusión y miedo llenan el aire. Kazuo agarra la mano de Miyu desesperadamente, manteniéndola cerca mientras el caos se desata a su alrededor. En la confusión, Ayane y Yuko se separan de ellos.

Kazuo y Miyu se abren paso entre la multitud en pánico, luchando por llegar a la cubierta exterior del lado de babor del barco, con el viento azotándoles la cara. Buscan frenéticamente a Ayane y Yuko, solo para darse cuenta de que se han separado. Miyu no piensa con claridad e intenta volver a entrar.

Antes de que Miyu pueda correr hacia el interior, Kazuo la agarra y la rodea con fuerza por la cintura. Ella se resiste un momento, pero él la sujeta con firmeza. "No podemos hacer nada, Miyu. Lo siento".

Miyu deja de forcejear y lo mira con los ojos llenos de lágrimas. "Pero no podemos dejarlas así. Son nuestras amigas".

"Lo sé, pero no puedo perderte", dice Kazuo, abrazando a Miyu aún más fuerte.

Una m ultitud de pasajeros se reúne alrededor de los botes salvavidas cercanos, y sus voces se elevan en una charla ansiosa. Dos miembros de la tripulación luchan con las poleas.

"Está atascada" dice un miembro de la tripulación. "No podemos lanzar esta".

El pánico se apodera de la multitud mientras los pasajeros empujan y se empujan, desesperados por llegar a la popa para encontrar un bote salvavidas disponible. Más abajo en la cubierta, los botes salvavidas ya están llenos y se balancean sobre el costado, listos para lanzarse al agua.

Kazuo agarra la mano de Miyu y empuja hacia adelante con la multitud que se agita, pero ella lucha por mantenerse. "No puedo correr con este vestido. Es demasiado ajustado".

Se apartan a un lado mientras la multitud pasa corriendo. Kazuo mira a su alrededor y ve un cuchillo sobre una mesa cercana. Corre hacia él y lo recoge. "Probemos con esto. Quédate quieta". Agarra el vestido de Miyu y lo corta hasta las rodillas. Tira el cuchillo a un lado, vuelve a agarrarla de la mano y la arrastra a través del caos. "Tenemos que movernos".

Miyu asiente y corre a su lado. Siguen avanzando hacia la popa, impulsados por la esperanza de que aún quede sitio en un bote salvavidas. El caos se intensifica a su alrededor. La gente se arriesga saltando del barco al agua. Sus gritos atraviesan el aire y se desvanecen al desaparecer en las oscuras aguas. A pesar de la urgencia, Kazuo y Miyu se dan cuenta rápidamente de que el último bote salvavidas que quedaba en este lado ya ha zarpado, dejándolos a ellos y a otros varados en la cubierta inclinada sin forma de ponerse a salvo.

Ayane tropieza a ciegas por el oscuro interior del barco con los brazos extendidos mientras se orienta. Tras varios momentos de tensión, finalmente emerge por el lado de estribor. En comparación con el caos del lado de babor, este lado está tranquilo, con unas pocas personas dispersas. Se dirige al bote salvavidas más cercano, donde se han reunido otras nueve personas. La proa se eleva a pocos metros sobre la línea de flotación.

Un miembro de la tripulación trabaja desesperadamente para botar el bote salvavidas. "Esta maldita cosa está atascada. Necesito ayuda".

Otros miembros del grupo se apresuran a ayudarlo a liberar el bote salvavidas. Con un último empujón, lo balancean hacia un lado justo cuando la proa se sumerge en el agua. De repente, el barco se inclina más hacia estribor, provocando una violenta sacudida que sacude a todos los que están en cubierta. Ayane tropieza debido a su vestido. Extiende la mano, tratando de agarrarse, pero no hay nada a lo que aferrarse. Su frente se golpea contra la cubierta con un crujido espantoso y la sangre salpica por todas partes. Se derrumba en el suelo, inmóvil. El pequeño grupo se detiene y mira su cuerpo sin vida, conmocionado e incrédulo, sin saber qué hacer a continuación. Yuko tantea el interior del barco. Como lleva poco tiempo a bordo, no tiene ni idea de dónde pueden estar las salidas. A diferencia de los demás, deambula por los pasillos. Finalmente, llega a una zona abierta donde las luces de emergencia brillan con un color amarillo anaranjado a sus pies. Las sombras se alargan delante de ella y apenas puede distinguir lo que hay frente a ella.

La inclinación de la nave la obliga a luchar para mantenerse en pie. Cada paso es una lucha cuesta arriba para ella, mientras intenta mantener el equilibrio. Al otro lado de la sala, se encuentra con una barra en la que hay un puñado de personas aferrándose a lo que pueden. Sus piernas se doblan y se agarra a un mueble atornillado al suelo. Las sillas y las mesas se estrellan contra la pared detrás de ella. El vidrio se rompe y todos los objetos sueltos caen a su alrededor. Se agarra desesperadamente para no ser la siguiente en caer.

Kazuo y Miyu llegan a la popa, jadeando en busca de aire, sin poder encontrar un bote salvavidas. La cubierta se inclina bruscamente cuando la popa se eleva fuera del agua y se vuelca lentamente. El viento les azota el cabello y la ropa mientras se aferran desesperadamente a la barandilla.

"Tengo miedo, Kazuo", dice Miyu, temblando.

Kazuo la abraza y la aprieta contra la barandilla. "Todo va a salir bien. Mientras yo esté aquí, no te pasará nada".

La popa se eleva quince metros sobre el agua, dejando al descubierto sus hélices, que siguen en movimiento. Se eleva cada vez más rápido, hasta casi dar una vuelta completa. Sin embargo, con una gran parte del casco ya sumergida, el barco detiene bruscamente su balanceo. En cambio, se mantiene erguido, elevando la popa más hacia el cielo mientras la proa se hunde más en el océano.

"Tienes que trepar por la barandilla, Miyu", dice Kazuo.

Las lágrimas le corren por la cara mientras niega con la cabeza. "No puedo".

Sin pensarlo dos veces, Kazuo levanta a Miyu con un brazo. Ella grita mientras el terror le desgarra la garganta.

Él la empuja al otro lado de la barandilla. Una vez que ella ha pasado, él la sigue, pero pierde el equilibrio y se aferra a la barandilla con una mano. Tras unos instantes de agarrarse impotente, se impulsa con todas sus fuerzas. Cuando está al otro lado, sujeta a Miyu para que no se caiga.

Levanta la mirada hacia la isla calcinada en la distancia. Espesas columnas de humo negro se elevan en espiral hacia el cielo, transformando Okinawa en un caótico campo de batalla. Aviones militares surcan el horizonte, enzarzados en mortíferos combates aéreos sobre el caos. Debajo de él, el barco se detiene por completo, quedando en posición vertical a trescientos pies sobre el agua.

"¿Estás bien, Miyu?", pregunta Kazuo.

Miyu asiente con la cabeza, a pesar de que su cuerpo tiembla por el miedo que la invade.

Lejos en la distancia, se produce una enorme explosión en el aeropuerto. Al principio todo está en silencio, pero luego la onda expansiva golpea el barco con una fuerza extrema. La explosión es tan intensa que los pasajeros salen disparados del barco y son lanzados hacia las hélices que se agitan debajo. Kazuo y Miyu apenas se aferran a la barandilla mientras la violenta explosión amenaza con empujarlos.

Miyu aprieta los ojos y lanza un grito desgarrador. "Quiero irme a casa. No puedo más. ¿Qué les ha pasado a Ayane y Yuko?".

"Cuando esto termine, nos iremos de vacaciones a donde tú quieras", dice Kazuo.

Momentos después, el barco comienza su última inmersión en el océano. Dentro del barco, Yuko se aferra desesperadamente a la vida. El agua entra a raudales, subiendo rápidamente a su alrededor. Las siluetas de desconocidos se aferran a su lado, hablando un idioma que ella no entiende. Cuando siente que el agua la toca, respira hondo por última vez, con la esperanza de encontrar una salida. Las luces de emergencia se atenúan y se apagan. No hay nada que pueda hacer mientras pierde el conocimiento y finalmente sucumbe al agua.

Kazuo y Miyu se preparan para lo peor. En cuestión de segundos, el barco desaparece bajo las olas. Kazuo aprieta con fuerza a Miyu, decidido a no soltarla mientras son arrastrados bajo el agua. Con una última mirada, Kazuo ve cómo el enorme barco se desvanece en el profundo abismo, sin saber qué ha sido de Ayane o Yuko. Ambos salen a la superficie, jadeando en busca de aire. A su alrededor, hay mucha gente flotando cerca, algunos muertos y otros heridos. A lo lejos, cinco botes salvavidas del barco se acercan a la multitud, ofreciendo un poco de esperanza en medio de la devastación.

En la isla   1725 hora estándar de Japón

Justin acelera hacia el aeropuerto mientras la adrenalina recorre su cuerpo. Está a punto de llegar cuando se produce una colosal explosión que lanza una enorme bola de fuego hacia arriba, iluminando el cielo del atardecer. "Mierda, ¿eso ha sido en el aeropuerto?"

"Las comunicaciones se han interrumpido de repente", dice Akihiro, ajustando la radio para encontrar señal.

"¿Y ahora qué, Will?", pregunta Justin.

"No lo sé", dice William, mirando fijamente la bola de fuego. "Nuestra única esperanza acaba de volar por los aires".

"Esperen, chicos, puede que tenga algo", dice Akihiro, encontrando una señal.

"No nos tengas en suspenso", dice William.

Akihiro escucha con atención y repite lo que oye. "Fuego. Explosiones. Eso es lo que dicen. Así es como los venceremos".

"¿Cómo diablos funcionan el fuego y las explosiones?", pregunta William.

"No estoy seguro", dice Akihiro. "Date prisa y da la vuelta. Hay otro grupo cerca con el que podemos reunirnos".

Justin no lo duda. Da media vuelta inmediatamente y regresa por donde han venido. "¿Adónde vamos?".

"No están muy lejos de aquí", dice Akihiro. "Hay un grupo de soldados en una gasolinera fabricando cócteles Molotov".

"Vaya, ¿no es eso conveniente?", dice William.

Cinco minutos más tarde, Justin llega a la gasolinera y aparca el Humvee junto al bordillo. Cinco vigías escudriñan las calles en busca de cualquier amenaza. En los surtidores, los demás trabajan frenéticamente, llenando botellas con gasolina y rellenándolas con trapos mientras preparan los cócteles Molotov.

Un vigía se acerca al Humvee mientras Justin baja la ventanilla. "Parece que alguien ha recibido nuestro mensaje".

William sale del Humvee y se acerca para saludarlo. "Cuando recibimos su mensaje, nos apresuramos a venir aquí lo más rápido que pudimos. ¿En qué podemos ayudar?".

"No tenemos forma de transportar el cóctel Molotov", dice el soldado. "Necesitamos cargar su Humvee para poder tender una emboscada al enemigo".

William niega con la cabeza inmediatamente. "No recomendaría ese plan. Tienen armas que pueden penetrar el blindaje de este vehículo. He perdido a muchos buenos hombres en nuestro encuentro con el enemigo. Si no sabemos dónde está el enemigo, nos meteremos en una carnicería".

"Por suerte, tenemos tres drones con nosotros. Podemos encontrarlos fácilmente y tenderles una emboscada", dice el soldado.

"Necesitamos un plan mejor", dice William.

"Este es el mejor plan que tenemos", dice el soldado, irritado por William. "Si tardamos más, corremos el riesgo de perderlo todo".

"Puede que tenga razón, William", interviene Yuuto. "Es mejor plan que conducir sin rumbo fijo esperando que surja algo. Solo tenemos que pulir este plan y estaremos listos".

William suspira. "Está bien. Carguen todo. Sin embargo, quiero ver al enemigo antes de partir. Quiero conocer todos los detalles si voy a poner en riesgo la vida de mis hombres. ¿Entendido?"

El soldado saluda a William. "Entendido". Luego se da la vuelta y les grita a los otros soldados que están en las bombas de gasolina. "Muy bien, muchachos, ya lo oyeron. Empiecen a llenar los tanques".

Los soldados recogen cestas llenas de botellas; cada una tiene doce. Al mismo tiempo, los drones sobrevuelan la zona en busca de sus objetivos. El Humvee se llena rápidamente, con quince cestas en la parte trasera.

"Matamos a un grupo antes de que llegaran. Vengan conmigo", dice el soldado. Los guía alrededor del edificio.

En la parte trasera de la gasolinera, encuentran los restos carbonizados de ocho soldados enemigos. El aire está cargado de humo y el hedor de la carne quemada, mientras los cadáveres ennegrecidos yacen entre los escombros chamuscados.

"¿Cómo pudieron matarlos?", pregunta William.

"Los drones los detectaron cuando estábamos en el edificio. Subimos al techo y, cuando pasaron por debajo, lanzamos el cóctel Molotov para ver si servía de algo. Por suerte, funcionó", dice el soldado, señalando con el dedo. "Hay seis cadáveres más un poco más lejos".

William se acerca para inspeccionar los cadáveres. "¿Y sus armas?".

"No se pueden recuperar", responde el soldado. "Cuando mueren, sus armas y cascos también mueren. Se desmoronan y quedan inservibles". Se acerca y recoge un arma, pero en cuanto la toca, esta se desintegra en sus manos.

"Así que, aunque los matemos, no podemos usar su equipo. Genial", dice William.

Justin se agacha y trata de recoger un arma con cuidado, pero en cuanto la toca con los dedos, el arma se desintegra. "Realmente no quieren que estas armas caigan en manos de sus enemigos. Lo han pensado todo".

"Casi todo" dice Yuuto. "Si hubieran pensado en todo, el fuego no los mataría tan fácilmente".

Justin se levanta y se sacude el polvo de las manos. "Supongo que incluso una civilización alienígena puede pasar por alto cosas básicas como esa".

Regresan a la parte delantera de la tienda. Sus rostros muestran una mezcla de decepción y sombrío alivio, sabiendo que el fuego los mata.

Otro soldado se acerca al grupo con un mapa que despliega con cuidado. Lo extiende ante ellos y señala varios puntos de interés clave. "Hemos avistado una unidad enemiga a unos quince kilómetros al sur de aquí. Aquí es donde estamos nosotros". Desliza el dedo por el mapa. "Y aquí es donde tienen que ir ustedes. Podrán interceptarlos por esta calle. Dejen que pasen y ataquen por la retaguardia".

William mira a los soldados. "En el Humvee caben tres personas más. Cuantas más manos tenga, más posibilidades habrá de que esto salga bien".

El soldado mira a quién cree que sería mejor enviar con ellos. "Estos tres les ayudarán. Nos mantendremos al tanto de los movimientos del enemigo. Les deseo mucha suerte".

Mientras todos se apresuran hacia el Humvee, Yuuto se vuelve hacia Justin. "¿Has podido contactar con Lilly?". "Todavía no. La red sigue caída. No creo que pueda hasta que termine esta batalla", dice Justin. William se sienta en el asiento del copiloto y saca su mapa. "Diría que podríamos ir al hospital y protegerlo nosotros mismos, pero eso requeriría mucha mano de obra de esta misión".

Justin se sube al asiento del conductor y niega con la cabeza. "Si el enemigo solo viene del norte y del oeste, aún no debería haber llegado. El hospital debería estar a salvo mientras podamos mantener nuestra posición.

Voy a luchar con uñas y dientes para proteger a todos los que están en esta isla".

"Ese es el espítiru" dice William. "Vámonos".

Una vez que todos están en el Humvee, Justin pisa el acelerador y levanta una nube de polvo al arrancar a toda velocidad.

William recorre el mapa con el dedo, comprobando dos veces la ruta. "Tenemos que tomarlos por sorpresa. Un movimiento en falso y se acabó para nosotros. Les daremos fuerte y rápido antes de que puedan reaccionar". Mira a su alrededor, a la parte trasera del Humvee. "No quiero errores. Si alguien la caga, se acabó. No habrá segundas oportunidades.

¿Entendido?".

Todos asienten con la cabeza ante las duras palabras de William.

Por toda la isla, se difunde rápidamente la noticia de cómo derrotar al enemigo. Cuarenta minutos después del inicio de la batalla, los soldados supervivientes han reunido todos los explosivos que han podido encontrar. Los aviones ya han destruido los buques de guerra y los aviones enemigos, aunque a un alto precio. La batalla ha sido brutal, con cientos de miles de civiles muertos. Pero una vez que la información crucial circula entre las tropas, la marea de la guerra cambia. Solo quedan las fuerzas terrestres enemigas. Confiados en que sus cascos los protegerán, los soldados de infantería se mantienen firmes mientras los aviones sobrevuelan la zona, solo para ser aniquilados por sus bombas.

"Ya casi hemos llegado», dice William. "Deberíamos parar aquí y recorrer el resto del camino a pie. No hay necesidad de alertarlos".

Justin detiene el Humvee a un lado de la carretera. Las llantas crujen sobre la grava mientras el grupo sale del vehículo. Akihiro se toma un momento para asegurar la radio que lleva a la espalda y poder llevarla consigo.

"Asegúrate de silenciar esa radio", dice William. "No quiero que eso sea lo que nos mate".

"Ya lo hice, pero déjame revisar de nuevo", dice Akihiro.

"Siempre es bueno revisar varias veces por seguridad", dice William. Camina hacia la parte trasera y abre el maletero para tomar el cóctel Molotov. Señala a los otros tres que los acompañan. "Ustedes tres, tomen una canasta cada uno. Quiero que revisen cada una de ellas y se aseguren de que estén listas para ser lanzadas. Una vez que terminen, podemos comenzar a dirigirnos hacia allí".

Cada uno de ellos toma una canasta y revisa cuidadosamente cada cóctel Molotov.

Yuuto se acerca a William. "¿Serán suficientes tres canastas? ¿No deberíamos llevar más por si acaso?".

"Si llevamos más, corremos el riesgo de que el enemigo nos oiga", dice William mientras cierra silenciosamente el maletero. "A partir de este momento, todos deben permanecer en silencio excepto Akihiro. Él nos mantendrá informados de dónde está el enemigo".

Justin toma la delantera y guía al grupo hacia el último lugar donde se vio al enemigo. William, Akihiro y Yuuto están en el centro de la formación, y los tres que llevan las canastas están detrás de ellos debido al tintineo de las botellas al caminar.

Akihiro escucha a los demás por su radio. Susurra: "Están cerca; manténganse en guardia y en silencio". Avanzan en fila india junto a una pared, rozando con el hombro izquierdo el áspero hormigón. El crujido irregular de la grava bajo sus botas resulta ensordecedor, como si cualquiera pudiera oír su aproximación. Al acercarse a una intersección, Justin se detiene y presiona el pecho contra el borde de la pared. Se inclina lo justo para ver la esquina.

Nueve soldados enemigos aparecen delante, caminando por un estrecho sendero de espaldas al grupo. Su formación es holgada y sus armas cuelgan despreocupadamente a los lados. Se mueven a paso lento; sus voces son fuertes y descuidadas, confiando plenamente en que sus cascos los protegen. No les ha llegado la noticia de su vulnerabilidad al fuego.

Sin mirar atrás, Justin levanta la mano izquierda y hace una serie de gestos precisos, dirigiéndolos a sus posiciones. Sus ojos permanecen fijos en los movimientos del enemigo. Detrás de él, William le toca el hombro con una palmada firme, confirmando en silencio que lo han entendido.

El equipo trabaja con rapidez. Los tres soldados colocan las cestas en el suelo con cuidado. William saca un encendedor y comienza a encender los cócteles Molotov. Cuando los doce de una cesta están encendidos, cada uno de ellos coge dos botellas, excepto Justin. Él se queda en la esquina, sin mirar atrás. William se inclina hacia adelante y le da un codazo a Justin, indicándole que están listos. Justin levanta el brazo izquierdo en el aire, dándoles la señal. Los seis hombres doblan la esquina juntos y se alinean en la calle en silencio. Simultáneamente lanzan las doce botellas Molotov, alcanzando sus objetivos con precisión milimétrica.

Las botellas se rompen en un enorme incendio que se extiende por el estrecho camino. Las llamas envuelven a los soldados antes de que puedan siquiera darse cuenta de lo que está pasando. Gritan con fuerza, arañando sus uniformes en llamas, pero el fuego ya los ha fundido con su piel. Dos de ellos caen al suelo, pero ruedan sobre el gas ardiente, lo que hace que las llamas ardan aún más. Los gritos se apagan gradualmente a medida que los hombres se derrumban y su piel se desprende de los huesos. Cuando el último grito se desvanece, el único sonido que queda es el débil crepitar del fuego que consume lo que queda. El grupo observa con horror cómo el fuego ilumina sus rostros afligidos.

Yuuto se tambalea hacia un lado con una mano cubriéndose la boca para contenerlo, pero es inútil. Se inclina y vomita violentamente mientras su cuerpo se convulsiona. Cuando termina, se pone de pie y se limpia lo que le queda en la boca. Es el primero en volverse hacia Justin, dispuesto a decir algo, pero su expresión cambia en un instante. Detrás de ellos, un solitario soldado enemigo permanece inmóvil. Todos se dan la vuelta en un santiamén. El aire se siente pesado, como si el tiempo se estirara hasta que cada segundo pareciera una eternidad.

Justin capta sus expresiones cambiantes y se da la vuelta rápidamente. El soldado está a solo unos metros, apuntándole con su arma a la altura del pecho. Sus pensamientos se aceleran mientras piensa en lo imposible. ¿Qué puedo hacer? Podría coger un cóctel Molotov. No, eso no funcionará. Ni siquiera llegaría a la mitad del camino antes de que me mataran a tiros. Vuelve a mirar al enemigo mientras se acerca. ¿Y si me abalanzo sobre él? No, eso tampoco funcionará. Mierda, piensa. Vamos, piensa. No quiero morir. Tengo que volver con Lilly. La vida de Justin pasa ante sus ojos mientras el soldado acorta la distancia con el arma apuntando a su pecho. Cada paso se hace más pesado, alargando lo inevitable. Su respiración se vuelve superficial a medida que la fría realidad se impone. Se acabó.

Entonces, sin decir palabra, el enemigo baja el arma y la tira al suelo, a los pies de Justin. "Me rindo. Estoy harto de todas estas muertes innecesarias. Puedes quedártelas". Se quita el casco y rompe en lagrimas.

Aún aturdido, Justin mira al hombre, sin saber si su mente le está jugando una mala pasada. El soldado le tiende el casco y Justin lo coge sin pensar. Luego mira el arma que yace entre ellos. Moviéndose lentamente, se agacha y la recoge.

William es el primero en volver a la realidad, escaneando la escena para darle sentido a todo esto. Mira fijamente al soldado. "Esto no es una broma, ¿verdad? ¿De verdad te estás rindiendo ante nosotros?". Baja la mano a la cintura y agarra su arma por si acaso.

"Sí, me rindo", dice el soldado, levantando ambas manos.

El grupo se recompone, sacudiéndose la conmoción persistente. Las miradas se cruzan entre ellos mientras surgen las preguntas.

"¿Cómo te llamas?", pregunta Justin.

"Me llamo Ming, y después de que llegaran esas cosas, nuestro líder se dejó llevar por el poder. Quería probar esas armas, y los estadounidenses le dieron la excusa que necesitaba. A cualquiera que no siguiera sus órdenes de invadir se le dijo que matarían a nuestras familias". Su voz se quiebra mientras las lágrimas le caen por la cara. "No teníamos otra opción que venir aquí y luchar".

"No me vengas con esas tonterías", dice William. "Todo el mundo tiene una opción. Igual que yo estoy eligiendo no matarte aquí mismo".

"Es fácil para ti decirlo. No quiero que maten a mi familia por mi culpa", dice Ming.

"Dejémoslo estar", dice Justin, levantando la mano hacia William. "Cuando esto termine, podremos interrogarlo más a fondo. Ahora tenemos que reagruparnos". Se quita el casco y duda un momento antes de ponerse el otro.

"¿Qué tal te sienta?", pregunta Yuuto.

Justin se ajusta ligeramente el casco, tirando de las correas hasta que queda bien colocado, y luego se encoge de hombros. "Se siente como un casco normal y corriente. No tiene nada de especial". Toma el otro casco y se lo pone a Ming en la cabeza.

"Quizás lo estás usando mal", dice Yuuto. "Déjame intentarlo".

William pone la mano sobre el casco de Justin, interrumpiendo su conversación. "Justin no se lo quitará. Los mantendrá a salvo hasta que podamos entregárselos a los superiores. Por ahora, volvamos al Humvee y continuemos con la misión. Tener este casco debería facilitarnos el trabajo". Mira a Justin y le da una palmada en la espalda. "Cuento contigo para acabar con el enemigo, ya que eres el único de nosotros que está protegido".

William se dirige hacia el Humvee y todos lo siguen.

Akihiro se lleva la radio a la oreja y escucha atentamente para ver si descubre alguna pista sobre lo que está pasando en la isla. "Chicos, me han dicho que el enemigo está perdiendo terreno. Estamos ganando".

Todos dejan escapar un grito de alivio y emoción, pero William mantiene la calma y frena su celebración. "No nos precipitemos. Todavía tenemos que reunirnos con los demás".

La sonrisa de Akihiro se desvanece y el color se le va de la cara cuando las palabras de la radio se tornan desesperadas. "No, no puede ser. Tienen que escuchar esto". Se quita la radio de la espalda y la deja en el suelo. Gira el dial y sube el volumen para que todos puedan escuchar la sombría noticia que ensombrece las expresiones de todos.

"Derríbenlo", dice un hombre por la radio. "Acaban de lanzar el Deatomizador sobre Kin. Cualquiera que esté en la zona, derríbenlo ahora mismo".

A millas de distancia, cerca del centro de la isla, el Deatomizador se cierne amenazador sobre Kin. La gente se dispersa en todas direcciones tratando de alejarse lo más posible. Los soldados se abren paso entre el caos con sus armas desenfundadas. Disparan contra él, pero parece que no sirve de nada. El sudor les gotea por la cara mientras sus ojos se abren con terror e incredulidad.

"No dejen de disparar", dice un soldado. "No podemos dejar que esta cosa nos mate".

"Me he quedado sin munición. Necesito más", dice otro soldado.

En una base militar cercana, los sistemas de puntería se fijan en el Deatomizador. Los lanzadores disparan misiles y cohetes en una lluvia torrencial, pero cada impacto pasa de largo sin causar daños. El pánico se apodera de las tripulaciones, ya que todas las armas y tácticas para las que se han entrenado parecen inútiles contra este enemigo imparable. Todos los aviones restantes se dirigen hacia Kin, pero solo uno está lo suficientemente cerca como para alcanzarlo antes de que detone. El piloto toma una decisión en una fracción de segundo y se lanza en picado directamente hacia el Deatomizador. Pero el Deatomizador es despiadado. El avión se estrella contra la luz azul interior y desaparece en un instante, dejando solo sus alas cayendo en picado hacia la Tierra.

Segundos después, la luz exterior se expande, engullendo la isla. Los soldados en tierra siguen disparando a ciegas, pero las armas no tienen ningún efecto. Una vez perdida toda esperanza, los soldados, presa del pánico, dejan caer sus armas y huyen en busca de un lugar seguro. Todos los intentos desesperados de contraatacar se desmoronan ante la innegable realidad de que son impotentes y que no hay ningún lugar seguro.

Tras un minuto, la luz interior sigue a la primera, acabando con todo a su paso. Alrededor de la isla, las calles se sumen en el caos mientras los gritos perforan el aire. Las multitudes corren desesperadamente, pero la luz las alcanza sin piedad. A estas alturas, la noticia de la batalla en Okinawa se conoce en todo el mundo. Los satélites transmiten la aterradora expansión. Millones de personas observan con horror cómo la enorme cúpula cubre la isla, conscientes de la magnitud del desastre que está a punto de desatarse.

En medio del caos, una madre agarra la mano de su hijo y corre por la calle para salvar sus vidas. El niño jadea en busca de aire, luego tropieza en el asfalto, cae a la carretera y llora. La madre se da la vuelta y el pánico se apodera de ella al ver la enorme pared azul que se acerca rápidamente. En lugar de levantar a su hijo y correr, se arrodilla y lo envuelve en sus brazos mientras la gente pasa corriendo, tratando desesperadamente de salvarse. Lo abraza con fuerza, meciéndolo mientras la luz los envuelve.

En el hospital, Lilly yace en la cama, pálida y frágil, ajena a los horrores que estallan en el exterior. En el pasillo, las enfermeras y los médicos se mueven frenéticamente, con el rostro tenso por el miedo y la confusión cuando la primera luz los envuelve. El Dr. Ogawa irrumpe por las puertas y se apresura a entrar en la habitación de Lilly.

A Lilly se le llenan los ojos de lágrimas. "¿Qué está pasando? ¿Qué ha ocurrido?".

Desde la ventana, ven cómo la luz crece y se acerca a una velocidad aterradora.

El Dr. Ogawa se apresura a acercarse a Lilly y le da un abrazo tranquilizador. "Todo va a salir bien". Ella apoya la cara en su gorro. "Estoy aquí contigo, Lilly".

El terror se apodera de Lilly. Su cuerpo tiembla mientras grita. Las lágrimas le recorren las mejillas mientras su mirada se fija en la ventana. Sus pequeñas manos agarran las sábanas, como si aferrarse a ellas pudiera de alguna manera mantener a raya a la fuerza imparable. "Papá. ¿Dónde estás?". Sus figuras se difuminan y desaparecen a medida que se desvanecen.

Kazuo y Miyu flotan impotentes en el agua, aferrándose el uno al otro mientras el caos estalla a su alrededor. La multitud desesperada se abalanza hacia los cinco botes salvavidas, empujando y arañando para subir a bordo, pero Kazuo atrae a Miyu hacia él, anclándola a su lado. Sus miradas se cruzan, ahogando los gritos y el tumulto. Miyu cierra los ojos, entreabriendo ligeramente los labios, y Kazuo se acerca. Comparten un último beso mientras sus corazones laten al unísono antes de que la implacable luz se los lleve.

7

14 de Noviembre de 2026   0415 hora estándar del Este.

Xavier golpea el puño contra la puerta del dormitorio del presidente. Sin esperar respuesta, irrumpe en la habitación y despierta a Angus. "Señor, tiene que ver esto".

Angus se despierta sobresaltado, incorporándose de golpe mientras su cuerpo se tensa con repentina alerta. Se frota los ojos y parpadea rápidamente mientras recupera el sentido. "¿Qué pasa?".

"El ejército de Kun ha lanzado su ataque", dice Xavier. "Están luchando contra los japoneses en Okinawa". Angus echa a un lado las mantas y salta de la cama. Se calza las pantuflas y corre por el pasillo hacia la sala de situación. "¿Cuál es la situación?".

Paula está de pie al frente de la sala, con el camisón ligeramente deslizado por los hombros, pero su presencia domina el espacio. Los oficiales militares y los agentes de inteligencia siguen todas las órdenes que ella da. En el momento en que Angus irrumpe en la escena, ella lo mira fijamente a los ojos. "Lamento despertarlo tan temprano, señor, pero necesita ver lo que está pasando. Hace quince minutos, Kun comenzó una invasión a gran escala de la isla japonesa de Okinawa. Me he tomado la libertad de prepararlo todo para usted".

Al frente de la sala, varias televisiones muestran imágenes en directo por satélite de la batalla desde diferentes ángulos.

"Buena decisión", dice Angus, acercándose para ver mejor una de las televisiones. "Veo humo saliendo del océano. ¿Qué es eso?".

"Podrían ser las primeras víctimas de esta invasión", dice Paula. "Los buques de guerra de Kun hundieron nueve transatlánticos a aproximadamente una milla del puerto. Nuestras fuerzas armadas acabaron rápidamente con los buques de guerra, pero parece que no pudieron salvar ninguno de los barcos".

La puerta se abre de golpe con fuerza y Robert entra en la sala pisando fuerte. Todas las cabezas se giran instintivamente hacia él, ya que su presencia llena la sala. "Refuerzos. ¿Dónde están?".

"Los refuerzos tardarán un poco", dice Xavier. "Están en camino, pero tardarán dos horas en llegar. Es una isla en medio del Pacífico, por supuesto".

"¿Por qué no teníamos ningún barco cerca?", pregunta Robert, dando un golpe en la mesa con la mano. "Sabíamos desde anoche que tenían buques de guerra alrededor de Okinawa".

Desde el otro lado de la sala, Angus cruza la mirada con Robert. "Tienes que calmarte y evaluar la situación".

Robert saca con fuerza una silla, que raspa el suelo con un chirrido, y se sienta. Mira a Angus con los ojos ardientes de ira y lo señala. "No, tú eres el que tiene que evaluar la situación. Hay gente muriendo porque no nos preparamos para esto cuando debíamos. Teníamos tiempo y recursos suficientes para evitarlo. En todo caso, fue una tontería organizar ese evento. ¿Qué esperaban que pasara?".

"Hicimos lo que pudimos con el tiempo que teníamos. Enviamos tropas y armas adicionales a Okinawa", dice Angus.

"Obviamente, eso no fue suficiente para disuadir un ataque", dice Robert, señalando la televisión. "Mira la pantalla. La isla está en llamas. Necesitábamos nuestros propios buques de guerra alrededor de la isla para evitar una situación como esta». Vuelve a dar un golpe en la mesa con la mano.

Antes de que la tensión pueda aumentar aún más, un asesor habla con un teléfono pegado a la oreja.

"Ambos deben escuchar esto. Nos han informado de que el enemigo tiene un nuevo tipo de arma".

"¿Qué tipo de arma?", pregunta Angus.

"Algo parecido a un campo de fuerza los protege. Las balas no tienen ningún efecto", dice el asesor. "Además, echen un vistazo a estas imágenes que acabamos de recibir". Pone unas cuantas imágenes en la televisión. Muestran miles de cadáveres esparcidos por toda la isla.

Robert se inclina hacia adelante en su silla con los ojos muy abiertos y la mandíbula apretada mientras las sombrías imágenes aparecen en la pantalla. "Paula, ¿cuánto tiempo ha pasado desde que comenzó el ataque?"

"Han pasado treinta minutos desde que el buque de guerra inició el ataque", dice Paula.

"¿Cómo es posible?", pregunta Robert, recostándose en su asiento. "Tanta gente ha muerto en tan poco tiempo". Su mente se acelera, tratando de comprender qué pudo haber causado su muerte. "¿Hay algún informe sobre el uso de gas?"

"No, pero estamos recibiendo informes de que el enemigo tiene otra arma que puede matar al instante", dice el asesor.

"¿Otra arma, eh? ¿Qué les han dado estos alienígenas? No hay forma de que pudiéramos habernos preparado para algo así", dice Robert.

Pasan veinte minutos, con actualizaciones periódicas. "Nos llegan informes de que han encontrado la manera de derrotar al enemigo", dice el asesor. "Sus escudos no protegen contra las explosiones. Ahora están ganando". Una sonrisa aparece en el rostro de Angus, luego mira a Robert. "Parece que los misiles adicionales que les proporcionamos se están utilizando al máximo".

Xavier mira la pantalla de su computadora, con una expresión de profunda preocupación. "Angus, tenemos un objeto volador no identificado dirigiéndose hacia la isla". Transfiere las imágenes a la televisión para que todos las vean. El objeto atraviesa el cielo desde el suroeste, atravesando las nubes hacia la isla. "¿Podemos obtener una imagen más clara de lo que es eso?", pregunta Angus. Luego mira a Paula. "¿A qué velocidad va esa cosa?".

Paula coge un lápiz y papel, y lo llena de números mientras calcula la velocidad. "Por lo que puedo decir, viaja entre dos mil ochocientas y tres mil millas por hora".

Robert se concentra en la televisión, frunciendo el ceño con confusión. "No se parece a ningún avión que haya visto antes. ¿Es un arma nueva? ¿Qué podría ir tan rápido?".

El objeto desacelera después de llegar a la isla y luego se detiene, flotando en el aire. "¿Por qué se detuvo? ¿Qué está haciendo?", pregunta Xavier.

Angus siente un nudo en el estómago. Se queda sin aliento al darse cuenta de lo que es. "Dios mío, es el Deatomizador. Muéstrenme una imagen más cercana".

El Deatomizador se expande sobre la isla mientras los asesores buscan frenéticamente un video en primer plano.

"Aquí, señor, encontré uno", dice Paula.

La luz exterior se expande rápidamente por la pantalla, envolviendo todo a su paso. Una vez que se detiene, la segunda luz se expande sobre ella. Los rostros en la sala de situación palidecen mientras observan, dándose cuenta de la escala inimaginable de vidas que se están perdiendo. Un minuto después, la luz termina de cubrir la isla. La cúpula se disipa lentamente, revelando un enorme agujero por el que entra el agua del océano.

Angus aprieta la mano en un puño, el calor le inunda el rostro y aprieta la mandíbula con tanta fuerza que le duele. La ira hierve dentro de él. Busca cualquier cosa que tenga al alcance de la mano, dispuesto a lanzarla contra el televisor.

Paula se coloca a su lado y le pone la mano con firmeza en el hombro. Niega ligeramente con la cabeza. Sus ojos se encuentran con los de él con una mirada firme. "¿Recuerdas lo que pasó la última vez que perdiste los estribos? Me prometiste que nunca dejarías que la ira te consumiera".

Angus respira hondo y temblorosamente, obligando al fuego de su pecho a enfriarse. Sus hombros se relajan ligeramente mientras levanta la mano y la posa sobre la de ella. "Gracias". Se recompone y se frota la cara. "¿Cuál es la estimación de pérdidas de vida?".

Paula aparta la mirada, tratando de contener las lágrimas. "Un millón y medio, señor. Espero que sea más alto debido al festival".

Robert se sienta en silencio al fondo mientras la sala se llena de voces tensas. Sus ojos se posan en un paquete de cigarrillos sobre la mesa con un encendedor junto a él. Después de soltar un suspiro, cede, los agarra a ambos y sale de la habitación sin que nadie se dé cuenta. Afuera, la noche está tranquila. Aún faltan dos horas para el amanecer. Saca un cigarrillo del paquete y se lo lleva a la boca. El encendedor parpadea y la llama ilumina su rostro demacrado antes de que la punta se ponga roja. Inhala profundamente, retiene el humo en los pulmones durante unos segundos y luego exhala lentamente. El humo se eleva y luego se desvanece, revelando la luna llena sobre su cabeza. Sus hombros se encogen. El peso que lleva sobre sus hombros es visible en cada arruga de su rostro. Se siente derrotado, listo para volver a dormir, pero sabe que no habrá descanso. Hoy va a ser un día infernal.

Tres horas después   0800 hora estándar del Este.

Brittney se sienta frente a una cámara mientras el resplandor de las luces del estudio ilumina su rostro. Su expresión es grave, ya que la historia le pesa. Detrás de ella, una pantalla muestra imágenes satelitales en bucle de Okinawa antes y después de que se activara el Deatomizador. "Comenzamos este sábado por la mañana con noticias de última hora procedentes de Japón. Hace cuatro horas, el ejército de Kun atacó la pequeña isla de Okinawa mientras se celebraba un festival. Se utilizó el Deatomizador y se presume que todos los habitantes de la isla han fallecido".

La transmisión pasa a imágenes temblorosas y granuladas captadas desde tierra momentos antes de que el Deatomizador arrasara la isla. La cámara se mueve violentamente mientras la persona que graba corre y respira ruidosamente por el micrófono. Tropieza y la imagen muestra cómo se acerca la luz interior, y luego el video termina abruptamente.

Brittney continúa con su reportaje mientras contiene las lágrimas. Actualmente son las nueve de la noche allí, por lo que no hay imágenes en directo de lo que ha quedado. Los vídeos que tenemos fueron tomados hace horas, cuando se ponía el sol. Se espera que el presidente dé un discurso en una hora. Recientemente ha hablado con el primer ministro canadiense sobre cómo proceder en esta situación.

Pasemos ahora a nuestro corresponsal de guerra, Luke Hurst, que ha estado observando cómo se desarrolla la situación fuera del edificio del Capitolio en Filadelfia". Brittney gira su silla para ver una pantalla en la que aparece otro reportero. "Buenos días, Luke. ¿Puedes ponernos al día sobre la situación en el Capitolio?".

"Buenos días, Brittney", dice Luke. "Si tuviera que resumir lo que está sucediendo en una palabra, esa palabra sería caos. Todos, desde el presidente hasta los legisladores, están tratando de averiguar cómo responder a este horrible ataque contra civiles desarmados. Angus ya ha hablado con la OTAN, pero las conversaciones fracasaron. No enviarán ninguna ayuda ni refuerzos. El Ejército de Salvación y la Cruz Roja también han rechazado una solicitud de ayuda. De todos modos, no esperaba mucho de ellos, ya que su sede fue destruida por los Deatomizadores a principios de este mes".

"¿Has visto al presidente?", pregunta Brittney.

"No, no lo he visto", dice Luke, sacudiendo la cabeza. "Por lo que he oído, ahora mismo está reunido con el nuevo primer ministro de Japón. No me sorprendería que estuvieran discutiendo la posibilidad de rendirse. Kun ha demostrado que posee más Deatomizadores y que no tiene miedo de usarlos. Lo que necesitamos ahora mismo...".

"Espera, Luke", dice Brittney, interrumpiendo a Luke. "Tenemos noticias de última hora de que Kun está a punto de hablar".

La cámara corta a una transmisión en vivo que muestra a Kun de pie detrás de un podio con una mirada amenazante. Durante unos tensos momentos, no dice nada, solo recorre la sala con la mirada mientras las cámaras disparan sus flashes. Finalmente, se dirige al público con tono amargo. "A todos los que aún se oponen a mí, les hablo a ustedes: Japón, Canadá y Estados Unidos. El ataque de esta noche contra Japón no es el único que hemos planeado para ustedes. Es el primero de muchos. Esta es mi declaración de destrucción. La aniquilación total de aquellos que se oponen a mí. Les di la oportunidad de rendirse, pero no me escucharon. Si se hubieran detenido y se hubieran rendido, no tendría que recurrir a borrar su existencia de la historia. Las generaciones futuras nunca sabrán que existieron; me aseguraré de ello. Okinawa fue solo el comienzo". Hace una pausa y vuelve a recorrer la sala con la mirada, esperando que alguien se atreva a desafiarlo. "Para demostrar que voy en serio, enviaré toda mi fuerza militar a Estados Unidos en las próximas semanas para matarlos a todos y cada uno de ustedes. El momento de rendirse ya pasó. Tuvieron su oportunidad y la desperdiciaron. No hagan esto más difícil de lo necesario. Simplemente ríndanse y dejen que mis fuerzas pongan fin a su patética existencia". La transmisión se corta abruptamente.

Después de que las cámaras se apagan, Kun golpea violentamente el podio contra el suelo. "¿Cómo perdimos en Okinawa?". Respira con dificultad y mira los rostros de quienes lo rodean, luego fija su mirada en el lugar donde está sentada Taf. "¿Dónde está Ignin? Le dije que estuviera aquí hace una hora".

Taf permanece imperturbable, su postura se mantiene firme y su expresión es indescifrable. Ella le devuelve la mirada con calma, sin mostrar ni una pizca de miedo o duda en sus ojos. "Ignin todavía está haciendo los preparativos para reunirse con usted. Tenga un poco más de paciencia. Llegará en un momento".

Antes de que Kun pueda responder, las puertas se abren y Zhen entra con Ignin detrás. "He traído a Ignin, como me pidió".

Zhen se hace a un lado mientras Kun se apresura a enfrentarse a Ignin. "¿Qué demonios fue eso? Sus armas solo sirvieron para sorprenderlos, pero una vez que se recuperaron, comenzaron a matar a mis hombres".

El tono severo de Kun toma a Ignin por sorpresa. Tropieza ligeramente, sin esperar este lado de Kun. "No conocíamos las armas que tiene su planeta. Creíamos que lo que les dimos sería suficiente, pero nos equivocamos".

"Sí, eso crees tú", dice Kun. "A partir de ahora, yo me encargaré de la fabricación de armas. Quiero que todas mis armas estén protegidas con el mismo campo de fuerza que nos protegió del ataque ruso".

"Eso llevará tiempo. Se necesitarían tres de sus meses para fabricar todo lo necesario", dice Ignin.

Kun aprieta el puño, con ganas de golpear a Ignin por contestarle. En lugar de dejar que su puño hable por él, canaliza la intensidad en palabras mientras le da un ultimátum. "Tienes dos días, y nada más. Espero que trabajes con eso".

Ignin da un paso adelante desesperadamente. "Pero, señor, eso no es suficiente..."

"Estoy cansado de todas las excusas", dice Kun, golpeando con la mano la mesa más cercana. "Averigua cómo hacer lo que te estoy diciendo. ¿Me he explicado bien? No quiero que se repita lo que acaba de pasar. Ahora, fuera de mi vista".

Ignin aprovecha la oportunidad para salir de la habitación. Sin decir nada más, se da la vuelta y se apresura hacia la salida.

Otro consejero entra en la habitación cuando Ignin se marcha. "Señor, tenemos informes de que algunos de sus soldados han regresado de Okinawa".

Kun endereza la postura y ensombrece su expresión. "Reúna a todos los que han regresado. Tenemos que demostrar a todo el mundo que vamos en serio".

Doce horas más tarde, se levantan unas plataformas gigantescas justo fuera del edificio del capitolio. Una inmensa multitud se agolpa cerca, esperando con ansiedad. En las plataformas, cientos de personas están atadas e inmovilizadas, con sacos negros cubriéndoles la cabeza. Muchos son niños; sus pequeños cuerpos tiemblan bajo las cuerdas, mientras la tensión y el miedo se apoderan de sus cuerpos silenciosos e indefensos. El aire está cargado de terror, ya que todos los espectadores son conscientes del horrible desenlace que está a punto de producirse.

En el podio, Kun se yergue mientras las cámaras se centran en él. Su expresión no muestra ninguna compasión por lo que está a punto de hacer. "Anoche sufrimos una humillante derrota en Okinawa. Para dar ejemplo, he reunido a todos los soldados que regresaron huyendo del campo de batalla con el rabo entre las piernas. Que quede claro que ya no tengo paciencia para lidiar con desertores y traidores, y que voy a tomar medidas contra ellos ahora mismo". Los fríos ojos de Kun recorren la multitud antes de mirar a sus soldados. "Traigan a la primera familia".

Los soldados arrastran a ocho cautivos y los obligan a arrodillarse frente a Kun, acallando los murmullos de la multitud. Los soldados les quitan las bolsas negras de la cabeza, dejando al descubierto sus rostros ante el mundo. Las mordazas aprietan con fuerza sus bocas, amortiguando sus sollozos. Los espectadores se quedan paralizados al enfrentarse a la realidad del sufrimiento de los cautivos.

Kun señala a un hombre sin máscara al otro lado de la plataforma. "Estas ocho personas son los familiares de ese hombre de allí. Traicionó a su país y debe pagar el precio más alto".

La voz del hombre se quiebra mientras grita a Kun que se detenga, pero sus súplicas desesperadas no son más que ruido de fondo para Kun. Las ocho personas que están frente a Kun son la esposa del hombre, sus padres, dos hermanos y tres hijos, todos menores de diez años.

Kun saca una pistola de su cintura y la amartilla. "Esto es lo que les pasa a los traidores". Sin dudarlo, aprieta el arma contra la frente del niño más pequeño y aprieta el gatillo. Va avanzando por la fila, matándolos deliberadamente poco a poco para que el hombre atado sienta más dolor. Cuando suena el último disparo, le da el arma a un soldado cercano y saca un pañuelo de su bolsillo. Se limpia la sangre de la cara y luego se vuelve hacia las cámaras con una expresión inquietantemente tranquila y serena.

"A partir de hoy, no toleraré más que nadie se rinda".

Detrás de Kun, sus soldados apuntan con sus armas a todas las personas que quedan y abren fuego, matándolas a todas. Las plataformas se convierten en una escena de carnicería mientras los cuerpos caen uno tras otro y la sangre salpica la madera y el suelo. La multitud retrocede horrorizada mientras la escena se convierte en una pesadilla sangrienta.

15 de noviembre de 2026   0100 hora estándar de Japón

"Shiro, no creo que debamos salir. Las voces podrían ser de ellos", dice Kiyomi, agarrando el brazo de Shiro.

"No podemos quedarnos encerrados aquí para siempre", dice Shiro, apartándose de ella. "Ya han pasado siete horas. Además, están hablando en inglés. Esta podría ser nuestra única oportunidad de contactar con el mundo exterior antes de que se nos agoten los recursos". Abre lentamente la puerta, las bisagras crujen suavemente y se asoma a la oscuridad que hay más allá. Todos sus sentidos se tensan al contemplar el silencio vacío.

"¿Ves algo?", pregunta Kiyomi, moviendo la cabeza para ver el exterior.

"No veo nada", dice Shiro, abriendo completamente la puerta y saliendo del edificio. "Estoy acostumbrado a ver las luces de la ciudad en la distancia, pero está completamente oscuro. Ni siquiera los insectos hacen ruido".

Kiyomi se da la vuelta con expresión preocupada. "Shigeko, detenlo".

Shigeko niega con la cabeza. "Ya lo conoces. Una vez que se le mete una idea en la cabeza, no hay quien lo pare. Déjalo en paz". De la trastienda sale un hombre con una linterna. "Yo iré con él. No podemos arriesgarnos a que le pase algo a la persona más inteligente de aquí", dice Ryuunosuke, saliendo corriendo por la puerta para alcanzar a Shiro. "Las voces que hemos oído deben de estar en esta dirección", dice Shiro, abriéndose paso entre la densa maleza.

"Tengamos cuidado", dice Ryuunosuke, entregándole la linterna a Shiro. "No sabemos quién está ahí fuera. Por lo que sabemos, podrían no ser amigos".

Shiro sonríe mientras su mano se desliza casualmente dentro de su bata de laboratorio, revelando una pistola en su bolsillo.

"No te preocupes, yo nos cubro las espaldas".

"¿Cómo la conseguiste?", pregunta Ryuunosuke.

"Tengo mis métodos", responde Shiro, apagando la linterna. "Ahora mantente en silencio. Nos estamos acercando". Se agachan silenciosamente entre los arbustos, con cuidado de no hacer ruido. Las voces delante de ellos se hacen más claras con cada paso, mientras las risas rompen el silencio de la noche.

Una vez que llegan al borde de la línea de árboles, se quedan ocultos en las sombras. En la playa, arde una hoguera, cuya luz parpadea sobre seis figuras encorvadas que juegan a las cartas junto a un bote abandonado.

"Sigamos ocultos por el momento", dice Shiro. "Tenemos que decidir si son amigos o enemigos". Ryuunosuke asiente en silencio antes de dirigir la mirada hacia las figuras.

El fuego crepita, proyectando sus sombras sobre la arena. Las seis figuras ríen y cuentan historias, sin darse cuenta de que las observan. "Qué no daría por estar en una cama ahora", dice una de las figuras.

Las otras cinco gimen al unísono mientras continúan su partida de cartas.

"Bueno, chicos, parece que vuelvo a ganar", dice un hombre.

Todos vuelven a gemir y quejarse, tirando sus cartas para que se barajen de nuevo.

"Esta es la quinta partida consecutiva. ¿Cómo es que eres tan bueno?", pregunta otro hombre.

La voz de antes habla: "Antes de que nuestro barco se hundiera, yo era crupier en el casino". De la oscuridad, Shiro sale de repente de entre los arbustos y enciende su linterna. La luz ilumina la arena a los pies de los desconocidos. Avanza lentamente, sin hacer movimientos bruscos. " Los buques de guerra no tienen casinos. Entonces, ¿puedo suponer que cada uno de ustedes estaba en uno de los cruceros que se hundieron antes?".

Los hombres se ponen de pie de un salto y sus cartas se esparcen por la arena. Cada uno adopta instintivamente una postura defensiva, preparándose para un enfrentamiento con quienquiera que les esté tendiendo una emboscada.

Shiro levanta rápidamente las manos a la altura del pecho mientras mantiene la luz sobre sus pies. "Relájense. No pretendo hacerles daño. Los escuché hablar y quería ver si eran amigos o enemigos".

Uno de ellos dice: "¿Cómo sabemos que no estás del lado de Kun y que, cuando bajemos la guardia, nos matarás?".

"Tienes razón" dice Shiro. "Pero ¿no habría sido más fácil para mí matarlos cuando no sabían que estaba aquí?".

Se produce un breve silencio antes de que otro hombre intervenga. "Sí, estábamos en uno de los cruceros. Nuestra lancha salvavidas quedó atrapada en las corrientes y llevamos una hora abandonados aquí".

Una voz de mujer llama desde las sombras del barco abandonado. "¿Hay alguien ahí para ayudarnos?".

"Sí, estoy aquí para ayudar", dice Shiro.

"Oh, gracias a Dios. Necesitamos un médico. Tenemos a alguien herido aquí".

Antes de que Shiro pueda responder, un hombre la interrumpe. "Sigo sin saber si podemos confiar en él". La mujer le responde: "¿Qué otra opción tenemos? Mira a tu alrededor. Estamos varados aquí y no hay nada que podamos hacer. No sé tú, pero yo no soy de Okinawa. Voy a arriesgarme con ese tipo".

Los hombres se relajan un poco mientras intercambian miradas inciertas. Sus palabras les hacen darse cuenta de la situación en la que se encuentran.

Shiro vuelve la cabeza hacia la línea de árboles. "Ya puedes salir, Ryuunosuke".

"¿Cuántos son?", pregunta un hombre.

"Ya basta", dice Shiro, entrando en el barco. Ilumina con la linterna el interior, revelando a tres mujeres junto a alguien tumbado en los asientos. "¿Qué tipo de lesiones tienen?" La misma persona que ha hablado antes responde: "Tienen una lesión en la cabeza. Las hemos estado vigilando de cerca. Por cierto, me llamo Alice".

"Shiro. Encantado de conocerte". Apunta con la linterna a la persona inconsciente. Un paño ensangrentado le cubre la cara. "Llevémoslas a mi laboratorio. Mi esposa es doctora. Puede examinarlas y, con suerte, curarlas". Asoma la cabeza por la ventana. Abajo, el grupo se reúne alrededor de Ryuunosuke para hablar. "Necesito a tres personas que me ayuden a llevar a las heridas a mi laboratorio".

Todos se apresuran a ayudar. Tres hombres entran corriendo y Shiro les da instrucciones sobre qué hacer. Juntos, levantan con cuidado al herido, desplazando su peso al unísono para mantenerlo estable.

Shiro se dirige hacia la salida, manteniendo la linterna a sus pies. "Tengan mucho cuidado con su cabeza". Bajan con cuidado del bote y se hunden en la arena. El grupo avanza lentamente por la playa y llega a la espesa vegetación. Shiro ilumina los arbustos mientras los demás apartan ramas y ramitas. Por encima de ellos, el espeso dosel filtra la luz de la luna, permitiendo que solo los destellos más tenues lleguen al suelo. Finalmente llegan al claro donde se encuentra el laboratorio de Shiro, con sus ventanas brillando suavemente a la luz de las velas.

Kiyomi se apoya en el marco de la puerta, cruzando los brazos con fuerza sobre el pecho. "Veo una luz"

"No te preocupes, solo somos nosotros", dice Ryuunosuke.

El grupo entra en el edificio y la puerta se cierra detrás de ellos. Las cuatro personas que ya esperaban en la habitación se levantan y los observan.

"Shigeko, tenemos un paciente para que lo examines", dice Shiro. "Tiene una lesión en la cabeza".

Shigeko se apresura a ir a ver al paciente. Después de evaluar su estado, tira todo lo que hay sobre una mesa cercana. "Esto tendrá que servir por ahora. Acuéstalo aquí".

Mientras lo acuestan con cuidado, otra persona sale corriendo de la parte trasera del edificio. "Toma, Shigeko. Traje una cubrebocas, guantes, tu bata de laboratorio y medicamentos que pensé que serían útiles", dice Yoshiko.

Shigeko se coloca la cubrebocas y se pone la bata de laboratorio. Yoshiko la ayuda a ponerse los guantes. Ryuunosuke toma la linterna de Shiro y la enfoca hacia la cabeza del paciente, manteniéndola fija para que Shigeko y Yoshiko puedan trabajar. Los demás dan un paso atrás, dejándoles espacio mientras observan atentamente.

"¿Esta persona tiene nombre?", pregunta Shigeko mientras retira la tela empapada de sangre que rodea la cabeza del paciente.

"Aquí nadie sabe quién es. Simplemente lo encontramos", dice Alice.

Shigeko permanece en silencio, concentrada, mientras retira con cuidado el paño ensangrentado. En cuanto lo suelta, la sangre brota a borbotones. "Quienquiera que haya aplicado este paño ha hecho un trabajo fantástico".

Yoshiko sujeta la cabeza del paciente y aplica presión para detener el flujo de sangre. La imagen es demasiado fuerte para los demás. Apartan la mirada, incapaces de soportarla. Solo Shigeko permanece concentrada en su tarea. Su mirada sigue siendo aguda mientras evalúa el daño y se prepara para el siguiente paso.

Shiro da un paso adelante y se coloca entre el grupo y el paciente. Su voz es firme mientras habla, desviando la atención de todos de la espantosa escena. "Bueno, ¿cómo se llaman todos? Yo seré el primero. Me llamo Shiro. Ella es Kiyomi. El chico que sostiene la linterna es Ryuunosuke. La hermosa doctora es mi esposa, Shigeko, y su asistente es Yoshiko".

La tensión en la habitación se alivia ligeramente. Uno por uno, el grupo se presenta. Intercambian sus nombres y le dan la mano a Shiro. Las presentaciones crean una sensación de normalidad y les dan a Shigeko y Yoshiko el espacio que necesitan para concentrarse en el paciente sin distracciones.

Cuando terminan, Shiro repite sus nombres para recordarlos. "Empezando por las mujeres, tenemos a Alice, Scarlet y Freya. Luego, con los hombres, tenemos a Leo, Russell, Sebastián, Tristán, Adam y Ed. ¿Es correcto?". Todos asienten con la cabeza. "¿Y todos son de Estados Unidos?". Todos vuelven a asentir con la cabeza.

Todos se calman y hablan entre ellos antes de que Yoshiko los interrumpa con un fuerte grito ahogado. "Oigan, ¿nadie sabe quién es esta? ¿En serio? Después de arreglarla, está claro quién es. Es la ídolo que ha estado ganando fama recientemente, Ayane Sugita".

Seis horas después   0700 hora estándar de Japón

Un golpe en la puerta despierta a todos sobresaltados. La tensión se palpa en el aire mientras todos intercambian miradas nerviosas, sin saber si responder.

Shiro saca su arma mientras se acerca a la puerta. "¿Eres amigo o enemigo?"

Una voz responde desde el otro lado. "Depende. ¿Estás con los japoneses o con Kun?".

"Estamos con los japoneses", dice Shiro, apretando con fuerza el arma.

"Entonces soy un amigo", dice la voz. "Busco a un hombre llamado Shiro. ¿Está aquí? Hace tiempo me dijeron que si me pasaba algo y necesitaba ayuda, debía venir aquí a buscar a esa persona".

Shiro duda un momento antes de abrir la puerta. La abre lo justo para ver al hombre que tiene delante. "Sí, soy Shiro. ¿En qué puedo ayudarte?"

Delante de Shiro está Justin. Las lágrimas le corren por la cara mientras las emociones se apoderan de él. "No creía que hubiera más sobrevivientes". Se seca las lágrimas con la manga y se recompone.

"Soy Justin".

"¿Un soldado estadounidense?", pregunta Shiro, reconociendo su uniforme. "Por favor, pase".

Justin entra lentamente, sin dejar de secarse la cara con la manga. Los demás permanecen en silencio, esperando a ver qué hace a continuación.

Shiro cierra la puerta con llave antes de volverse hacia él. "¿Puedo ofrecerle algo?"

Justin recupera la compostura y niega con la cabeza. "Necesito hablar con usted en privado. Es muy importante".

"Claro, sígame", dice Shiro, llevando a Justin a la parte trasera del edificio. Entran en una pequeña habitación y cierra la puerta detrás de ellos. "¿Necesita algo antes de empezar? ¿Comida o agua?".

Justin saca una silla y se deja caer en ella. "No, estoy bien". Se sienta, concentrándose en su tarea. "¿Has visto las secuelas que dejó el Deatomizador?"

"He visto las fotos", dice Shiro mientras se sirve una taza de café. "No puedo decir que haya visto la última".

"Esta bien. Necesito que veas esto", dice Justin. Se quita el casco y lo coloca sobre la mesa. Luego saca su arma del bolsillo del pantalón y la coloca junto al casco.

"¿Qué se supone que debo buscar? ¿Hay algo especial en ellas?", pregunta Shiro.

"Un soldado enemigo me las dio antes de que el Deatomizador lo destruyera todo", dice Justin. "Son las armas que utilizaban".

Shiro escupe el café y deja la taza sobre la mesa. Entrecierra los ojos mientras coge la pistola para examinarla más de cerca. "Estás bromeando. ¿Son estas las infames armas con las que intentaron conquistar Okinawa? Esperaba tener la oportunidad de verlas, pero no esperaba verlas tan pronto. ¿Dónde está el soldado que te las dio? Tengo algunas preguntas que hacerle".

"El Deatomizador se lo llevó. Junto con mi familia y mis amigos", dice Justin, conteniendo las lágrimas.

"Lo siento mucho. Al menos tú no te viste envuelto en ello", dice Shiro.

"Esa es la cuestión. Yo estaba en medio de todo. Como todos los demás", dice Justin.

Shiro deja de mirar las armas y lo mira fijamente. "¿Cómo? Cuéntame todo lo que sucedió hasta el momento en que tú y todos los que te rodeaban fueron consumidos". Saca un papel y un bolígrafo de su escritorio para documentar todo lo que le cuenten.

Justin respira lentamente. Se le oprime el pecho mientras intenta recordar lo que sucedió hace trece horas.

Una voz frenética crepita en la radio. "Derríbenlo. Acaban de lanzar el Deatomizador sobre Kin. Cualquiera que esté en la zona, derríbenlo ahora mismo".

"Muévete, muévete, muévete", dice William. "Vuelve al Humvee".

Todos corren hacia el Humvee tan rápido como pueden, sin pensarlo dos veces.

Justin se apresura a subir al asiento del conductor y lo enciende. "¿Cuál es el plan, Will?".

"Conduce hacia el suroeste tan rápido como puedas. Si la ubicación del Deatomizador es correcta, deberíamos estar apenas en el límite de donde terminará", dice William.

Justin golpea su pie con el acelerador, los neumáticos chirrían y dejan marcas negras en el asfalto mientras el Humvee se aleja a toda velocidad. El motor ruge, pero no es suficiente. La luz azul los alcanza y los envuelve.

"Acelera, Justin", dice Yuuto.

Justin pisa el acelerador a fondo, obligando al Humvee a ganar velocidad rápidamente. Mira por el espejo lateral y ve que la luz oscura les está ganando terreno. El pánico se apodera de él cuando el mundo que rodea al Humvee se vuelve borroso y se desvanece en el vacío. Por un instante, todo se queda en silencio. La oscuridad se traga la luz y el sonido, destrozando el mundo que le rodea.

"Lo siguiente que sé es que estoy tirado en el suelo mirando las estrellas", dice Justin, narrando su experiencia. "El sol ya se había puesto. Apenas podía ver nada. Pero lo que sí veía era una gran masa de agua que se precipitaba hacia mí para llenar el agujero".

Justin contempla el enorme agujero que se extiende por kilómetros y luego se pone de pie de un salto. "Lilly, ¿dónde estás? Háblame. ¿Lilly?". Lanza un grito desesperado. Le arden los pulmones y cada inhalación es superficial, ya que está a punto de hiperventilar. "Tengo que calmarme. Tengo que salir de aquí antes de que se ponga el sol". Justin continúa con su narración. "Miré hacia arriba y vi una enorme montaña en mi camino. Si no hubiera empezado a moverme en ese momento, el agua me habría matado.

Creo que tardé dos horas en salir del agujero y llegar a la cima. Lo único que oía era el agua rompiendo detrás de mí. Lo siguiente que supe es que me desperté y ya eran las seis de la mañana. El agua ya había subido a su nivel normal. Lo que antes era una isla próspera se había reducido a nada más que este pequeño trozo de tierra".

Justin se tapa la cara con la mano y mira a través de los dedos hacia donde antes se encontraba Okinawa. "¿Cómo sobreviví? ¿Qué les pasó a los demás?". Se quita el casco y lo examina. "¿Fue el casco lo que me salvó? No importa. ¿Cuál es mi siguiente paso?". Se vuelve a poner el casco y saca un mapa del bolsillo de sus pantalones. "Debería estar por aquí, creo. Maldición, no hay ningún punto de referencia notable, pero estoy seguro de que iba por esta carretera". Dobla el mapa y lo guarda. "El lugar del que me habló Will no debería estar muy lejos de aquí. Esperemos que haya alguien allí".

"Y entonces llegué aquí", dice Justin, terminando su historia.

"Este tipo Will no será William Woods, ¿verdad?", pregunta Shiro.

"Sí, ese mismo", responde Justin. "Me habló de seis lugares de la isla a los que acudir si alguna vez me encontraba en una situación complicada, pero me dijo que este lugar fuera mi primera opción y que te buscara a ti, porque tú sabrías qué hacer".

Shiro mira al suelo y esboza una pequeña sonrisa. "William siempre ha depositado mucha confianza en mí. ¿Te dijo alguna vez por qué debía buscarme?".

"Nunca hablaba de sus conocidos", dice Justin.

"Eso es muy propio de él. Era un hombre muy reservado. Tiene sentido. Te dijo que me buscases porque soy un solucionador de problemas. Si un problema tiene solución, yo puedo encontrarla", dice Shiro. Se levanta, abre un cajón y saca unos papeles. "Hace cinco años, cuando tenía veinte, gané el Premio Nobel de Física por una tesis que escribí sobre la antimateria. Estos documentos son los que me encargó el Gobierno japonés. Échales un vistazo".

"No entiendo nada de esto. ¿Qué estoy viendo?", pregunta Justin, hojeando las páginas.

"Tengo que averiguar todo lo que pueda sobre el Deatomizador y las propiedades de la Desaparición. Siempre estuve tan cerca de encontrar las respuestas, pero me faltaba una cosa", dice Shiro, dando unos golpecitos al casco. "Estas armas podrían ser la clave para encontrar todas las respuestas que busco. Voy a necesitar algo de tiempo para estudiar estas armas y, con suerte, poder darle la vuelta a esta guerra. Mientras tanto, déjenme presentarles a todos".

Shiro y Justin salen juntos de la habitación. Justin respira temblorosamente antes de presentarse a los demás. Su voz tiembla mientras relata los acontecimientos que tuvieron lugar en Okinawa. El grupo escucha en tenso silencio mientras el peso de sus palabras se cierne sobre la habitación.

Cada persona lucha por asimilar la historia de Justin. Alice es la única que no se queda sin palabras. "¿Cuándo vamos a contactar a alguien para contarle esto?".

"Tengo una radio en mi oficina, pero solo capto estática", dice Shiro. "El Deatomizador destruyó todas las torres de comunicación. Estamos solos aquí, en medio del Pacífico. Varados en lo que queda de Okinawa".

"Pero no podemos quedarnos aquí para siempre", dice Alice. "¿Cómo se supone que vamos a salir de aquí?"

"Justo al norte de aquí hay un almacén con un pequeño avión", dice Shiro. "Si el Deatomizador no lo ha destruido, podemos usarlo para salir de esta isla. Mientras tanto, podemos dividirnos en grupos y buscar suministros en la isla. Un grupo puede ir a buscar el hangar". Le pone la mano en el hombro a Ryuunosuke. "Tiene licencia de piloto, así que se encargará de encontrar el hangar".

"Yo iré con ustedes", dice Justin. "Soy ingeniero, así que puedo ayudar si el avión necesita alguna reparación".

Russell asiente y se pone de pie. "El bote salvavidas que yo controlaba debería tener suficiente comida y agua para que sobrevivamos unas dos semanas. Podemos traer los suministros aquí antes de buscar en la isla".

Shiro da una palmada para llamar la atención de todos. "Me parece un plan estupendo. Así que el grupo uno estará formado por Ryuunosuke y Justin, que buscarán un avión. El grupo dos estaremos Kiyomi y yo, analizando las armas. El grupo tres estará formado por Shigeko y Yoshiko, que cuidarán de Ayane. Y el grupo cuatro estará formado por todos los demás, que recogerán los suministros del bote salvavidas. Parece bastante fácil. Vamos a trabajar".

Nadie se queja y el grupo se divide en sus respectivas partes. Shiro y Kiyomi se ponen inmediatamente a investigar los objetos, trabajando con urgencia y avanzando rápidamente. Kiyomi documenta cuidadosamente sus hallazgos, registrando cada detalle, mientras Shiro continúa su trabajo a su lado. "Fascinante. Este casco puede evitar que quien lo lleva sucumba a los efectos del Deatomizador".

"Yo también me quedé asombrado cuando Justin me dijo que estaba en medio del Deatomizador", dice Shiro. "Tiene sentido que quien lo lleve puesto esté protegido. No puedes permitir que todo tu equipo sea aniquilado por tu propia arma".

"Esto es lo que hemos estado buscando", dice Kiyomi, riendo de alegría. "La pieza que faltaba del rompecabezas".

Shiro coloca una gruesa pila de papeles sobre la mesa junto al casco. "Comparemos toda la información que tenemos sobre el Deatomizador y veamos si hay algún punto que coincida con el casco. Luego podemos hacer lo mismo con el arma. No me sorprendería que estuvieran hechos del mismo material". Mientras tanto, en el norte, Justin y Ryuunosuke llegan al hangar.

"Este debe ser el lugar del que hablaba Shiro. Entremos", dice Justin.

Ryuunosuke mira alrededor del hangar y ve que el agujero se detuvo a solo cinco metros de la entrada. "Tenemos mucha suerte. Un poco más cerca y este hangar habría sido arrastrado al océano. Sin embargo, no veo ninguna pista de aterrizaje. Esto podría ser un problema".

"Supongo que nos preocuparemos de eso más tarde", dice Justin. "Todavía tenemos que ver si el avión está aquí y si funciona. Tengamos cuidado al abrir las puertas del hangar. No sé cómo está el suelo".

Empujan las puertas metálicas para abrirlas, dejando que la luz del sol ilumine el interior.

"Bueno, esto no es un avión, pero servirá", dice Ryuunosuke. "Aunque es un poco pequeño. Esperaba algo más grande".

"¿Sabes pilotar un helicóptero?", pregunta Justin.

"Sí, sé pilotarlo", responde Ryuunosuke, abriendo la puerta del helicóptero y subiéndose a él. "Puedo pilotar cualquier aeronave pequeña. Voy a ver si está en buenas condiciones para volar". Pulsa un botón y el panel de control se ilumina. Examina los instrumentos con atención, comprobando cada indicador y cada dial, asegurándose de que el avión está en condiciones de volar. "Todo parece estar bien. Sin embargo, no tenemos gasolina en el tanque. Necesitamos encontrar combustible diésel".

"Los tanques deben estar en algún lado. Demos un paseo", dice Justin.

Pasan bastantes minutos caminando por el hangar, inspeccionando cada rincón y buscando cualquier cosa que pueda contener combustible, pero a pesar de sus esfuerzos, no encuentran nada.

"Si tuviera que adivinar, diría que el Deatomizador se llevó los tanques", dice Justin.

"Puede que tengas razón", dice Ryuunosuke. "Volvamos al laboratorio. Podemos contarles a todos lo que hemos encontrado".

A lo largo del día, la gente entra y sale, trayendo todos los recursos que pueden encontrar.

Yoshiko lleva la cuenta de la comida y la bebida que traen. "Si incluimos lo que ya teníamos, deberíamos poder aguantar diez días".

Ryuunosuke entra en el laboratorio. "Hemos vuelto y tenemos buenas noticias".

"¿Han encontrado el avión?", pregunta Shigeko.

"Era un helicóptero", dice Ryuunosuke. "Por desgracia, solo tiene capacidad para cinco personas y no tiene combustible. Si encontramos combustible y lo ponemos en marcha, debería poder pilotarlo".

Alice se desploma en una silla y se frota los ojos. "Ahora solo es cuestión de quién va a salir de esta isla".

Shiro sale de su oficina al oír lo animada que se ha puesto la sala principal. "Ya nos preocuparemos de eso cuando sea necesario".

"¿Hay algo que quieras compartir con nosotros, Shiro?", pregunta Justin.

"Estos objetos son increíbles", dice Shiro, con los ojos brillantes de emoción. "Eran las últimas piezas que necesitaba para reunir toda la información".

Kiyomi lo sigue, revisando sus notas. "Si los datos son correctos, deberíamos poder hacer una réplica sin problema".

"¿Cómo se puede replicar tecnología alienígena? ¿No debería ser imposible?", pregunta Justin.

Shiro niega con la cabeza. "Si tenemos una muestra, podemos recrear cualquier cosa, siempre que tengamos los materiales. Fabricar estas armas debería ser bastante sencillo". Se da cuenta de que todos tienen una mirada de confusión en el rostro. "Déjenme explicarlo en términos más sencillos. Imaginen que retrocediéramos en el tiempo y quisiéramos fabricar un arma utilizando la tecnología de esta época. Podríamos hacerlo. Los materiales existen; solo tenemos que reunirlos y fabricar lo que queramos. Lo mismo ocurre con estas armas alienígenas. Tenemos los materiales necesarios para fabricarlas. Solo tenemos que averiguar cómo ensamblarlas. Empezaré utilizando el arma y el casco que ya tengo como base para las réplicas".

"Mientras averiguas eso, tenemos que averiguar cómo conseguir diésel", dice Ryuunosuke.

"Creo que puedo ayudar con eso", dice Russell. "El bote salvavidas en el que estábamos tiene el tanque lleno de diésel".

Antes de que nadie pueda responder, Shiro los interrumpe. "Mañana podemos averiguar cómo transferir el combustible al helicóptero. La noche llegará en unas horas. No necesitamos que nadie se pierda".

Durante el resto del día, el grupo charla sobre cosas sin importancia para distraerse de la incertidumbre que les espera. Cuando cae la noche, el cansancio se apodera de ellos y, uno a uno, se quedan dormidos.

A Justin se le cierran los párpados y cae en un sueño profundo. El sueño se desarrolla a su alrededor con una claridad sorprendente. Ve a Lilly caminando a su lado por un sendero que atraviesa un bosque. Una suave brisa sopla entre los imponentes árboles, filtrando la luz del sol a través del suelo del bosque. Las flores florecen a lo largo del borde del camino y los pájaros cantan entre las ramas, dando vida al bosque. Cada sonido y cada detalle parecen cobrar vida. Él sonríe, sintiéndose en paz mientras observa a Lilly saltar delante de él, con su risa mezclándose con el ritmo del bosque, y desea que ese momento se prolongue para siempre.

Lilly se da la vuelta con los brazos detrás de la espalda. Una suave sonrisa se dibuja en su rostro. "Tienes que empezar a cuidarte más, papá".

"¿Qué quieres decir? Tu papá está en plena forma. Mírame", dice Justin, flexionando los músculos de los brazos.

Lilly se ríe, sacudiendo la cabeza. "Eres muy gracioso, papá".

"A tu mamá le encantaba mi sentido del humor", dice Justin, suavizando la voz. "Después de todo, tú has salido a ella".

"Soy su hija. Tiene sentido", dice Lilly, alejándose de él con sus saltitos.

Justin la observa mientras una cálida sensación agridulce se apodera de su pecho. "Era mi mejor amiga. Siempre sabía cómo hacerme feliz".

Bueno, yo puedo decir lo mismo de ti", dice Lilly. "Sabes cómo hacerme feliz siempre".

De repente, una luz blanca brillante se forma detrás de ella.

La luz ciega a Justin, y él levanta el brazo para bloquearla. "¿Qué es eso detrás de ti, Lilly?".

"Aquí es donde debemos separarnos, papá", dice Lilly. "Tienes que emprender este viaje solo. Te estaremos esperando cuando llegues aquí". Se da la vuelta y se adentra en la luz.

"No, no estoy preparado para perderte. Por favor, no te vayas", dice Justin. Corre para alcanzarla, pero por mucho que corra, ella se aleja cada vez más.

"Esta separación solo será por un tiempo", dice Lilly. "Depende de ti salvar este mundo y salvarme a mí. Te quiero, papá".

"Lilly, vuelve. Vuelve". La luz brillante envuelve a Justin, que se despierta con lágrimas corriendo por su rostro. Tras un momento para recomponerse, se sienta y se seca las lágrimas. El aire del interior le resulta sofocante, así que se levanta y sale a tomar aire fresco. La noche permanece en calma mientras una suave niebla se adentra en la isla. Se queda de pie un rato, contemplando las estrellas y la Vía Láctea que se extiende por el cielo. "De todos los lugares del vasto universo, ¿por qué tenías que venir aquí?".

Mientras tanto, Ayane libra su propia batalla. Desde que la dejaron inconsciente en el barco, una pesadilla implacable la tiene atrapada. Su grupo de ídolos la persigue a cada paso. Cada paso que da parece orquestado, como si fuera una marioneta manipulada por hilos invisibles que obligan a su cuerpo a moverse en contra de su voluntad. Para las personas que la rodean, parece estar durmiendo plácidamente, pero en su interior, su mente grita pidiendo ayuda, suplicando que alguien la saque de este tormento. Su subconsciente se aferra a los bordes de la pesadilla, tratando de escapar, pero la pesadilla la arrastra más profundamente hacia la oscuridad eterna.

Ella corre por calles interminables en medio de la noche. Sus pasos resuenan en el pavimento. Los edificios se alzan a ambos lados, con sus ventanas ennegrecidas mirándola fijamente. La ciudad está inquietantemente silenciosa, pero desde algún lugar más allá de los límites de su visión, le llegan susurros, ininteligibles pero lo suficientemente agudos como para ponerle la piel de gallina. Se tapa los oídos con las manos, desesperada por bloquearlos, pero las voces continúan, imposibles de escapar. "No son reales. Nada de esto es real. Aléjense de mí".

Ayane se apresura a entrar en el edificio más cercano mientras su corazón late con fuerza en su pecho. Apoya la espalda contra una fría pared de concreto, tratando de recuperar el aliento. Desde las sombras detrás de ella, unos brazos la rodean y la empujan contra la pared. El pánico se apodera de ella mientras lucha, pateando y retorciéndose para intentar liberarse. Con un empujón desesperado, se libera de la pared y sale tambaleando del edificio, de vuelta a la calle vacía. Sus gritos rasgan la noche. Gira frenéticamente en círculos, escudriñando la interminable calle en busca de seguridad. "¿A dónde voy? ¿Qué debo hacer? Que alguien me ayude, por favor".

Una voz resuena desde el edificio en el que estaba. "Nadie va a salvarte, Ayane. Acepta tu destino".

Mientras Ayane corre, el mundo a su alrededor se retuerce y gira. Las calles se convierten en callejones estrechos que la oprimen. Ayane sigue huyendo. Las sombras detrás de ella se hacen más grandes a medida que la alcanzan. Sus espeluznantes risas le provocan escalofríos. Gira una esquina solo para encontrarse con un callejón sin salida. "No, no, no, no, no. Sácame de aquí". Corre hacia la pared y golpea con las manos con todas sus fuerzas. "Esto solo es un sueño. Debería poder controlarlo". Pero la pesadilla no se pliega a su voluntad. Ayane se da la vuelta y los ocho miembros se interponen en su camino, sin darle oportunidad de escapar. Sus cuerpos están destrozados, sus rostros ensangrentados y desfigurados hasta quedar irreconocibles. Donde deberían estar sus ojos, solo hay vacíos negros. Ella los mira, paralizada por el miedo. Intenta moverse, pero sus piernas se bloquean. Se derrumba y cae al suelo, sin apartar la mirada de ellos ni un instante.

Ellos se acercan lentamente a ella, con sus voces superponiéndose unas a otras. "¿Te olvidaste de nosotros, Ayane?"

"¿Cómo puedes vivir contigo misma?"

"Nos mataste."

"Esto es culpa tuya."

"Debes pagar por lo que hiciste."

Los susurros se hacen más fuertes, presionando su mente. Ayane se acurruca y esconde la cara entre las rodillas mientras respira entrecortadamente. Todos sus instintos le gritan que corra, pero su cuerpo se niega a obedecer.

Sus dedos rígidos le recorren lentamente el cabello y luego le levantan la cabeza. "No apartes la mirada".

"Míranos".

"Abre los ojos".

"Mira lo que has hecho".

"¿Estás tratando de olvidar, Ayane?"

"Por supuesto que no", dice Ayane. "¿Cómo podría olvidar a mis amigos? Ustedes lo son todo para mí. Daría cualquier cosa por recuperarlos. Todos los días, lo único que hago es preguntarme por qué no fui yo quien murió. ¿Por qué me dejaron atrás? Debería haber sido yo. Los extraño a todos. Los extraño mucho".

De repente, los gritos cesan. Cuando Ayane abre lentamente los ojos, ya no se encuentra en el callejón. En cambio, está parada en un vasto campo de flores que se extiende infinitamente en todas direcciones, bañado por la cálida luz del sol. Frente a ella están sus amigos, tal como los recordaba de días más felices. Parpadea, sin saber si está despierta o soñando. El miedo opresivo de antes parece desvanecerse, sustituido por una sensación de paz. Se pone de pie, con las piernas temblorosas, pero impulsada por una nueva determinación.

Sachi da un paso adelante y envuelve a Ayane en un abrazo reconfortante. "Aceptar lo que pasó era el primer paso que tenías que dar. Tienes que encontrar la fuerza para superar esto. Tienes que encontrar la voluntad de vivir. No te ahogues más en tus penas. El arrepentimiento es cosa del pasado. Mira hacia un futuro brillante. Depende de ti cómo vivir tu vida. Solo recuerda ser siempre fiel a ti misma. Nunca lo olvides, Ayane".

"Lo haré" dice Ayane. Se seca las lágrimas de las mejillas y mira a todos.

Sachi se aleja y le dedica a Ayane una cálida sonrisa. "Has madurado mucho estos últimos días. Si hubiera habido otra manera, habría detenido estas pesadillas hace mucho tiempo, pero necesitábamos que aceptaras nuestras muertes. Aquí es donde nos despedimos. No nos olvides nunca".

Una a una, una luz blanca las envuelve y se desvanecen. Cada una de ellas se vuelve hacia Ayane, saludando con la mano suavemente y ofreciéndole un consuelo despedida. Sus voces perduran por un momento antes de desvanecerse por completo.

Un dolor agudo se extiende por el pecho de Ayane mientras las ve partir. Siente el peso de su ausencia oprimirla. Sus manos tiemblan ligeramente y lucha por contener las lágrimas, anhelando solo un momento más con sus amigas. "¿Cómo sé si lo que estoy haciendo es lo correcto?"

La voz de Sachi resuena mientras su figura se desvanece en la luz. "Dale tiempo. Eso lo tienes que decidir tú. Tendrás que averiguarlo por ti misma. Vive tu vida mirando hacia adelante. No te arrepientas del pasado como lo has estado haciendo. Todos contamos contigo para salvar este mundo, Ayane".

Ayane susurra un último adiós. Cuando las palabras salen de sus labios, el mundo que la rodea se disuelve y se desvanece en la brillante luz.

16 de noviembre de 2026   0715 hora estándar de Japón

Justin no podía volver a dormirse. Yace despierto, perdido en sus pensamientos. Ese sueño parecía muy realista. ¿Qué quería decir Lilly con "la salvaré a ella y al mundo"? Oh, recompónte, hombre. Solo es un sueño. Hay asuntos más urgentes que atender. Con un suspiro, se levanta y se dirige a la habitación donde Shiro está trabajando. Al pasar, se cruza con Ayane, que sigue tumbada. La mira y se da cuenta de que está despierta. "¿Me oyes?"

Ella lo mira y, sin decir nada, asiente suavemente con la cabeza.

"Déjame buscar al doctor", dice Justin. Levanta la voz para llamar. "Shigeko, te necesito".

"¿Va todo bien?", pregunta Shigeko, saliendo de la habitación donde está Shiro.

"Tu paciente está despierta", dice Justin.

Shigeko se apresura a acercarse a Ayane. "¿Cómo te sientes? ¿Puedes hablar?"

Justin observa un momento antes de dirigirse a Shiro. Llama a la puerta antes de entrar. "Veo que te has levantado temprano".

"Estoy a punto de terminar estas réplicas. Quiero darme prisa para que podamos irnos", dice Shiro.

Justin cruza los brazos y se apoya en el marco de la puerta. "Tenemos que decidir quién se va en el helicóptero".

"Cuando todos estén despiertos, podemos hablar de eso", dice Shiro. "¿Quieres un café mientras esperamos?"

"Un café me parece genial", dice Justin.

Una hora más tarde, todos están despiertos y sentados en la sala principal.

Justin inicia la discusión, dirigiéndose al grupo con tono serio. "Nuestras dos mayores preocupaciones son quién va en el helicóptero y adónde vamos".

Shiro interviene: "La única persona que puede pilotar el helicóptero es Ryuunosuke. Así que nos quedan cuatro plazas más".

Russell levanta la mano. "Creo que los dos deberían ir. Justin, tú has estado en medio del Deatomizador. Esa información debería ser dada a quien la necesite. Luego tú, Shiro; estás haciendo una réplica de las armas utilizadas durante el ataque. Puedes cambiar la guerra en la que estamos. La cuarta persona debería ser Ayane. Necesita tratamiento médico. Si se queda aquí, lo más probable es que muera. Estas son mis tres elecciones. No sé quién debería ser la última".

Después de que Russell comparte sus recomendaciones, el grupo habla entre sí y está de acuerdo con su propuesta.

"Si no podemos decidir quién más debería ir, creo que lo mejor sería hacer un sorteo. Dejarlo al azar", dice Justin.

Nadie se opone y Shiro corta un trozo de papel en tiras para escribir sus nombres.

Antes de que pueda escribir el primer nombre, Shigeko lo interrumpe. "No hace falta que escribas mi nombre. Me quedaré aquí y me aseguraré de que todos estén bien de salud".

"Yo también", dice Russell. "Tengo muchas habilidades al aire libre que puedo usar en caso de que las necesitemos". Uno por uno, le dicen a Shiro que no escriba sus nombres, excepto Alice. "No sé ustedes, pero yo quiero salir de aquí. Escribe mi nombre".

Shiro niega con la cabeza y tira el papel a la basura. "No es necesario. Todos dijeron que no querían ir, así que, por defecto, tú irás. ¿Les parece bien a todos?".

Nadie se opone, y Alice es la última persona.

"Todavía necesito tiempo para mi investigación", dice Shiro, levantándose de la mesa. "Preparen todo. Debería terminar esto más tarde hoy".

Con un renovado sentido de propósito, el grupo se mueve rápidamente para repostar el helicóptero. Se dirigen al bote salvavidas para prepararse para transferir el combustible.

Ryuunosuke se para en los escalones del bote salvavidas para llamar la atención de todos. "Para facilitar la transferencia del combustible, podemos llenar el helicóptero lo suficiente para que pueda volarlo hasta aquí, y luego podemos poner el resto". "¿Cuánto combustible necesitamos llevar al helicóptero para que puedas volarlo hasta aquí?", pregunta Russell.

"Está a un kilómetro de distancia y necesito poner en marcha el motor durante un rato para calentarlo", responde Ryuunosuke. Calcula mentalmente la distancia que debe volar y la cantidad de combustible que necesita. "Necesitamos al menos diez galones, pero para asegurarnos de que llego aquí sin problemas, llevemos veinte".

Russell pasa junto a Ryuunosuke y se sube al bote salvavidas. Camina hacia la parte trasera, buscando un recipiente adecuado para el combustible. Cuando encuentra uno, lo levanta para que el grupo lo vea. "Este solo tiene capacidad para tres galones. Tendremos que hacer varios viajes". También agarra una manguera para extraer combustible del tanque.

"Iré contigo otra vez, por si acaso necesitas ayuda con el helicóptero", dice Justin.

"Yo también iré contigo", dice Leo. "Necesitas a alguien que lleve y traiga el recipiente". Cuando el recipiente de combustible está lleno, Ryuunosuke, Justin y Leo comienzan la caminata de quince minutos hasta el hangar. No quieren correr y arriesgarse a que se les caiga el único recipiente que tienen.

A mitad de camino, aparece Tristan. "Pensé que sería mejor que dos personas volvieran juntas para no perderse".

Una vez en el hangar, Ryuunosuke reabasteció el helicóptero. "Seis viajes más y estaremos listos para partir". El proceso es lento, ya que se tarda tres horas en transferir veintiún galones al helicóptero. En ese tiempo, Ryuunosuke echa nueve galones y arranca el helicóptero para ver si funciona. El motor se enciende sin problemas. Después de revisarlo de nuevo, lo apaga. Para pasar el rato, él y Justin juegan a las cartas. Una vez que los veintiún galones están dentro, Ryuunosuke tiene que sacarlo del hangar.

"¿Cómo vas a sacar el helicóptero?", pregunta Tristian, observando el reducido espacio dentro del hangar.

"Normalmente, le pondríamos ruedas en la parte inferior y lo remolcaríamos, pero no tenemos el dispositivo para hacerlo, así que voy a sacarlo volando", dice Ryuunosuke.

"¿No es peligroso?", pregunta Leo.

"Es muy peligroso" —responde Ryuunosuke—. "Un movimiento en falso y el helicóptero chocará contra el hangar. Si eso ocurre, podemos decir adiós a la idea de abandonar la isla".

Un tenso silencio se apodera del grupo mientras Ryuunosuke se sube al asiento del piloto. Repasa mentalmente una lista de comprobación antes de encenderlo. Mientras tanto, Justin, Leo y Tristan salen apresuradamente del hangar y se alejan a una distancia segura.

Ryuunosuke exhala lentamente, obligando a sus nervios a mantenerse tranquilos. Una vez que los rotores alcanzan la velocidad máxima, levanta con cuidado el helicóptero del suelo y avanza lentamente hacia la salida. El helicóptero está a solo unos centímetros del suelo. Si se eleva más, las palas corren el riesgo de golpear el hangar al salir. Lentamente, sale por la estrecha abertura y aterriza suavemente en el césped exterior.

El grupo estalla en vítores y corre hacia él con sonrisas de alivio. Suben al helicóptero y lo felicitan por su habilidad para maniobrar. El corto vuelo hasta la playa es tranquilo y dura menos de tres minutos. Ryuunosuke coloca el helicóptero junto al bote salvavidas y lo apaga.

Russell sale del bote salvavidas mientras todos desembarcan del helicóptero y se reúnen con Ryuunosuke. "El bote todavía tiene trescientos cincuenta y seis galones de combustible. ¿Será suficiente?"

"Por suerte para nosotros, el helicóptero tiene capacidad para ciento ochenta y cinco galones. Debería poder volar más de cuatrocientas cincuenta millas con el tanque lleno", dice Ryuunosuke.

Russell coge el contenedor de Tristan. "Entonces voy a empezar a rellenar este chico malo".

"Espera", dice Justin. "¿Tenemos una manguera más larga para no tener que seguir usando el contenedor?"

Russell niega con la cabeza. "El bote salvavidas solo tiene una pequeña. ¿Tiene Shiro una manguera?"

"Puedes empezar a llenarlo. Se lo preguntaré", dice Ryuunosuke. Vuelve cinco minutos más tarde con una manguera de agua. "¿Servirá esta?

Russell coge el extremo de la manguera. "Parece lo suficientemente larga. El único problema que veo es si el tanque del helicóptero está más alto que el del bote salvavidas. Pon tu lado junto al tanque del helicóptero, pero no lo metas todavía.

Justin, ven conmigo para sujetar la manguera en el gas. Cuando te lo diga, vas a tirar de la manguera hacia arriba, pero asegúrate de mantenerla en el gas. Eso debería iniciar el proceso de sifonado". Pone la manguera en el tanque del bote salvavidas y deja a Justin sujetándola. "Leo, Ed y Tristian, necesito que ustedes tres sujeten la manguera en una inclinación uniforme".

El trío se coloca en posición, manteniendo cuidadosamente la manguera estable.

Russell toma el otro extremo de Ryuunosuke y cubre la punta con la mano. "Muy bien, Justin, puedes sacarla del tanque".

Justin levanta la manguera, manteniéndola sumergida en el tanque.

Russell retira la mano y un chorro constante de combustible fluye hacia el tanque del helicóptero. "Funciona de maravilla".

Aplauden y felicitan a Russell.

Justin se asoma por la ventana de la lancha salvavidas. "¿Cómo sabías que eso funcionaría? Pensé que tendrías que succionar para que saliera el combustible".

"Es un truco que aprendí al estar todo el tiempo al aire libre. No hay necesidad de esforzarse si hay una solución más fácil. Te diré cuándo quitar la manguera de tu lado", dice Russell.

Tardan veinte minutos en llenar el helicóptero. Una vez que el tanque está lleno, Ryuunosuke traslada el helicóptero al edificio, para que puedan subir fácilmente cuando se vayan mañana por la mañana.

Cuando llegan, Shiro saluda a todos mientras muestra lo que ha recreado. "Lo he conseguido. Las réplicas están listas. Echadles un vistazo".

Justin toma las réplicas de Shiro y las examina. "Increíble. No puedo creer que haya funcionado".

"Aunque son réplicas, son auténticas. Tengan mucho cuidado con ellas", dice
Shiro.

"Buen trabajo", dice Justin, devolviéndoselas a Shiro. "Ahora, nuestra siguiente tarea es averiguar adónde ir".

Entran y ven a Ayane sentada hablando con Shigeko. En cuanto ve entrar a todos, se levanta, inclina la cabeza y dice en inglés: "Gracias a todos por salvarme".

Las chicas se reúnen inmediatamente a su alrededor para consolarla y tranquilizarla.

Alice le pone la mano suavemente en el hombro a Ayane. "Adam es quien te recogió y te subió al bote salvavidas, y Russell te vendó".

Ayane se acerca a Adam y Russell y les toma las manos. "Muchas gracias por salvarme".

Shiro sale de su oficina y extiende un gran mapa de Japón sobre la mesa. "Averigüemos adónde podemos ir".

El grupo se reúne alrededor del mapa y empieza a mencionar lugares que están demasiado lejos para que el helicóptero pueda volar hasta ellos.

"Esos son buenos lugares a los que ir", dice Ryuunosuke. "También me gustaría volar a Hawái, pero el helicóptero solo puede volar unos setecientos kilómetros".

Justin coloca una regla sobre el mapa. "Con ese alcance, no creo que haya ninguna base militar a la que podamos llegar".

Se hace el silencio durante unos instantes mientras piensan qué hacer. Entonces, Shiro señala una ciudad. "¿Qué tal el aeropuerto de Kagoshima? Debería estar dentro del alcance".

Ryuunosuke mide la distancia con la regla. "Aproximadamente setecientos kilómetros. Creo que funcionará. Podemos llegar allí y contactar con el ejército".

Tras algunas sugerencias más, todos están de acuerdo con el plan de Shiro de ir a Kagoshima.

Llega la noche y todos se van a dormir, listos para el día siguiente.

17 de noviembre de 2026   0600 hora estándar de Japón

El grupo se despierta antes del amanecer del tercer día de estar varados en la isla, solo para encontrarse con un aguacero implacable. Las láminas de lluvia golpean las ventanas, haciendo que el vidrio vibre con cada ráfaga de viento. La expectación se convierte en frustración, sabiendo que sus planes tienen que quedar en suspenso hasta que el cielo se despeje.

Justin se queda junto a una ventana, apoyando la mano contra el vidrio frío mientras observa la lluvia. "Maldición, estábamos tan cerca de irnos".

Shiro se coloca a su lado y le pone la mano en el hombro. "No podemos hacer nada al respecto. Lo único que podemos hacer es esperar a que pase la tormenta".

Pero la tormenta es implacable. Durante dos días, la lluvia cae sin cesar. El grupo se impacienta, esperando a que termine de llover.

19 de noviembre de 2026   0700 hora estándar de Japón

En la quinta mañana desde que quedaron varados en la isla, el grupo se despierta con una vista acogedora: el cielo finalmente está despejado. Sin dudarlo, no pierden tiempo en recoger sus cosas mientras Ryuunosuke revisa el helicóptero; todo funciona correctamente.

Dentro de su laboratorio, Shiro reúne sus notas, asegurándose de tener todo lo necesario para reproducir las réplicas. Coloca cuidadosamente las armas y los documentos en una bolsa de lona antes de salir. Es el último en salir por la puerta y se detiene un momento para contemplar el lugar en el que se ha refugiado.

Cerca de allí, Shigeko está hablando con Justin y Alice. "Necesito que los dos se sienten a Ayane entre ustedes. Vigílenla y asegúrense de que esté bien. Si le empieza a doler la cabeza, denle estas pastillas. Va a ser un viaje largo".

Justin coge las pastillas y las guarda en su bolsillo. "La vigilaré de cerca".

Alice ayuda a Ayane a subir al helicóptero. Se inclina, le coloca con cuidado el cinturón de seguridad sobre el regazo y lo abrocha con un clic firme, antes de sentarse a su lado. Al otro lado, Justin sube y mira a Ayane para asegurarse de que está bien sujeta.

Shiro le entrega a Justin la bolsa con las armas. "Como eres militar, confío en que puedas mantenerlas a salvo". Cierra la puerta con un golpe seco y se vuelve hacia su esposa.

"Voy a estar bien, Shiro. No tienes que preocuparte por mí", dice Shigeko, tranquilizándolo con una sonrisa amable. "Cuando llegues al continente, nos rescatarán en poco tiempo".

Shiro le pone la mano en la cara y le acaricia suavemente la mejilla con el pulgar. Se quedan allí un buen rato, sin querer despedirse. Nadie se atreve a interrumpirlos. "Nos vemos pronto, Shigeko". Ella asiente con la cabeza, con los ojos brillantes, mientras él se inclina y se besan. Tras ese emotivo momento, él exhala y se sube al asiento del copiloto, abrochándose el cinturón mientras Ryuunosuke arranca el motor. El helicóptero despega mientras todos los que están abajo se despiden con la mano.

El viaje al continente transcurre sin incidentes. El cielo permanece despejado, sin apenas nubes y sin turbulencias. Tres horas más tarde, llegan a la costa y, tras otros treinta minutos, aterrizan en el aeropuerto de Kagoshima a las 10:30 de la mañana.

Ryuunosuke se comunica por radio con la torre del aeropuerto. "Torre de Kagoshima, aquí Cango Ochenta y Seis-Sesenta, solicitando permiso para aterrizar". Nadie responde a su solicitud. Repite la solicitud y, de nuevo, nadie responde.

Justin se inclina desde la parte de atrás. "Podrían estar en cierre de emergencia. Dame el micrófono". Ryuunosuke le pasa el micrófono. "Torre de Kagoshima, aquí el sargento Myers del Ejército de los Estados Unidos, destinado en Okinawa. Solicitamos permiso para aterrizar. ¿Me reciben?"

Después de esperar un rato, no hay respuesta. Llegan al aeropuerto y miran dentro de la torre de control.

"Está vacía. Qué raro. ¿Alguien ha visto algo así antes?", pregunta Shiro.

"Algo debe estar pasando. Manténganse alerta", dice Justin.

Ryuunosuke aterriza el helicóptero en la pista. Cuando los rotores dejan de girar, todos se desabrochan los cinturones y salen, estirando las piernas y observando los alrededores. El aeropuerto está en silencio. Hay aviones y vehículos esparcidos por todas partes, y un jumbo jet abandonado en la pista.

"Entremos y veamos qué está pasando", dice Justin.

"Nunca he estado en un aeropuerto donde nadie me haya recibido. Algo debe estar pasando", dice Ryuunosuke.

Entran en el aeropuerto y les recibe un silencio inquietante. No hay ni una sola persona.

Justin pasa junto a una fuente de agua y pulsa el botón, pero no sale agua. "Parece que no hay electricidad".

Siguen caminando con cautela hacia la entrada, con cada paso resonando en el suelo. En el centro del vestíbulo hay un gran letrero portátil con mensajes cambiantes que está apagado.

"Parece que tenía un mensaje. Veamos si podemos encenderlo", dice Shiro.
Examinan el letrero hasta que encuentran un botón y lo presionan. La pantalla se enciende y aparece un mensaje.

Justin lee el mensaje en voz alta. "Esta es una evacuación obligatoria. Se espera que todos evacúen hacia el norte. Los saqueadores serán disparados en el acto".

"¿Vamos a morir?", pregunta Alice.
"No lo creo", dice Justin. "A juzgar por el estado de este lugar, parece que lleva abandonado al menos dos días. Quienquiera que estuviera destinado aquí ya se ha ido hace tiempo".

"Oh, esto es genial. ¿Qué vamos a hacer ahora?", pregunta Alice.

Justin ordena sus pensamientos y piensa en voz alta. "Podríamos dirigirnos más al norte. No, no sabemos qué está pasando. ¿Y si reabastecemos el helicóptero y nos vamos? ¿A dónde podríamos ir?".

Ryuunosuke interviene: "Tengo una idea. Aunque es un poco loca".

"En este momento, cualquier cosa es una locura", dice Justin.

Ryuunosuke señala hacia la pista. "Hay un gran avión de pasajeros en la pista. Si consigo ponerlo en marcha, podemos ir a Hawái".

Alice se ilumina. "Quiero ir a Hawái. Me gusta ese plan".

"¿Y si es igual que aquí?", pregunta Shiro.

"Eso no debería ser un problema", dice Justin. "Si logramos llegar a la base militar de Hawái, debería poder usar mis credenciales para anular cualquier sistema y ponerme en contacto con alguien. Eso es, si hay energía. Si no puedo, podemos reabastecernos en Hawái y dirigirnos al territorio continental de Estados Unidos". Mira a Ryuunosuke. "¿Sabes pilotar un avión comercial?".

"He hecho pruebas en simuladores, pero nunca en la vida real", responde Ryuunosuke. "Si eso les tranquiliza, siempre saqué la máxima puntuación en las simulaciones".

"Si confías en tu capacidad para pilotarlo, yo también confiaré en ti", dice Justin.

Dan media vuelta hacia la pista y se dirigen al avión. Las escaleras de embarque ya están colocadas, lo que facilita el acceso. Ryuunosuke sube los escalones y abre la puerta.

Justin pasa junto a él. "Déjame ir primero. Quiero asegurarme de que es seguro". Entra y echa un vistazo al interior. Tras unos segundos, regresa. "Es seguro embarcar".

Ryuunosuke se dirige a la cabina, acciona algunos interruptores y realiza un diagnóstico del avión. "Parece que tenemos suerte. El tanque está lleno". Mira a los demás. "Voy a calentar los motores. Vuelvan al aeropuerto y traigan comida y otros suministros que crean que podamos necesitar. El vuelo durará unas ocho horas".

Los cuatro bajan del avión y regresan al aeropuerto.

"Dividámonos en dos grupos para poder cubrir más terreno", dice Shiro.

"Iré contigo, Shiro", dice Alice, pegándose a él.

Justin y Ayane se quedan solos. Él señala en la dirección opuesta. "Podemos ir por aquí, Ayane". Caminan por la terminal vacía. Cada paso resuena, sonando más fuerte que el anterior. Justin ve una pequeña tienda de conveniencia y toma dos canastas de un estante cercano, luego le da una a Ayane. Mientras avanzan por los pasillos, Justin habla en voz baja. "Mi hija es una gran admiradora tuya y de tu grupo de ídolos. Quedó devastada cuando se enteró de lo que les había pasado. Lamento si te estoy trayendo malos recuerdos".

Ayane niega con la cabeza. "No, no pasa nada. He aceptado lo que pasó. Nunca olvidaré las sonrisas que ellas... No, las sonrisas que les dimos a todos. ¿Dónde está tu hija ahora? ¿Era una de las chicas de Okinawa?".

Justin se queda callado un rato, mientras pone artículos en su canasta. "No, ella se vio envuelta en el desastre". Ayane mira sus dedos temblorosos cuando toma un bocadillo. "Lo siento. Conozco muy bien ese dolor. Solo recientemente pude superar el tormento de perder a mis seres queridos. Cuando estaba en el crucero, estaba con tres amigos. Almorzamos juntos, cantamos juntos y ahora ya no están". Su voz tiembla y se seca las lágrimas.

"Perdona por desanimarte", dice Justin.

Mientras Ayane se seca las lágrimas, niega con la cabeza. "No pasa nada. Me ha ayudado a recordar a aquellos que he perdido". Se da una palmada en las mejillas y empieza a llenar la cesta.

Justin se mira la mano y la cierra con fuerza. La tristeza le oprime el pecho, pero se mantiene fuerte. "Lo último que hice fue prometerle algo. Le prometí que la llevaría al festival donde podría verte actuar".

Ayane se detiene en seco. Entonces, sin dudarlo, da un paso adelante y lo abraza por detrás con el brazo libre. "Lo que estás haciendo ahora es lo mejor que puedes hacer. Si pudiera hacer más, lo haría". Lo suelta y se toca las vendas que le rodean la cabeza.

"¿Te duele la cabeza?", pregunta Justin.

Ayane retira rápidamente la mano. "No, estoy bien. Démonos prisa antes de que los otros dos terminen".

Después de hablar un poco más, continúan avanzando por los pasillos, llenando cesta tras cesta.

Cuando llenan seis cestas, se preparan para irse.

Justin toma cuatro de las cestas. "Esto debería ser suficiente. Volvamos".

Ayane asiente y le dedica a Justin una sonrisa que podría iluminar el mundo.

Llegan al avión y Justin se hace a un lado para dejar pasar a Ayane. "Sube tú primero las escaleras. Yo te agarraré si te caes".

Ayane sonríe y toma la iniciativa, subiendo con cuidado las escaleras.

"Ya estamos de vuelta", dice Justin al entrar en el avión.

Shiro y Alice ya han regresado.

Alice le quita la canasta a Ayane y rebusca en ella. "Vaya, han encontrado muchas cosas. Nosotros solo encontramos unos pocos suministros".

Justin deja las canastas en el suelo y se seca el sudor de la frente. "Pensé que, como no hemos comido nada desde ayer, todos tendríamos hambre. Quería asegurarme de que tuviéramos suficiente. También tenemos bebidas. Voy a ver si hay hielo por aquí".

Ryuunosuke sale de la cabina y saca algunos artículos de la canasta para él. "¿Estamos listos para partir?".

"Sí", dice Shiro.

Ryuunosuke cierra la puerta de la cabina y la bloquea. "Bien, siéntense y abróchense los cinturones. Estamos a punto de despegar". Se sienta en el asiento del piloto izquierdo, mientras que Shiro se sienta en el derecho.

Shiro sonríe a Ryuunosuke. "Pensé que necesitarías compañía para este largo viaje".

"Tienes razón", dice Ryuunosuke.

Alice asoma la cabeza por dentro. "No se olviden de nosotros. También estamos aquí". Se retira y se sienta en la primera fila, con Ayane sentada en el asiento del pasillo. Justin ocupa el asiento justo al otro lado del pasillo.

Ryuunosuke guía hábilmente el avión por la pista y lo alinea para el despegue. Presiona unos botones y empuja el acelerador hacia adelante para ganar velocidad. Los motores están a plena potencia mientras el avión avanza por la pista. En cuestión de segundos, están volando por los cielos abiertos del mediodía, rumbo a Hawái.

Para pasar el tiempo, recuerdan la época anterior a la llegada de los extraterrestres, recordando las sencillas alegrías que daban por sentadas. A pesar de sus lesiones, Ayane ofrece una actuación sincera. No se esfuerza demasiado, con cuidado de no forzar su lesión en la cabeza. Su voz, llena de emoción, llena la cabina. Por un momento, parece que la esperanza vuelve al mundo.

19 de noviembre de 2026   0100 hora estándar de Hawai

Pasan ocho horas. El peso del cansancio entorpece el paso del tiempo. A medida que se acercan a Hawái, la realidad vuelve a ellos.

Un avión militar los intercepta rápidamente cuando entran en el espacio aéreo hawaiano. "Están volando en espacio aéreo restringido. ¿Cuál es el motivo de su visita?".

Justin se dirige a la cabina y toma el micrófono. "Soy el sargento Myers, del Ejército de los Estados Unidos, destinado en Okinawa. Llevamos a bordo material altamente clasificado y solicitamos permiso para aterrizar".

Un minuto después, el piloto del avión responde. "Aterricen en el aeropuerto de Kalaeloa, en Oahu. Los guiaré hasta allí". El avión se coloca delante de ellos y los guía hasta el aeropuerto.

Ryuunosuke sigue su ejemplo, maniobrando el avión con suavidad durante la aproximación. A medida que descienden entre las nubes, la costa de Hawái aparece ante sus ojos, ajena a los horrores de los que han huido, pero al acercarse al aeropuerto, recuerdan el mundo que les espera. Los vehículos militares se alinean en la pista. Los soldados se colocan alrededor, estableciendo un perímetro. En el momento en que el avión toma tierra y se detiene, el personal armado lo rodea.

"No hagan movimientos bruscos", dice Justin. "No dudarán en matarlos. Yo saldré primero y les explicaré lo que está pasando". Abre la puerta mientras suben las escaleras al avión. Un foco lo ilumina desde un helicóptero mientras baja y se reúne con algunos soldados. "Necesito hablar con el responsable. Tengo algo muy importante en mi poder".

Se detiene un camión militar y se les dice a todos que suban. Justin se vuelve hacia los demás y levanta la mano para indicarles que lo sigan. Llega primero al camión, abre la puerta y mira hacia atrás para asegurarse de que todos lo siguen. Uno por uno, bajan del avión. Shiro aprieta la bolsa con las armas contra su pecho. Alice y Ayane bajan las escaleras apresuradamente, sintiéndose ansiosas. Ryuunosuke es el último en salir. Al cabo de unos instantes, todos suben al camión.

Dentro del camión hay un hombre mayor sentado. Los saluda cuando entran. "Iré directo al grano. ¿Cómo llegaron aquí, aparte de lo obvio?".

"Somos sobrevivientes de Okinawa", dice Justin.

"¿Sobrevivientes? Nos dijeron que el Deatomizador mató a todos los habitantes de Okinawa", dice el hombre.

Los militares los transportan a un lugar seguro, donde guardias armados escoltan a cada miembro a habitaciones individuales. Durante la siguiente hora, el personal militar los interroga a cada uno de ellos, indagando minuciosamente sobre sus identidades y su viaje desde Okinawa.

Justin se desploma en una silla, solo en una habitación bien iluminada. Se queda dormido y se despierta varias veces, agobiado por el cansancio. Un golpe en la puerta lo despierta.

Entra un hombre con uniforme militar. "Ven conmigo" Justin se levanta y camina con el hombre. "Soy Phil, y hemos revisado todo lo que tú y tus amigos nos han contado. Te están esperando por aquí" guía a Justin por el pasillo y entran en una sala de descanso donde Shiro, Ryuunosuke y Alice están comiendo.

"¿Dónde está Ayane?", pregunta Justin.

"La están operando", responde Phil. "Tiene una lesión muy grave en la cabeza. Debió de estar esforzándose a pesar del dolor".

Justin suspira aliviado. "Me alegro de oírlo. Estaba preocupado por ella. Parecía que se estaba esforzando demasiado".

Phil le acerca una silla a Justin. "Siéntate. Tenemos que hablar con todos juntos". Cuando Justin se sienta junto a Shiro, Phil pone la bolsa con las armas sobre la mesa. "Las hemos analizado y son auténticas. ¿Cómo las has conseguido exactamente?".

Justin recuerda los acontecimientos que tuvieron lugar en Okinawa y Phil escribe su historia. "Y por eso tenemos que ir a Estados Unidos. Tenemos que fabricar estas armas en serie".

Phil deja el bolígrafo y el papel. "¿No lo sabes? Claro, no podrías saberlo, has estado desconectado del mundo. Kun ha lanzado una invasión terrestre de Estados Unidos. Toda la costa oeste ha caído. Ayer por la mañana hubo una gran masacre de soldados en San Francisco".

8

5 días antes   14 de noviembre de 2026   1900 hora estándar del Este

James se encuentra frente a una multitud entusiasta reunida en su casa de Pensilvania. Ha reunido a sus seguidores con la esperanza de provocar una revolución en los corazones del pueblo estadounidense. Se dirige a ellos con una convicción inquebrantable. Sus palabras transmiten el peso de sus frustraciones compartidas. "Sé lo que sienten y estoy aquí para aliviar ese estrés. Si me hubieran dado la presidencia hace unos días, nada de esto estaría sucediendo. Hago un llamado a todos los que sienten lo mismo que yo. Necesitamos que Estados Unidos vuelva a ser lo que era. Y para ello, necesito convertirme en presidente de los Estados Unidos". Las cámaras disparan sus flashes y sus palabras se transmiten a toda la nación. La multitud aplaude en señal de acuerdo, pero James levanta la mano derecha en alto, pidiendo silencio. "Todos han visto el video de lo que dijo Kun. Creo que es un hombre razonable y que puedo convencerlo de que cancele la invasión. Pondré fin a esta guerra antes de que se pierdan más vidas. No habrá más derramamiento de sangre innecesario ni se perderán más vidas estadounidenses cuando sea presidente. Los únicos obstáculos que se interponen en mi camino son Angus y Robert. Deben cederme la presidencia para que pueda corregir sus errores por el bien del pueblo estadounidense. Si no me ceden la presidencia, no podré ejercer todo el poder de los Estados Unidos y no podré negociar un acuerdo con Kun. Espero que todos podamos ser adultos razonables al respecto y seamos conscientes de lo que está en juego para el pueblo estadounidense". La multitud vuelve a estallar en vítores. Los ojos de James arden con convicción mientras levanta el puño en el aire. "Gracias a todos por su tiempo y su apoyo. Pronto tendrán noticias mías. No dejen de luchar, o se arrepentirán".

En el edificio del capitolio de Filadelfia, Angus y Robert se sientan en la sala de crisis junto a sus asesores. Inicialmente, su estrategia era esperar a que James perdiera impulso y desapareciera, pero él se hizo más fuerte, convirtiéndose en un obstáculo omnipresente. Con cada discurso que pronuncia, atrae a más y más estadounidenses a su lado, intensificando la oposición hacia el liderazgo de Angus y Robert.

Robert da un golpe en la mesa con las manos. Su frustración está llegando al límite. "Sabía que ese hijo de perra nos iba a dar problemas".

Angus permanece en silencio, sumido en sus pensamientos. Tiene cosas más importantes de las que preocuparse, por lo que considera a James una molestia, pero no una amenaza suficiente como para hacer algo al respecto.

Frente a ellos, Xavier hojea tranquilamente sus notas, preguntándose qué hacer. La sala permanece en silencio durante unos minutos antes de que finalmente hable. "Creo que lo mejor que podemos hacer es abandonar este lugar y trasladarnos a otro más seguro. Tu discurso de esta mañana no nos ha servido de nada, Angus. He echado un vistazo a algunas redes sociales y la gente lo ha considerado una respuesta débil. Ese discurso solo ha conseguido que más gente se vuelva en nuestra contra. Tal y como están las cosas, es posible que al final del día la gran mayoría de los estadounidenses sean simpatizantes de James".

"¿Y la ley marcial? ¿Podría calmar los disturbios?", pregunta Angus.

"La ley marcial solo debe utilizarse en situaciones extremas", dice Xavier.

"¿Y qué dirías que es esta situación?", pregunta Robert, burlándose. "Tenemos a todo el ejército de Kun llamando a nuestra puerta. Quién sabe qué nuevas armas tienen".

"Si quisieran destruir Estados Unidos, habrían vuelto a utilizar el Deatomizador. Debe de haber una razón por la que no lo hacen", dice Xavier.

"Es porque Kun es un loco", dice Angus. "Disfruta matando. ¿De qué le sirve Estados Unidos si puede acabar con nosotros rápidamente? No, él quiere que suframos. Que corramos como ratas en una jaula buscando una forma de escapar".

"No puede ser tan sencillo", dice Xavier.

"Pues lo es", dice Angus. "La administración anterior vigiló a Kun como un halcón durante su ocupación militar del sur de Asia el año pasado. Podría haber terminado rápidamente, pero la prolongó para que cientos de miles de civiles se vieran envueltos en los combates. Calcula todo lo que hace. Para él, enviarnos todo su ejército significa que ya ha ganado".

Robert vuelve a dar un golpe en la mesa con la mano. "No me vengas con esas tonterías. Él es el único que cree que ha ganado. Estados Unidos ha librado batallas más duras en el pasado. Nos hemos enfrentado a situaciones imposibles antes, y esta no será diferente".

"No me voy a dar por vencido. Ni mucho menos", dice Angus. "Responde a esto: ¿qué arma se utilizó durante la Segunda Guerra Mundial que fuera tan avanzada que nadie la vio venir?".

"La bomba atómica", dice Robert, poniendo los ojos en blanco. "Pero hemos visto de primera mano que esas armas ahora están obsoletas".

"Si nuestros científicos pueden mejorar una bomba atómica para que coincida con los parámetros de las armas de los extraterrestres, en teoría, deberíamos tener una oportunidad de luchar", dice Angus.

"Suena bien sobre el papel, pero ¿qué pasa en la práctica?", pregunta Robert, exhalando bruscamente. "¿Has empezado siquiera a trabajar en un arma así? Voy a ignorar el hecho de que no conocemos el alcance total de sus armas".

Paula da unos golpecitos con el dedo sobre la mesa para llamar la atención de Robert. "Angus ya ha hecho los preparativos con el ejército para investigar esa arma. Tenemos mucho personal revisando todas las imágenes de los alienígenas y sus armas. Conocemos sus puntos débiles y sabemos cómo combatirlos. Solo nos queda esperar que funcione".

"¿Dónde está esa arma ahora?", pregunta Robert.

"En algún lugar de Japón", responde Paula. "Solo tenemos una, así que debemos elegir el momento adecuado para usarla. Si funciona, podemos fabricar otra o dos en lugares secretos en algún lugar del mundo".

Robert se recuesta en su asiento y se frota los ojos. "Voy a ser sincero con todos ustedes. Este plan es una mierda. Parece que están lanzando todo contra la pared y rezando para que algo se pegue".

"¿Tienes un plan mejor? Soy todo oídos", dice Angus.

Robert suspira y se inclina lentamente hacia adelante, entrelazando los dedos. "El hecho de que no tenga un plan no significa que no me lo esté tomando en serio. Somos los Estados Unidos, maldita sea. Tenemos un plan para todo. Sé que tenemos más de un plan de contingencia en el que confiar. Repasemos lo que tenemos y aprovechemos al máximo. Consígueme un equipo con las personas más brillantes y competentes que tengamos, y yo prepararé algo".

"Si lo dices en serio, conozco a algunas personas que encajan en ese perfil", dice Paula.

"Entonces, ¿qué hacemos aquí sentados?", pregunta Robert, alejándose de la mesa. "Las fuerzas de Kun estarán aquí en dos semanas".

16 de noviembre de 2026 1630 hora de Indochina.

Han pasado casi dos días desde que Kun ordenó a Ignin que desarrollara armas más avanzadas para su ejército. Ahora ha llegado el momento de que Ignin cumpla su promesa y le presente a Kun lo que ha creado.

Kun camina de un lado a otro de su oficina. Su paciencia se agota con cada minuto que pasa. La expectación por las noticias de Ignin sigue poniendo a prueba su determinación.

Al otro lado de la habitación, Taf lo observa en silencio mientras camina de un lado a otro. Aunque le divierte verlo luchar, mantiene una expresión impasible, sin dejar entrever ni una pizca de lo que piensa. "¿No tienes nada mejor que hacer?".

Kun se detiene en seco y la mira con ira. "No estaría en esta situación si hubiera recibido lo que me prometieron desde el principio".

Taf sostiene su mirada, imperturbable, y mantiene la calma en sus palabras. "Como dije antes, Ignin lamenta el resultado de lo ocurrido en esa isla. Sin embargo, no sabíamos que la fuerza enemiga conocía tan bien sus propias tácticas. De todos los demás planetas en los que hemos estado, una vez que desaparece el primer asentamiento, nadie se nos opone más. Esta es la primera vez que nos pasa".

"Vienes a nuestro planeta, afirmando traer la paz, y sin embargo nunca has investigado cómo lograr tu objetivo", dice Kun. Hace una pausa, dándose cuenta de lo que acaba de decir. Piensa para sí mismo. Si hubieran investigado, se habrían puesto del lado de Estados Unidos y de todos los demás, y yo sería el que estaría a la defensiva. Sin decir nada más, retira su silla y se sienta, perdido en sus pensamientos.

"¿Qué pasa?", pregunta Taf.

Kun exhala. "¿Sabes qué? Creo que estoy siendo demasiado duro contigo. Los errores ocurren. Debería haberte informado desde el principio de las capacidades de las fuerzas enemigas. He cometido un error de juicio". Su repentino cambio de opinión sorprende a Taf, pero no le da más vueltas. Momentos después, recibe un mensaje de Ignin. "Los artículos están listos. Ignin te espera fuera".

Kun se levanta de un salto de su asiento. "Ya era hora".

Ambos se dirigen hacia la puerta. Taf se dispone a salir primero de la habitación, pero Kun la agarra del hombro y la tira hacia atrás para poder salir antes que ella.

Afuera, Ignin está de pie junto a una gran caja que lo supera en altura. El contenedor está lleno de artilugios del tamaño de una moneda de diez centavos. Cuando Kun se acerca, Ignin mete la mano dentro, saca uno y lo levanta. "Con el tiempo que tuve, diseñé estos. Usamos un mecanismo similar en el casco que te dimos. Pensé que sería mucho más eficiente hacer estos que enfocarnos en unos pocos más grandes. Permíteme mostrarte". Saca otro dispositivo de la caja. "Uno de estos crea un escudo que protege un radio de un metro. Si se juntan dos, protegen un poco menos de dos metros. Y si se juntan diez, protegen cinco metros. Cuantos más se juntan, menos distancia cubren". Acerca la mano a la caja. "Dentro hay casi treinta y un millones de estos para que los uses como mejor te parezca".

se acerca a Kun con una tableta en la mano. "Si la cifra que nos dio Ignin es cierta, al combinarlos todos se puede generar un escudo que cubra casi diecisiete kilómetros".

"Averigua el número necesario para proteger cada uno de mis buques de guerra. Quiero zarpar mañana por la mañana", dice Kun.

16 de noviembre de 2026   0800 hora estándar del este

"Estamos en el segundo día de esto", dice Robert, frotándose los ojos. "¿Cómo es posible que la bomba nuclear mejorada siga siendo nuestra mejor opción?".

Paula le entrega una taza de café, luego saca la silla que está a su lado y se sienta. "Ya te dije que revisé todo hace días. Tenía la esperanza de que pudieras encontrar algo que se me hubiera pasado por alto". Robert sorbe su café, tratando de saborear cada gota. "Hemos perdido tanto. ¿De verdad así es como cae Estados Unidos?"

"Hace poco me han informado de que la bomba nuclear mejorada está lista", dice Paula.

"¿Cuándo tenemos planeado lanzarla?", pregunta Robert.

"La flota de Kun tiene que cruzar el Pacífico. Esa es nuestra mejor oportunidad", dice Paula, apoyando la cabeza sobre la mesa.

"Y, si tenemos suerte, esa nave alienígena se hundirá con ellos".

Robert se queda callado, perdido en sus pensamientos, y sigue bebiendo su café. Después de un rato, deja escapar un suspiro inaudible. "Deberías irte de Estados Unidos. Cualquier país de Europa sería más seguro que este".

Paula se endereza rápidamente y lo mira fijamente. "¿Y dejarlo todo atrás? No seas ridículo. Estoy tan involucrada en esto como tú y Angus. Llevaré esto hasta el final".

"¿Incluso si esto termina con nuestras muertes?", pregunta Robert.

"Sé en lo que me metí", dice Paula. "Si huyera ahora, pasaría el resto de mi vida preguntándome qué podría haber hecho de otra manera. Sabes que no soy el tipo de persona que abandona algo, especialmente si es tan importante".

"¿Has hablado con Angus sobre esto? No creo que él lo aprobara", dice Robert.

"Si te tranquiliza, consideraré la opción de huir del país. Pero por ahora, haré todo lo que esté en mi mano para ayudaros a ti y a Angus a tener éxito. Ahora, si me disculpas, tengo que ocuparme de otras cosas", dice Paula. Se levanta de la silla y sale apresurada de la habitación, frustrada por lo que Robert le ha dicho.

Robert se queda solo, todavía sorbiendo su café. Suspira de nuevo y se levanta. "Espera, Paula. Yo también voy".

Juntos, entran en la sala de operaciones, donde Angus está mirando una pantalla que muestra un mapa del Océano Pacífico.

"¿Alguna información nueva?", pregunta Robert.

"Esperamos que Kun lance su flota en cualquier momento", dice Angus, apoyándose en una mesa. "Sería bueno que todavía tuviéramos gente dentro para decirnos qué está tramando Kun, pero parece que todos han desaparecido. Probablemente los hayan matado".

"Así que seguimos sin poder hacer nada", dice Robert. "Por cierto, ¿qué le ha pasado a James? No sé nada de él desde hace dos días".

"Está esperando el momento oportuno", dice Paula. "Parece que está esperando a que Kun haga su jugada antes de hacer la suya. Lo último que sé es que planea marchar sobre Filadelfia con sus seguidores".

"¿Qué espera conseguir con eso?", pregunta Robert.

Angus interviene: "Lo más probable es que vaya al capitolio para pedirme personalmente que renuncie. Aunque no me gusta lo que planea hacer, hay que reconocer que tiene valor para hacerlo". Se inclina, abre una mininevera y saca una Coca-Cola. "¿Quieren una?".

Paula niega con la cabeza. "Tengo que cuidar lo que bebo. Ya me he tomado un café y no quiero quedarme sin energía más tarde".

"Me parece justo", dice Angus, volviéndose hacia Robert. "¿Y tú?".

Robert duda y luego suspira. "Oh, qué diablos. Dame una". Angus le lanza la lata. Robert la abre y se la bebe de un trago. "Sabes, normalmente diría que no, pero como siento que estoy al borde de la muerte, me apetece más comer alimentos poco saludables de lo que lo haría normalmente".

Paula le da una palmada en la espalda a Robert. "No sé ustedes dos, pero yo pienso sobrevivir a esto. No necesito consumir todas esas calorías innecesarias. Quiero seguir luciendo bien después de esto".

Los tres se ríen juntos, y el peso del momento se aligera por un instante. Durante las siguientes horas, se sientan juntos y recuerdan tiempos mejores.

Cuatro horas después   17 de noviembre de 2026   0000 hora de Indochina

Angus y Robert están sentados en la sala de operaciones con altos mandos militares y asesores, todos concentrados en los últimos informes de inteligencia mientras la flota abandona los territorios de Kun.

"Angus, ¿cuál es nuestro plan?", pregunta Robert.

"Realmente esperaba que pudiéramos evitarlo, pero tendremos que usar la ojiva nuclear cuando la flota entre en aguas internacionales", responde Angus.

Paula está sentada a una mesa, revisando los cálculos en su tableta. "He calculado la velocidad normal de una flota tan grande. Deberían estar en medio del mar de la China Meridional a medianoche. Ahí es cuando deberíamos lanzar el ataque".

"Entonces no hay tiempo que perder. Esta noche va a ser un infierno", dice Angus.

Ocho horas más tarde, Paula observa las imágenes satelitales de la flota y abre los ojos con sorpresa. "Solo han pasado ocho horas. ¿Cómo es posible que ya estén cerca del extremo sur de Japón?".

"¿Qué está pasando?", pregunta Angus.

"La flota de Kun se mueve rápido, demasiado rápido. Más rápido de lo que debería", dice Paula. "Están a punto de entrar en las aguas cercanas al extremo sur de Japón. Hemos perdido nuestra oportunidad de atacar. Si lanzamos la bomba nuclear ahora, las consecuencias en Japón serían catastróficas. Tendremos que esperar unas horas a que pasen por Japón". Un asesor presente en la sala interviene: "Nos llegan informes de que el Gobierno japonés ha ordenado la evacuación total de todos los residentes hasta 160 kilómetros tierra adentro desde el extremo sur".

"No podemos perder el tiempo preocupándonos por lo que hacen los japoneses. Tenemos una fuerza militar dirigiéndose hacia nosotros", dice Robert, volviéndose hacia Paula. "¿Cuánto tardarán en llegar?"

Paula escribe unos números en un papel. Mira a Angus y palidece. "A este ritmo, un día y medio. Llegarán la mañana del dieciocho".

"¿Qué les hace moverse tan rápido?", pregunta Angus. La sala se queda en silencio. Nadie le responde. "Denme algo. Necesito sugerencias".

El asesor termina de escribir ecuaciones en un papel. "Creo que sé cuál es la razón. He anotado algunos problemas matemáticos y he llegado a esta conclusión. Para que vayan tan rápido, solo se me ocurren unas pocas cosas. Están ignorando la resistencia del aire y la resistencia hidrodinámica. Así que, en lugar de que el aire y el agua los frenen, tienen algo que los mueve sin esfuerzo".

"Otra pieza de tecnología alienígena, supongo", dice Robert.

"Creo que, en este momento, cualquier cosa que no entendamos puede explicarse por la tecnología alienígena", dice el asesor.

Angus respira hondo y mira a Paula. "Dijiste un día y medio, ¿verdad?"

"Esa es la mejor de las hipótesis", dice Paula. "En este momento, supongo que tienen algo que les permite ir más rápido una vez que están en mar abierto".

"De acuerdo, Paula, necesito que te pongas en contacto con los medios de comunicación", dice Angus. "Diles que emitan un aviso de emergencia a todos los estados al oeste de las Montañas Rocosas para que evacúen".

"Esperemos con las órdenes de evacuación hasta que lancemos la bomba nuclear", dice Robert. "Todavía tenemos tres horas hasta la medianoche".

Al mismo tiempo, James está sentado en su oficina, viendo el reportaje sobre los movimientos de la flota. A su alrededor hay personas que formarán parte de su administración si llega a ser presidente. "Es hora de correr la voz de que mañana por la mañana estaré en Filadelfia. La ventana se está cerrando más rápido de lo que esperaba. Tengo que tomar el control para poder detener lo inevitable". Es recibido con aplausos y admiración. Su equipo se apresura a correr la voz sobre su mitin en el Capitolio. Miles de personas asistirán.

Pasan dos horas y Paula sigue trabajando sin descanso frente a las pantallas. "La flota de Kun está lo suficientemente lejos de Japón. Es el momento de atacar".

"Autorizo el ataque" dice Angus.

Un general toma el teléfono y da la orden.

Robert pone la mano sobre el hombro de Angus. "Aunque esto funcione, todavía tenemos que preocuparnos por lo que sucederá después. Kun estará furioso y quién sabe qué nos enviarán los extraterrestres".

"Ahora mismo, tenemos que centrarnos en la amenaza que tenemos delante. Ya nos preocuparemos de eso más tarde", dice Angus.

El general cuelga el teléfono. "Ya está hecho. La bomba nuclear está a punto de ser lanzada".

Todos se sientan en silencio mientras ven las imágenes en directo de la flota de Kun. Veinte aviones despegan a toda velocidad desde una base militar secreta en Japón. Diecinueve de los aviones se despliegan en abanico, rodeando al que transporta la ojiva. Vuelan hacia la flota a tres veces la velocidad del sonido, atravesando las nubes, pero no llegan a acercarse a ella. Los aviones chocan contra el campo de fuerza y explotan, provocando una enorme nube en forma de hongo que se eleva hacia el cielo. Angus y Robert observan horrorizados, sabiendo que su última línea de defensa serán los soldados que darán su vida por una guerra que no se puede ganar.

Angus se desploma en su silla y se lleva las manos a la cara. "Paula, corre la voz. Anuncia la noticia: todos los estados al oeste de las Montañas Rocosas deben ser evacuados". Se pone de pie con esfuerzo. Sus movimientos se vuelven lentos y agotados. "Además, tengo que dirigirme a la nación para explicar lo que acaba de ocurrir. Dame un minuto para ordenar mis ideas". Sale tambaleándose de la habitación, con aspecto abatido y derrotado.

Brittney está detrás de la mesa de noticias, con expresión sombría. "Nos llega la noticia de que el presidente Turner está a punto de dirigirse a la nación en relación con la flota de Kun. Ahora conectamos en directo con el presidente".

La emisión corta a Angus caminando hacia un podio. Sus movimientos son pesados, cargados con el peso de la guerra inminente. Agarra los bordes del podio y mira directamente a la cámara. "Voy a ser franco con todos y cada uno de ustedes. El ataque nuclear que lanzamos fue inútil. La flota sigue avanzando y ahora esperamos que llegue a la costa oeste en la mañana del día 18. Insto a todos los hombres, mujeres y niños de todos los estados al oeste de las Montañas Rocosas a que evacúen y se dirijan al este inmediatamente. No esperen. No duden. El tiempo se ha acabado. Este es el fin. Hago un llamado a todo el personal militar, tanto al que está actualmente en servicio como al que ha servido en el pasado, para que se ponga en contacto con las personas con las que necesita comunicarse para que podamos prepararnos para una invasión terrestre de los Estados Unidos. Debemos prepararnos para la mayor invasión terrestre de la historia de nuestra nación. Entiendo que son tiempos difíciles. Si trabajamos juntos, podemos superar esta amenaza». Se aleja y la transmisión se corta.

17 de noviembre de 2026   0000 hora estándar del este

"Dallas es la última ciudad en confirmar disturbios", dice Paula. "Con esta ya son ocho ciudades. Creo que lo mejor que podemos hacer es declarar la ley marcial".

Angus exhala bruscamente mientras se frota los ojos. "¿De verdad no tenemos otra opción? Tiene que haber otra manera".

"No la hay" responde Paula. Tenemos que forzar la evacuación de toda la costa oeste. Si esto sigue así, la gente no se marchará a tiempo. Será una masacre cuando llegue la flota".

Angus cierra los ojos un momento y luego asiente. "De acuerdo. Saca tu teléfono. Grábame. Le diré al pueblo estadounidense lo que quiero que hagan".

Paula saca su teléfono y se pone de pie. "Estás en directo. Puedes empezar cuando estés listo".

Angus endereza la postura. "Iré directo al grano. Con efecto inmediato, Estados Unidos está bajo ley marcial. Todo el mundo debe irse a casa, excepto los residentes de los siguientes estados: Washington, Oregón, California, Nevada, Idaho, Utah y Arizona. Estos siete estados deben evacuar inmediatamente y dirigirse al este o salir del país hacia Canadá o México. He hablado con ambos presidentes y han accedido a dejar pasar a cualquiera, independientemente de si tiene la documentación adecuada. Además, estos siete estados ya no recibirán ayuda federal a partir de ahora. Todos los funcionarios del gobierno también deben evacuar. Insto encarecidamente a todas las fuerzas policiales locales a que hagan lo mismo. La seguridad de sus familias es más importante que detener a los alborotadores. Estoy movilizando a todo el personal militar para defender el país de las fuerzas enemigas. Estamos a punto de entrar en la guerra de nuestra vida. Para todos los que no pertenecen al ejército, esta será la última vez que me dirija a la nación hasta que esto termine. Las únicas actualizaciones que daré serán para el ejército. Espero que nuestros ciudadanos puedan ocuparse de sus propios asuntos y comprender la situación en la que nos encontramos». Angus mira más allá de la cámara a Paula. "Puedes dejar de grabar".

Ella termina la transmisión, mirando fijamente la pantalla por un momento antes de levantar la vista hacia él. "No salió como esperaba".

"Dije lo que tenía que decir", dice Angus. "Ya es suficiente. Por mucho que me duela decirlo, es hora de que se preocupen por ellos mismos. Si quieren seguir con los disturbios, que lo hagan. La costa oeste probablemente caerá de todos modos. Solo espero que la gente buena haga caso de mi advertencia y se vaya lo antes posible".

Paula se acerca y abraza a Angus. "Me temo que la gente solo huirá cuando ya sea demasiado tarde".

"Puede que tengas razón", dice Angus, correspondiendo al gesto.

A lo largo de la noche, el país se sumerge en el caos. En las ciudades al este de las Montañas Rocosas, las calles se llenan de manifestantes y alborotadores. La policía antidisturbios inunda las calles con todo su equipo, intentando contener los crecientes disturbios. El gas lacrimógeno se arremolina, pero la multitud no hace más que crecer. Se producen incendios en callejones y coches abandonados. La gente grita, se enfrenta y huye, lo que provoca muchas muertes.

En la costa oeste, la anarquía es aún más implacable. Los alborotadores se vuelven locos por las calles vacías. Rompen ventanas, vuelcan vehículos e incendian edificios. Las llamas envuelven los laterales de los rascacielos mientras las sirenas suenan en la distancia, aunque nadie viene a detenerlos.

Las fronteras de México y Canadá se llenan de gente que huye. La patrulla fronteriza de ambos lados deja pasar a todo el mundo, sin apenas mirar lo que se lleva al otro lado. En Canadá, todo funciona con normalidad. La historia es diferente en México. A medida que los estadounidenses cruzan, el cártel acecha, capturando a todo el que puede y arrastrándolos a sus complejos, donde los retienen como rehenes.

Al amanecer, Estados Unidos es irreconocible. El país que una vez fue aclamado como símbolo de estabilidad se encuentra ahora al borde del colapso. Las estructuras familiares del orden y la normalidad se desvanecen, dejando solo un cascarón de lo que una vez fue la nación.

17 de noviembre de 2026   0800 hora estándar del este.

Se extiende como la pólvora la noticia de que James está organizando una marcha hacia el Capitolio.

Brittney está decidida a presenciar y informar de primera mano sobre los acontecimientos que se están desarrollando. Ella y Frank hacen rápidamente los preparativos necesarios y fletan un vuelo privado a Filadelfia. Su vuelo aterriza a las ocho de la mañana y, al salir del aeropuerto, lo encuentran desierto. Sin perder tiempo, toman un taxi que los lleva al centro de Filadelfia. Se dirigen directamente al edificio del Capitolio, donde James va a liderar su manifestación. Cuando llegan frente al edificio, son los únicos que están allí.

Frank saca su cámara de la bolsa y la prepara rápidamente. "¿Estás lista?"

"Más lista que nunca", dice Britteny, sujetando bien el micrófono a su camiseta. "Solo espero que las cosas no se salgan de control".

"Si la situación se pone peligrosa, tenemos que salir de aquí lo antes posible", dice Frank.

Brittney se coloca frente a la cámara, lista para comenzar el noticiero.

A las diez en punto, James se sube a la caja de un camión y, con un micrófono en la boca, se dirige a una multitud de cinco mil personas que marchan detrás de él. "Están tratando de quitarnos nuestra libertad. Están tratando de quitarnos nuestros derechos. Están tratando de quitarnos nuestras tierras. No podemos seguir tolerando nada de esto». Sus seguidores rugen en señal de acuerdo. Sus pasos resuenan en las calles mientras se dirigen hacia el edificio del capitolio.

James levanta la mano en alto. "Síganme al edificio del capitolio. Hoy asumiré la presidencia. Permitiré que Angus me entregue la presidencia y, si se niega, las cosas pueden ponerse un poco feas".

Se sienta en la parte trasera del camión y mira al conductor. "Ya puede llevarnos. Asegúrese de conducir despacio. No quiero que mis seguidores se queden atrás".

El camión conduce despacio, permitiendo que la multitud lo siga. No hay militares ni policías que se interpongan en su camino; abandonaron la ciudad hace horas, cuando todo se vino abajo.

Brittney está de pie en la acera, observando a James mientras se detiene frente al edificio del Capitolio. "Si acaba de sintonizar, estamos frente al edificio del capitolio aquí en Filadelfia. Por ahora, todo está en calma, pero podríamos ver cómo cambia eso una vez que salga el presidente".

Una vez que el camión se detiene frente al edificio, James salta, listo para dar su último paso. Antes de decir nada, se da cuenta de que Brittney y Frank lo están grabando. Sonríe y les saluda amistosamente con la mano. "Cuando termine aquí, quiero que ustedes tengan la primera entrevista con el nuevo presidente". Brittney asiente con la cabeza a James y continúa con su cobertura en vivo. James se mantiene firme en la acera mientras la multitud grita detrás de él, coreando que Angus salga y se rinda.

James se lleva el micrófono a la boca. "Angus, todo lo que tienes que hacer es cederme la presidencia y todo esto habrá terminado. Te prometo que no te pasará nada ni a ti ni a nadie que esté contigo. Ni siquiera tienes que salir aquí fuera. Puedo entrar encantado para hacer negocios. Esto puede terminar tan rápido como ha empezado".

Dentro del capitolio, Xavier se aferra al teléfono mientras habla con Angus. "Voy a salir a hablar con él. James parece un hombre razonable".

"Es demasiado arriesgado", dice Angus. "Ya deberías haber salido de la ciudad".

"No pasa nada", dice Xavier. "Hablaré contigo cuando esto termine. Nos veremos más tarde esta noche. Dale mis mejores deseos a Paula y Robert".

Antes de que Angus pueda responder, Xavier cuelga y sale.

Brittney está cerca, informando sobre la crisis que se está desarrollando. "La puerta se está abriendo. Creo que van a dejar entrar a James".

La multitud se calma cuando Xavier sale. Mientras camina hacia James, levanta las manos por encima de la cabeza, obligándose a mantenerse erguido a pesar del miedo urgente que lo invade. "Angus y Robert no están aquí. Se marcharon de este lugar hace dos días".

James baja el micrófono a su lado. "¿En serio? ¿Dijo que iba a dimitir y cederme la presidencia?".

"Queremos que detengas esto", dice Xavier. "Tienen cosas más importantes de las que preocuparse que tu montando un escándalo. Tenemos que tranquilamente...".

"Basta ya de esta farsa", dice James. Se da la vuelta y se lleva el micrófono a la boca. "Muy bien, damas y caballeros, les he dado muchas oportunidades a Angus y Robert, pero no saben cuándo ceder. Parece que se ha abierto la veda". Vuelve a dirigir su atención a Xavier, girándose con una mirada desagradable. "A por él". James da un paso atrás mientras la multitud rodea a Xavier.

"No tienes por qué hacer esto", dice Xavier. La multitud lo tira al suelo y le golpea la cabeza, salpicando sangre por el césped.

"Oh Dios, Frank, tenemos que salir de aquí ahora mismo", dice Brittney.

Antes de que Brittney y Frank puedan alejarse, la multitud los rodea.

Brittney cae al suelo, raspándose la palma derecha en el asfalto. "Por favor, déjennos ir. Solo somos reporteros. No tenemos nada que ver con esto".

James se abre paso entre la multitud, con una expresión indescifrable. Se acerca a Brittney y le tiende la mano. "Sé que no tienes nada que ver con esto. Por favor, levántate. Aún quiero que me entrevistes, aunque Angus no haya renunciado a su poder".

Brittney no sabe cómo responder. Sus manos tiemblan incontrolablemente y la sangre le corre por el antebrazo. Su mente se acelera por lo que acaba de presenciar, pero acepta la mano de James de todos modos.

Mientras la ayuda a levantarse, le estudia el rostro. "Oh, pobrecita. Se nota que estás incómoda. Podemos hacer esta entrevista en otro momento, después de que te revisen esa herida". Frank se interpone inmediatamente entre ellos y agarra el brazo ensangrentado de Brittney. "Creo que sería lo mejor. Parece un poco conmocionada después de ver lo que ha pasado".

"Es comprensible", dice James. "Déjeme darle mi número y en uno o dos días podremos hacer la entrevista. ¿Qué le parece?".

"Es una buena idea. Déjeme tomar su número", dice Frank, sacando su teléfono.

James le da su número a Frank y luego le sonríe. "Espero con interés nuestra entrevista". Se vuelve a llevar el micrófono a la boca. "Dejen pasar a estas dos personas. Que nadie los toque. ¿Me han entendido?".

La multitud se abre, formando un pasillo para que Brittney y Frank puedan pasar. No pierden tiempo y se apresuran a pasar entre todos lo más rápido posible sin llamar más la atención. Ninguno de los dos se detiene ni mira atrás mientras se alejan del caos, y solo se detienen cuando están bien lejos de la multitud.

Brittney aprieta la mano con fuerza, tratando de detener la hemorragia. "Pensé que estábamos perdidos". "Podríamos haberlo estado", dice Frank, ayudándola a cubrir la herida. "Tuvimos suerte de que él interviniera en ese momento. Pude ver que la multitud estaba sedienta de sangre. Tenemos que salir de la ciudad ahora mismo. No tengo ninguna duda de que pronto habrá una masacre".

"Entonces salgamos rápido de aquí", dice Brittney.

En todo el país, la transmisión en vivo de Frank se muestra en todas las pantallas, captando la atención de los espectadores en todas partes. La gente observa con horror cómo James ordena a sus seguidores que maten a Xavier. Este acto marca un punto de inflexión, lo que indica que las condiciones en Filadelfia están a punto de deteriorarse aún más. Por toda la ciudad, los seguidores de James irrumpen en las casas de los residentes, los arrastran a la calle y ejecutan a sangre fría a cualquiera que se oponga a ellos. James no hace nada para detenerlos. Cree que si no están con él, están en su contra.

Angus, Robert y varios otros altos funcionarios ven cómo se desarrollan los acontecimientos en la televisión. La sala está en silencio, el único sonido proviene de la transmisión.

"¿Por qué se quedó Xavier?", pregunta Robert, apretando el puño. "Debería haberse ido hace horas".

"Le dije que viniera con nosotros, pero dijo que no, maldita sea", dice Angus.

La puerta se abre y Scott entra. "Angus, Robert. Ahora no es momento de llorar por los muertos. Tenemos que pensar en algo".

Robert parpadea sorprendido, desconcertado por la repentina aparición de Scott. "¿Scott? ¿Cuándo llegaste? Pensé que te habías quedado en Filadelfia".

"Acabo de llegar. Me fui mientras pude", dice Scott, pasando junto a Robert para situarse junto a Angus. "Después de pensarlo un poco, sé cuál es la solución perfecta a todos nuestros problemas".

"¿Qué tienes en mente?", pregunta Angus.

"Oh, nada del otro mundo. Solo cómo terminar con esto". Con un movimiento rápido, Scott saca una pistola de su bolsillo y dispara a Angus en el pecho. Se da la vuelta y apunta con la pistola a Robert, pero gracias a todo el entrenamiento que Robert ha recibido a lo largo de su carrera militar, saca su pistola más rápido y dispara a Scott en la cabeza, matándolo al instante.

Robert corre hacia Angus y se arrodilla. "Angus, háblame". Presiona sus manos contra el pecho de Angus, tratando de taponar la herida. A pesar de sus esfuerzos, la sangre se filtra entre sus dedos.

La habitación se sumerge en el caos. Algunos funcionarios corren hacia la puerta, gritando en busca de ayuda, mientras que otros se apresuran a acudir al lado de Angus, con el rostro pálido por la conmoción.

Angus jadea en busca de aire, tratando de mantener los ojos abiertos. "Depende de ti, Robert. Termina lo que yo no pude. Pro...tege... a... América". Se queda sin fuerzas y cierra los ojos.

Los médicos entran corriendo en la habitación y se apresuran a atender las heridas de Angus. Robert se aparta y mira la sangre de sus manos. "Scott era un simpatizante de James. Era un maldito simpatizante". Respira hondo y mira a Angus. "Si James quiere jugar así, no tendré piedad con él".

James convirtió el edificio del Capitolio en su nuevo hogar. Intenta dar órdenes al ejército, pero nadie le escucha. Afuera, las calles se llenan de sus inquietos seguidores, esperando una orden. Los cuerpos de quienes se le resistieron yacen en espantosas pilas frente al edificio del Capitolio. Se queda mirando por la ventana los cadáveres. "Todo esto y sigo sin tener ningún poder. Creo que voy a tener que tomar medidas aún más drásticas". Se aleja de la ventana y se dirige a algunos de sus seguidores. "Pónganme en la televisión. Voy a decirles a mis seguidores de todo el país que deben plantar cara a sus opresores. Van a morir de todos modos. Más vale que mueran por mí". Una televisión suena a todo volumen de fondo mientras James se concentra en sus planes. Levanta la vista cuando oye una voz familiar y ve a Robert.

"Hace unas horas, Angus recibió un disparo en el pecho por parte del presidente del Congreso, Scott Hage", dice Robert, manteniendo un tono severo. "Pensábamos que se podía confiar en Scott, así que le mantuvimos informado de todo lo que hacíamos, dejándole entrar y salir cuando quería, pero nos equivocamos al hacerlo. Con efecto inmediato, ahora soy el presidente de los Estados Unidos".

James sonríe con aire burlón. "Así que Angus está muerto. ¡Qué alivio!".

Robert da un paso adelante y fija su mirada directamente en la cámara. "James, espero que estés viendo esto. Puede que hayas acabado con Angus, pero yo sigo aquí. Para que lo sepas, Angus me estaba frenando. Si hubiera dependido de mí, te habría eliminado en el parque cuando asumimos el cargo. Ahora que él ya no está, no hay nadie que se interponga en mi camino para lo que voy a hacer a continuación. En unos minutos, recibirás un pequeño regalo de mi parte y de todos los que has lastimado hoy. Espero que ardas por lo que has hecho".

Alguien entra corriendo en la habitación. "James, tienes que ver esto".

James sale corriendo al pasillo y se pega a una ventana. Un avión militar se dirige hacia ellos, acercándose rápidamente. "Hijo de perra. No puedo creer que vayas a acabar con la vida de toda esta gente".

La bomba detona sobre la ciudad. Una onda expansiva se propaga, vaporizando todo en un radio de un kilómetro y medio.

Robert permanece en el lugar donde entregó su mensaje, tratando de asimilar todo lo que acaba de suceder. El sonido de la puerta interrumpe el silencio de la habitación y Angus entra silenciosamente detrás de él. "¿Hiciste lo correcto, Robert?".

"No sé si fue lo correcto, Angus, pero era algo que tenía que hacer", dice Robert. Se da la vuelta, pero no hay nadie detrás de él. Endereza la postura, conteniéndose como puede. "Es hora de prepararse para esta guerra. No más cabos sueltos".

Paula entra en la habitación, secándose las lágrimas. "Sabemos hacia dónde se dirige la flota. Van a la zona de la bahía de San Francisco. Intentan acabar con la vida de millones de personas en un solo ataque. Miles de soldados se dirigen allí en estos momentos para esperar su llegada".

"Pensándolo bien, consígueme un avión", dice Robert. "Me voy a San Francisco".

"Ni lo sueñes. Te necesitamos aquí", dice Paula.

"Quiero ir allí y ayudar en todo lo que pueda", dice Robert. "Cuando termine, volveré aquí".

Paula cruza los brazos y frunce el ceño. "Te lo prohíbo".

"O lo haces tú o buscaré a otra persona que lo haga", dice Robert.

"Eres un hombre terco. No importa lo que diga, irás", dice Paula, dando una patada en el suelo. "Está bien. Te pondré en un avión. Dame un poco de tiempo para prepararlo todo".

Pasa una hora y todo está listo. Paula camina junto a Robert hacia el avión. Al pie de la escalera, se detiene y se vuelve hacia Robert. "Bueno, Robert, aquí es donde nos separamos. Sigo aconsejándote que no vayas. Si acabas atrapado allí, morirás".

Robert le da una palmada en el hombro a Paula. "Tengo que irme. Tengo que estar en San Francisco para dar mi apoyo. Si consigo convencer a una sola persona de que se vaya antes de que sea demasiado tarde, habrá valido la pena".

Paula se seca las lágrimas. Abraza a Robert, reacia a dejarlo ir. "Solo cuídate. No quiero perderte. Hoy ya ha sido un día difícil para mí".

Robert le pone la mano en la nuca. "Te has convertido en una adulta estupenda. Ahora eres una chica mayor. Sé que puedes manejar esto". Se separa de su abrazo. "¿Qué piensas hacer? ¿Vas a huir a Canadá o a Europa?".

Paula se seca las lágrimas de los ojos mientras esboza una débil sonrisa. "Lo he pensado. Tomaré una decisión cuando regreses".

"Volveré mañana, temprano por la mañana. Cuídate hasta entonces", dice Robert. Se da la vuelta para subir las escaleras y desaparece en el avión.

Seis horas después   1600 hora estándar del Pacífico

Robert aterriza en el Aeropuerto Internacional de Oakland. Baja del avión y entra en la terminal, tenuemente iluminada, donde un numeroso grupo de soldados le da la bienvenida.

Un soldado se pone firme frente a Robert y le saluda. «Bienvenido a Oakland, señor. Soy el sargento Roland Heed. Aunque nos gustaría que su llegada se hubiera producido en mejores circunstancias, nos alegramos de que haya podido venir». "¿Cuál es la situación aquí?", pregunta Robert, devolviendo el saludo.

"Primero le llevaremos a un lugar más seguro", dice el sargento Heed. "Tenemos un coche esperando fuera para llevarle a nuestro campamento".

Atraviesan rápidamente la terminal y escoltan a Robert hasta el exterior, donde les espera un vehículo blindado. En cuanto suben al coche, las puertas se cierran y el conductor arranca.

"Esta es la situación" dice el sargento Heed, entregándole a Robert una foto de la zona. "Esta es una foto de la ubicación de los 2854 soldados que tenemos actualmente estacionados en el área de la bahía".

"¿Y qué hay de los residentes de la zona? ¿Han sido todos evacuados?", pregunta Robert.

"La mayoría de las autopistas que salen de la zona siguen llenas de gente que huye", dice el sargento Heed. "Aunque el expresidente ordenó ayer la evacuación total, algunas personas están esperando a marcharse en el último momento o no se van".

"¿No saben que este lugar está a punto de convertirse en una zona de guerra?", pregunta Robert.

"No podemos hacer nada más", dice el sargento Heed, sacudiendo la cabeza. "Todos nuestros recursos se están utilizando para prepararnos para la guerra. Depende de la gente si quiere irse".

Mientras se dirigen hacia el norte por la Interestatal 580, Robert mira por la ventana y ve la ciudad de San Francisco y el puente Golden Gate a lo lejos. "¿Por qué estamos tan lejos del océano? ¿No vamos a San Francisco?".

El sargento Heed le quita la foto a Robert. "Mantenemos nuestro campamento principal fuera de la ciudad.

"No queremos obstruir las calles mientras los civiles evacúan. Nos dirigimos a este campamento base". Señala el lugar al sur de Richmond. "Los altos mandos ya están allí y quieren hablar contigo y conocer tu opinión".

Veinte minutos más tarde, el vehículo se detiene en el campamento improvisado. Cuando Robert sale, un numeroso grupo de soldados se acerca rápidamente y elogia sus acciones en Filadelfia como necesarias. Desde la distancia, sus detractores lo observan con disgusto. La mayoría de los soldados se mantienen firmes a su lado, tras haber sido testigos de los horrores que los simpatizantes de James desataron en la ciudad. Tras intercambiar breves saludos con los que lo rodean, Robert se dirige a una tienda cercana donde se encuentran los altos mandos. En el interior, hay mapas extendidos sobre una mesa con alfileres que marcan las posiciones de las tropas y los puntos estratégicos. Durante las dos horas siguientes, revisan cada detalle de la batalla de la mañana siguiente.

"Y con esto terminamos lo que teníamos que decirles", dice un general.

Robert mantiene la mirada fija en el mapa al otro lado de la mesa, marcado con zonas de color rojo y amarillo. "¿Qué pasa con este mapa? ¿No deberíamos transmitir esta información al público?"

"No tiene sentido", dice el general. "Estas personas ya están muertas. Decírselo no cambiará nada".

"Puede que para ustedes no tenga valor, pero para mí es muy importante", dice Robert. "Pónganme al aire. Voy a divulgar esta información al público".

Los susurros se extienden por la sala, pero nadie le contradice. Se ponen en contacto con una empresa de noticias dispuesta a difundir el mensaje de Robert. Treinta minutos más tarde, Robert está en directo para que toda la nación lo vea. Clava el mapa del que hablaba en un tablón de anuncios. "Voy a ser franco con todos los que están aquí, en la costa oeste. Para muchos de ustedes es demasiado tarde para evacuar. Cualquiera que se encuentre en esta zona roja, ya no tiene oportunidad. Para todos los que se encuentren en todo el estado de California hasta Seattle, Washington, lo mejor que pueden hacer es refugiarse en el lugar donde se encuentren. Manténganse lo más tranquilos posible. Pero sepan que, aunque tengan suerte y sobrevivan, no vendrá ningún rescate. Repito, no vendrá ningún rescate. En la zona amarilla, es discutible si podrán salir. Esta zona abarca desde Seattle, Washington, hasta la frontera con Canadá. Si se encuentran aquí, tal vez tengan alguna posibilidad de escapar, pero deben irse ahora mismo". Robert mira a la cámara para dirigirse a los espectadores. "Hagan lo que quieran con esta información.
Rezo por que todo salga bien". La cámara se apaga.

El sargento Heed se acerca a Robert y le entrega una botella de agua. "Ha hecho un buen trabajo. Sígame".

Robert sigue al sargento Heed hasta el comedor para cenar. El aroma de las mejores carnes y dulces impregna el aire. Entra en el edificio y, cuando la gente lo ve, se pone de pie y lo vitorea al unísono. Se queda paralizado, mirando los rostros de los hombres y mujeres que lo rodean. Sonríen y aplauden, pero lo único que él ve son los rostros de personas que probablemente estarán muertas mañana a la hora de la cena. Mientras se sirve la comida, se le ocurre una idea. "No puedo hacer mucho por estas pobres almas, pero lo que sí puedo hacer es darles el ánimo que necesitan para luchar". Deja la bandeja y ve un pequeño escenario en el que puede subirse. Se sube al escenario y todos se vuelven lentamente hacia él. La sala se queda en silencio, esperando a que hable. "No sé lo que estoy haciendo. Algo me ha dicho que suba aquí y hable con cada uno de ustedes. Así que allá vamos". Respira hondo y mira a la multitud. "Sé que todos están nerviosos por lo que va a pasar mañana. El pueblo estadounidense está pendiente, sabiendo que el resultado no será agradable. Me revuelve el estómago saber lo que nos espera. No culparía a nadie por huir. Nadie lo sabría nunca. Sin embargo, quedarse aquí podría ser el factor decisivo para que una familia pueda ponerse a salvo a tiempo. Puede que tengan o no familia en esta zona, pero ¿no sería estupendo si pudieran marcar la diferencia? Hablando de familia, déjenme hablarles de la mía. He guardado silencio sobre este tema durante todo el tiempo que he servido en el ejército. Ahora creo que es un buen momento para recordar el pasado. Pero primero, ¿alguien puede traerme un vaso de agua? Estoy sediento.

Alguien le da un vaso de agua y él bebe, luego continúa. "Nací en la ciudad de Nueva York. La Gran Manzana, como la llaman. En mi adolescencia, cuatro amigos y yo recorríamos la ciudad, tratando de encontrar el mejor lugar para pasar el rato. Encontrábamos un lugar, pero nos echaban cuando la gente nos descubría. Íbamos a los lugares más locos. Una vez encontramos la manera de entrar en el metro. En fin, en el verano de 1994, estábamos paseando por el World Trade Center a primera hora de la mañana, antes del amanecer. Atravesamos el vestíbulo esperando que nos detuvieran, pero nunca lo hicieron. Llegamos al ascensor y subimos hasta la octava planta, donde encontramos otro ascensor que nos llevó a la cima de las torres. Estábamos a punto de salir cuando nos detuvo un trabajador. Sabíamos que nos las íbamos a ver con él. Todos sudábamos, pensando en cómo iban a reaccionar nuestros padres cuando se enteraran de que nos habíamos colado en el World Trade Center. El hombre, que se llamaba Bill, se acercó a nosotros y nos dijo: "¿Cómo han entrado aquí, chicos?". Estábamos muy nerviosos. Nadie dijo nada. Ni se nos pasó por la cabeza dar media vuelta y correr de vuelta por donde habíamos venido. Estábamos demasiado ocupados pensando en la paliza que nos darían cuando llegáramos a casa. Y déjenme decirles que las mujeres de Nueva York no se andan con tonterías. En fin, Bill se acercó a nosotros y nos dijo: "Oigan, no se preocupen. No se lo diré a nadie. Ya que han venido hasta aquí, ¿quieren ver algo interesante? Síganme". Sin dudarlo, lo seguimos. Abrió la puerta que daba al exterior y había unas vistas increíbles de la ciudad. Nunca había visto nada igual en mi vida. Después de unos momentos mirando a nuestro alrededor, empezó a salir el sol. Fue la mejor sensación que he tenido nunca. Todos mis amigos sintieron lo mismo que yo. Así que, cada vez que teníamos oportunidad, subíamos a lo alto de las torres para ver el amanecer. Bill nos esperaba en el vestíbulo y nos subía. Nadie que trabajara allí nos hacía preguntas porque Bill era el responsable. En 1996, mi amigo Steve solicitó trabajo en las torres y lo contrataron para trabajar con Bill. Cada mañana, Bill y Steve se reunían con nosotros cuatro y nos dejaban entrar. Luego, en el verano de 1998, conocí a mi futura esposa, Jenny. Era un año menor que yo. Su mamá comenzó a trabajar en Windows on the World como mesera y la llevaba al trabajo con ella todas las mañanas. En ese momento, todos sabían quiénes éramos. Era natural que Jenny se uniera a nosotros todas las mañanas. Dos años después, comenzamos a salir y un año después, nos casamos en el verano de 2001.

Robert toma otro sorbo de agua y se toma un momento para ordenar sus pensamientos. "Entonces ocurrió lo impensable. Solo dos horas después de ver el amanecer, las torres fueron atacadas. Era un día como cualquier otro. Estábamos hablando, viendo el amanecer. Si hubiera sabido que iba a ser el último, lo habría pasado apreciando esa increíble vista. No podía creer lo que estaba viendo. Mi segundo hogar estaba siendo destruido y yo no podía hacer nada al respecto. Mi ciudad natal estaba siendo atacada. Después de esos acontecimientos, pude ponerme en contacto con todos mis amigos menos uno. Steve nunca llegó a casa. La mamá de Jenny también estaba trabajando ese día. Ella tampoco lo logró. Días después me enteré de que ni Steve ni Bill habían sobrevivido. Les hicimos un funeral; los ataúdes estaban vacíos. Después de ese día, hice la promesa de proteger a las personas y las cosas que me importaban. Yo, como muchas otras personas en su juventud, me uní al ejército para luchar y proteger nuestros hogares. Nunca más permitiría que ocurriera algo así. Ascendí rápidamente en el escalafón. No me importaba lo que los demás pensaran de mí. Mi único objetivo era llegar a una posición de poder, y eso es lo que hice. Años más tarde, Jenny dio a luz a nuestros dos hijos. Compramos una bonita casa a las afueras de Nueva York y planeamos pasar allí nuestra jubilación. Pero, como todos saben, el destino tenía otros planes. Mi esposa y mis dos hijos me fueron arrebatados cuando el Deatomizador borró Nueva York de la faz de la Tierra. La desesperación que sentí al ver lo que estaba pasando era inimaginable. No solo le fallé a esa ciudad, me fallé a mí mismo. Desde entonces, me he dedicado a vengarme de las personas que me lo quitaron todo. Y esa es mi historia. La de un hombre indefenso que ni siquiera pudo salvar a las personas que amaba". Robert termina su discurso y todos aplauden.

Sin que Robert lo sepa, alguien grabó su discurso y lo compartió en Internet. En pocas horas, el video circula por las redes sociales y gana rápidamente popularidad. A medida que el video se difunde, Robert se convierte en tendencia y innumerables estadounidenses se sienten conmovidos por su valentía y honestidad.

Después de su discurso, Robert pasa la siguiente hora conversando con los soldados. Se mueve entre ellos, escuchando sus preocupaciones, compartiendo sus esperanzas y temores, y ofreciéndoles palabras de aliento. Finalmente, Robert sale a tomar aire fresco. El sargento Heed lo acompaña.

Enciende un cigarrillo, inhala profundamente y echa la cabeza hacia atrás para contemplar las estrellas. "¿Cómo puedo Pedirles a estas personas que acaben con sus vidas cuando yo estoy a punto de marcharme a un lugar seguro?".

A su lado, el sargento Heed enciende su propio cigarrillo y exhala lentamente el humo. "Creo que lo estás viendo de forma equivocada. Estar al mando es tan importante como lo que todos tenemos que hacer mañana. Vi cómo te miraban cuando entramos por primera vez. Tenían los ojos vacíos. Pero después de tu discurso, parecían capaces de comerse el mundo. Lo que dijiste inspiró a mucha gente. Necesitamos a personas como tú para que nos guíen en la dirección correcta. Queremos creer que nuestro sacrificio de mañana ayudará a Estados Unidos a resurgir. Pero solo el tiempo dirá si tengo razón".

Ambos permanecen en silencio mientras terminan sus cigarrillos. Robert reflexiona profundamente sobre lo que le acaban de decir. "Ya tengo mi respuesta". Tira la colilla al suelo y la pisa. "Mañana me quedaré y lucharé junto a todos ustedes".

El sargento Heed también tira su cigarrillo y una mirada de sorpresa se refleja en su rostro. "Pero, señor, necesitamos a alguien con su poder para ayudarnos no solo a nosotros, sino a Estados Unidos en su conjunto".

"Todos aquí me necesitan", dice Robert. "No se preocupen por mi puesto. Conozco a alguien más cualificado que yo". Saca su teléfono y hace una llamada. "He decidido quedarme". Hace una pausa. "Sí, sí, lo sé. Necesito una oportunidad más para demostrarme a mí mismo quién soy realmente. Espero que lo entiendas, Angus. Asegúrate de que mañana anuncies al mundo que sigues vivo. Bueno, esto es un adiós, viejo amigo. Dile a Paula que no pude cumplir mi promesa".

Al otro lado de la línea está Angus, descansando en una cama de hospital. "Adiós a ti también, amigo". Angus cuelga el teléfono y se sienta en silencio, perdido en sus pensamientos. Reflexiona sobre el peso de la decisión de su amigo y el futuro incierto que le espera.

A su lado, Paula le sostiene la mano con lágrimas en los ojos. Ha escuchado la conversación y no ha dicho ni una palabra.

Angus mira a Paula y le seca las lágrimas de las mejillas. "Esto es lo que Robert quiere. Tú lo conoces tan bien como yo. Sigue desconsolado por haber perdido a Jenny y a sus hijos a causa del Deatomizador. Esta es su forma de encontrar la paz. Solo puedo esperar que pueda estar con su familia cuando todo esto haya terminado".

"Espero que tengas razón", dice Paula.

De vuelta en el campamento militar, Robert se guarda el teléfono en el bolsillo y rodea con el brazo al sargento Heed. "Vamos, amigo, volvamos dentro. Tenemos que divertirnos como si fuera el fin del mundo".

El sargento Heed suelta una pequeña risa. "Sí. Hagámoslo".

"¿Y tu familia? ¿Han salido?", pregunta Robert.

"Se fueron hace dos días", responde el sargento Heed. "Voy a llamarlos por la mañana para despedirme definitivamente".

Robert asiente con la cabeza y aprieta el abrazo a su amigo. "Todos tenemos que despedirnos antes de que sea demasiado tarde".

Ambos regresan al interior y se unen al resto de los soldados para lo que será su última noche juntos.

Una sensación de calma llena el aire, ya que todos están decididos a aprovechar al máximo el tiempo que les queda. Las risas y las conversaciones resuenan por todo el campamento, ya que los soldados deciden no dormir y prefieren saborear cada momento que les queda. Robert disfruta de la velada con entusiasmo, deleitándose con la comida y la bebida sin restricciones. Pasa la mayor parte del tiempo en el escenario dirigiendo al grupo en el karaoke hasta que aparece la primera luz de la mañana.

Cuando sale el sol en la mañana del día 18, un pesado silencio se cierne sobre el campamento. Todos los soldados están listos, con la mirada fija en el océano, esperando la llegada de la flota. A las 9:10, el primer barco aparece en el horizonte. Los soldados se colocan en posición de combate, esperando lo que parece una eternidad. A medida que la flota se acerca, algo sale disparado de un barco. Los soldados intentan derribarlo, pero un campo de fuerza protege el objeto. Llega a la bahía de San Francisco y detona, friendo todos los dispositivos electrónicos.

Robert se queda paralizado en el campamento con una mirada decidida en su rostro. "Han disparado un pulso electromagnético". Mira su teléfono roto, solo para ver su reflejo. Lo aprieta contra su pecho y cierra los ojos. "Por fin ha llegado el momento, cariño. Pronto estaré contigo". Abre los ojos y grita a todos los que le rodean: "Muy bien, muchachos. Ha llegado nuestro momento. Demos nuestras vidas juntos con la esperanza de poder detener al enemigo aunque solo sea por un momento, para que la gente tenga alguna oportunidad de escapar de este infierno". Los soldados que están cerca de él prorrumpen en vítores. Robert se abre paso entre la multitud, intercambiando innumerables apretones de manos y sinceras palmadas en la espalda con sus compañeros soldados.

Comienza la invasión.

La ciudad de San Francisco cae en tres horas. Los edificios explotan y se derrumban como fichas de dominó. Las fuerzas terrestres enemigas no sufren bajas. Los dispositivos los protegen de cualquier cosa que pudiera dañarlos; el fuego y las explosiones no tienen ningún efecto. Decenas de miles de soldados enemigos marchan por los alrededores, matando al instante a todo el que se cruza en su camino, con las mismas armas que se utilizaron durante la batalla de Okinawa. Nadie tiene ninguna posibilidad contra ellos, ni siquiera Robert.

Robert se mantiene orgullosamente en pie cuando el enemigo le dispara en el pecho. Cae sin vida al suelo y una luz blanca brillante invade su visión. Recobra la conciencia en el suelo de su casa, a las afueras de Nueva York, cuando una voz familiar le llama.

"Hola, cariño, es hora de volver a casa". Es su esposa, Jenny.

Robert toma la mano de Jenny y se levanta lentamente. Mira a su alrededor con la boca abierta, asombrado. La luz del sol baña su rostro y una suave brisa le trae el aroma de su hogar. Robert es recibido por la imagen de sus hijos corriendo hacia él, con el rostro radiante de felicidad mientras le rodean las piernas con sus pequeños brazos. "Papá, te extrañamos".

Abrumado por la emoción, Robert mira a sus hijos con los ojos llenos de lágrimas. Se arrodilla y los abraza. "Ya no hay que preocuparse más. Papá ha vuelto a casa para siempre".

Cuando Robert toma a sus hijos de la mano, una luz blanca y brillante envuelve la zona. Juntos, él, Jenny y los niños se dirigen hacia la luz y finalmente desaparecen en su resplandor radiante.

9

19 de noviembre de 2026   0300 hora estándar de Hawai

Una vez finalizada la batalla en San Francisco, los quinientos buques de guerra se desplazan a lo largo de la costa. El puente Golden Gate permanece intacto, sin haber sufrido daños durante los combates. Esto permite a los buques de guerra entrar en la bahía y descargar soldados y equipo. Cada barco transporta mil soldados, todos armados y listos para el combate. Los hombres desfilan por las rampas con las pistolas alienígenas apretadas contra el pecho. Cualquier rastro de miedo ha desaparecido hace tiempo, expulsado por la brutal demostración de Kun de lo que les sucede a los desertores y traidores. Para estos hombres, las consecuencias del fracaso no solo les cuestan la vida, sino que condenan a muerte a sus familias. El peso de esa verdad los mantiene inquebrantables, obedientes y despiadados. Ninguno de ellos se inmuta al matar a los estadounidenses. Tanto civiles como soldados caen donde están. Para los invasores, matar es necesario para su supervivencia. Los cadáveres se dejan pudrir, sin tocar, a menos que bloqueen el avance del enemigo. Esto no es una guerra. Es un exterminio.

Phil respira hondo y concluye su relato a Justin y los demás. "Al final del día, todo el equipo había sido descargado. Su ejército de casi medio millón de hombres comenzó a viajar en las tres direcciones. El grupo más grande, de trescientos mil soldados, se dirige al este, hacia las Montañas Rocosas. Y eso es lo que ha sucedido hasta esta noche".

Todos se quedan boquiabiertos por la sorpresa. Nadie habla, dejando que el peso de las palabras de Phil calen hondo.

"Maldita sea, si no hubiera llovido", dice Justin. "Podríamos haber llegado aquí hace dos días y haber tenido una oportunidad de luchar con estas armas".

"¿Dónde está exactamente el enemigo ahora?", pregunta Shiro.

Phil extiende un mapa de Estados Unidos sobre la mesa y lo recorre con el dedo. "Están dispersos al oeste de las Rocosas. Según nuestro último informe, el grupo más grande se dirige hacia Salt Lake City. A este ritmo, llegarán allí por la mañana. Por desgracia, hace unas horas perdimos el contacto con todo el mundo en el territorio continental de Estados Unidos".

"Tenemos que irnos ya", dice Justin, levantándose de un salto de su asiento. "Las Montañas Rocosas solo nos darán uno o dos días de ventaja".

Phil se recuesta en su asiento y entrecierra los ojos. "¿Y adónde quieres ir? Estados Unidos está sumido en el caos y se está desmoronando. Es solo un deseo de muerte si vas".

Justin considera rápidamente su siguiente movimiento. Mira el mapa y pone el dedo en el centro de Texas. "Si el grupo más grande aún no ha llegado a las Montañas Rocosas, todavía podemos llegar a Fort Cavazos, aquí en Texas. Es nuestra mejor oportunidad para fabricar estas armas en masa y hacer retroceder a los invasores".

"Pero se necesitarían semanas, si no meses, para estudiarlas y reproducirlas", dice Phil con desdén.

Shiro interviene antes de que Justin responda. "Solo me llevó tres días estudiar estas réplicas, y solo debería llevar uno o dos días reproducirlas".

"¿Qué crees que estuvimos haciendo durante los cinco días que estuvimos atrapados en Okinawa?", pregunta Justin. "Shiro estuvo trabajando duro para encontrar la mejor manera de estudiar y reproducir estas armas".

Shiro asiente con la cabeza. "Por lo que nos dijiste, el enemigo no se mueve rápido. Podemos llegar a este fuerte y reproducir las armas antes de que lleguen siquiera a la mitad de las montañas. Pero tenemos que partir ahora mismo si queremos tener alguna posibilidad de luchar".

Phil levanta las manos al aire, rindiéndose ante la determinación de Justin y Shiro. "Está bien, me han convencido. ¿Qué tenemos que perder? Veo que ambos están decididos a cumplir con la misión. Llamaré a mis superiores y veré qué puedo hacer. Pero tened en cuenta que puede que este sea un viaje sin retorno para vosotros. No sabemos qué queda del ejército estadounidense. Pero, por ahora, os acompañaré a vuestras habitaciones para que descanses".

Tras un agotador viaje de quince horas desde que salieron de Okinawa, el cansancio se apodera del grupo. El agotamiento les pesa mucho. En cuanto apoyan la cabeza en la almohada, se quedan dormidos al instante.

7 horas después   1000 hora estándar de Hawai

Justin y Shiro se levantan temprano para reunirse con los altos mandos. Llevan la bolsa con las armas y se reencuentran con Phil. Phil ya ha hablado con sus superiores sobre las demandas de Justin, y estos han accedido a reunirse con ellos. Juntos, los tres entran en una sala de conferencias donde les esperan cinco generales. Justin se coloca delante de la sala con las manos a los lados y la barbilla levantada, mientras que Shiro se queda de pie a su lado con naturalidad.

Phil carraspea. "Confío en que todos estén al tanto de la situación actual, así que me saltaré esa parte. Este es Justin Myers. Estaba destinado en Okinawa cuando el ejército de Kun invadió la isla. También quedó atrapado en el Deatomizador y sobrevivió gracias a las herramientas que tenía". Luego señala a Shiro. "Y este es Shiro, el investigador responsable de replicar las armas del enemigo".

Justin da un paso adelante, abre la bolsa y coloca los objetos sobre la mesa para que los generales los vean. Se inclinan hacia delante y la sala se llena de murmullos mientras susurran entre ellos.

El general del centro se recuesta y mira a Justin. "He leído lo que quiere, sargento Myers. Permítame presentarme. Soy Kealoha Pua, comandante de las fuerzas militares aquí en Hawái. Iré directo al grano. Quieres dos aviones para llevarte a ti y a tus amigos al continente americano mientras una fuerza imparable arrasa todo a su paso".

Justin lo mira a los ojos sin dudar. "Sí. Así es".

Kealoha da unos golpecitos con los dedos sobre la mesa mientras observa a Justin. Tras una larga pausa, se recuesta en su silla y asiente con la cabeza. "Entonces puedes tenerlos. Veo que lo que tienes en tu poder es auténtico y no quiero interponerme en tu camino. Los aviones ya están siendo inspeccionados mientras hablamos. Tardarán unas horas en estar listos para el vuelo y en encontrar dos pilotos capacitados dispuestos a llevarte a Texas. Supongo que te parece aceptable".

"Sí, es aceptable. Gracias. Se lo agradezco", dice Justin.

"No hay por qué darme las gracias. Solo hago lo mejor para mi país", dice Kealoha. "Ahora, mientras tanto, ¿podrían contarnos qué pasó en Okinawa y cómo llegaron a tener esto en su poder?".

Durante las siguientes tres horas, Justin y Shiro permanecen en la sala con los generales, relatando sus experiencias en Okinawa. Al principio, los generales intercambian miradas de duda, y sus preguntas son agudas y escépticas. Pero a medida que pasa el tiempo, su actitud cambia. Al mediodía, el relato llega a su fin, pero se les informa de que los aviones aún no están listos. Les traen la comida en bandejas. La conversación se suaviza mientras comen, y pasan a charlar sobre temas triviales para familiarizarse unos con otros. A la una, un asistente entra para informar de que los aviones están listos. Justin y Shiro dan las gracias a los generales y salen de la sala, para reunirse con Ryuunosuke y Alice en el hospital.

"Ahí están ustedes dos. ¿Cómo ha ido todo?", pregunta Ryuunosuke.

Justin sonríe y levanta el pulgar. "Nos ha llevado un tiempo, pero hemos conseguido dos aviones. A partir de aquí, solo iremos Shiro y yo".

"Está bien", dice Ryuunosuke. "Dudo que yo fuera de mucha ayuda. Lo único que necesitaba era traer a todos aquí".

Alice, asomándose detrás de Ryuunosuke con una amplia sonrisa, interviene alegremente. "Te garantizo que yo no sería de ninguna ayuda. Así que estoy feliz de quedarme aquí en Hawái".

"Mientras ustedes luchaban por conseguir un avión, hablamos con algunas personas sobre nuestros amigos en Okinawa. Dijeron que enviarían un equipo de rescate para rescatarlos", dice Ryuunosuke.

"Es una noticia estupenda", dice Justin con el rostro iluminado. "Espero que todos estén bien. Ha pasado mucho tiempo desde que nos fuimos. No pensé que tardarían tanto en enviar ayuda".

Shiro se coloca a su lado y esboza una sonrisa de confianza. "Mi esposa está con ellos, así que no estoy preocupado".

Alice cruza los brazos y mira con enfado a Justin y Shiro. "¿Ninguno de los dos va a preguntar cómo está Ayane?".

"Tienes razón", dice Justin. "¿Dónde está? ¿Cómo está?".

Alice intercambia una mirada con Ryuunosuke. "Ryuunosuke y yo ya la hemos visto. Los llevaré con ella para que también puedan verla". Los guía por el pasillo y se detiene frente a una puerta. Llama suavemente. "¿Estás despierta, Ayane?". Abre la puerta y entra. "Shiro y Justin han venido a verte".

Ayane se sienta en la cama con la cabeza vendada. La luz del televisor ilumina su rostro mientras mira hacia la puerta. En cuanto ve a Justin y a Shiro, sonríe. "Han tardado en venir a visitarme. ¿Dónde han estado?"

Justin se acerca a la cama. "Hemos estado tratando de negociar con los responsables para que nos consigan un avión a Estados Unidos".

"¿Se van todos?", pregunta Ayane con expresión triste.

Justin pasa la mano por la manta. "No, solo Shiro y yo nos vamos. Alice y Ryuunosuke se quedan. Tienen que encontrar a los demás".

"He oído hablar a las enfermeras", dice Ayane, bajando la mirada. "Dicen que Estados Unidos está siendo invadido. ¿Llegarán a tiempo?".

"Solo podemos" esperar lo mejor", dice Justin. "Con un poco de suerte, lo conseguiremos y recuperaremos lo que hemos perdido".

Ayane se le llenan los ojos de lágrimas, pero hace todo lo posible por sonreír. "Espero que tengas razón. Se ha perdido tanto".

Shiro pone la mano en el hombro de Justin. "Justin, ya hemos esperado bastante. Tenemos que volver ya. Es hora de irnos".

Justin le da a Ayane una palmada tranquilizadora en el hombro. "Descansa y recupérate pronto". Ella asiente con la cabeza, haciendo todo lo posible por mantener una sonrisa firme a pesar de la tristeza en sus ojos.

Justin y Shiro se despiden.

Se dan la vuelta para marcharse, pero cuando llegan a la puerta, Ayane los llama, deteniéndolos en seco. "Cuando todo esto termine, quiero que nos volvamos a ver. No te mueras".

Justin se queda paralizado, tarda un momento en darse la vuelta. Cuando lo hace, por un instante ve a Lilly en la cama con el brazo extendido y el meñique levantado. Cuando parpadea, ve a Ayane con el meñique levantado.

"Prométeme que volverás", dice Ayane.

"Prometo que nos volveremos a ver", dice Justin, extendiendo su dedo meñique.

A la 1:30 de la tarde, Justin y Shiro parten de Hawái.

19 de noviembre de 2026,　　　　1200 hora estándar del este.

En el lugar secreto, Paula se encuentra frente a Angus, informándole de todos los detalles sobre los movimientos del enemigo. "Tenemos informes de que han llegado a Salt Lake City".

"Se están moviendo mejor de lo esperado. ¿Cómo pueden moverse con tanta libertad y rapidez?", pregunta Angus. "Cuando necesitan repostar y comer algo, solo tienen que ir a una gasolinera y ya están listos para seguir". Estamos financiando su invasión", dice Paula.

"Si no tenemos un milagro pronto, a este ritmo, Estados Unidos caerá", dice Angus, poniendo su mano sobre la de Paula. "Hemos pasado por muchas cosas juntos".

Paula retira rápidamente su mano y lo mira con ira. "No, no hagas esto. Esto no es el final".

"Creo que es hora de que huyas del país", dice Angus.

"¿Qué pasa contigo y con Robert que intentan deshacerse de mí? Me quedaré a tu lado hasta el final, así que deja de pedirme que me vaya", dice Paula.

Angus endurece el tono. "No me obligues a imponerte esta decisión. Esto no viene de tu jefe, sino de tu...".

"No", dice Paula, dando un golpe con la mano. "Ya basta. Ya te he dicho que no. Esto es una pérdida de tiempo. Ahora, si me disculpas, voy a intentar idear un plan. Eres libre de ayudarme o de seguir tumbado en tu cama".

Angus suspira mientras la ve marcharse. "Bien, si esa es tu decisión, la respetaré. Pero te obligaré a irte cuando el enemigo esté a nuestras puertas. ¿Me he explicado bien?".

Paula lo ignora y se aleja.

"Antes de que te vayas, tengo un plan, pero costará la vida de millones de personas", dice Angus.

Pasa una hora y el plan se pone en marcha. En el lado oeste de las Montañas Rocosas, la gente huye a través de las montañas. Los vehículos se extienden por kilómetros, ya que el tráfico está completamente paralizado. Mientras los motores están en ralentí, los gases de escape se mezclan con el aire frío y enrarecido. La nieve cae sin cesar, cubriendo los capós y los parabrisas. Algunos consideran abandonar sus coches, pero cuando abren las puertas, el frío intenso los empuja de vuelta al interior.

Aventurarse fuera es un suicidio. Detrás de ellos, el enemigo se acerca sigilosamente. Salt Lake City ya ha caído, al igual que todas las demás ciudades importantes de la costa oeste.

Cientos de aviones militares sobrevuelan las Montañas Rocosas, proyectando sus sombras sobre el paisaje y la interminable fila de vehículos que se extiende debajo. La esperanza se apodera de las personas que creen que ha llegado su salvador. No podrían estar más equivocadas. En lo alto, el plan de Angus se pone en marcha. Los aviones se dispersan por todas las Montañas Rocosas y lanzan misiles contra las montañas, provocando desprendimientos de nieve y rocas. Las avalanchas consumen las carreteras en segundos, sepultando todo a su paso. Los desafortunados que sobreviven al derrumbe sufren una muerte lenta. Al atardecer, todas las carreteras principales están cubiertas por toneladas de hielo y escombros. La fuerza invasora queda aislada y su avance por las Montañas Rocosas se detiene. Cuando cae la noche, el enemigo se desplaza hacia el sur, girando hacia Arizona en busca de otro camino.

Durante toda la noche, Angus yace inquieto en su cama. El asalto a las Montañas Rocosas le pesa mucho en la mente.

A las tres de la madrugada, Paula entra en la habitación donde se recupera. "Señor, ¿está despierto?"

"Sí, estoy despierto", dice Angus, volviendo la cabeza hacia ella. "Aún no me he dormido".

Ella entra con un teléfono en la mano. "Estoy hablando por teléfono con el jefe de Fort Cavazos. Nuestro milagro ha llegado".

Angus toma el teléfono y se lo lleva al oído. "Soy Angus Turner. ¿Con quién hablo?"

"Buenos días, señor presidente. Soy la coronel Kayla Jacobs, comandante de Fort Cavazos en Texas. Siento despertarlo tan temprano, pero necesita saber esto. Iré al grano. A medianoche, un vuelo procedente de Hawái aterrizó en nuestra base con dos personas importantes a bordo. Estaban en Okinawa cuando el Deatomizador arrasó la isla. Consiguieron hacerse con las armas del enemigo y fabricaron una copia".

Angus se queda paralizado, incrédulo, luchando por procesar las palabras. "Esta es la noticia que estábamos esperando. ¿Estás segura de que son auténticas?".

"Sí, lo son. Yo misma probé las armas. Son auténticas", dice Kayla. "Hemos decidido que nuestra prioridad principal es fabricar más armas de este tipo. Necesitamos que autorices más materiales y personal para ayudarnos".

"Sí, sí, lo que necesites. Iré allí en unas horas para reunirme con ustedes", dice Angus con el corazón latiéndole con fuerza por la emoción.

"Suena bien, señor. Nos mantendremos en contacto y esperamos verle pronto, señor presidente," dice Kayla.

Paula recupera el teléfono. "Señor, no creo que sea buena idea que se desplace. Todavía necesita recuperarse".

"No puedo quedarme en la cama mientras mi país se desmorona", dice Angus. "Por fin tenemos una oportunidad. Quiero llevar esto a cabo por Robert".

"Si eso es lo que quiere, estoy de acuerdo con usted", dice Paula. "Entonces, ¿cuál es el plan?".

"Lleva todo el material y el personal posible a Fort Cavazos lo antes posible", dice Angus. "Lo que ella quiera, lo tendrá. No dejaré que esta oportunidad se nos escape de las manos. Es hora de darle la vuelta a esta guerra".

"Dame un momento y llamaré a los médicos y enfermeras para que te ayuden a prepararte", dice Paula. Sale corriendo de la habitación y despierta a todo el mundo con la noticia.

Angus yace en la cama, sumido en sus pensamientos y arrepentido. Debería haber esperado un día más antes de lanzar ese ataque. Se frota la cara mientras entran el médico y las enfermeras. Lo preparan para abandonar el lugar secreto.

A las ocho de la mañana, el Air Force One está en la pista. Angus ordenó a todos que abandonaran el lugar y trasladaran todo a Texas. Alrededor de la pista, los ayudantes y el personal se apresuran a finalizar los preparativos.

"¿No estás incómodo, verdad?", pregunta Paula, empujando a Angus en una silla de ruedas hacia el avión.

"Estoy bien. Esta herida de bala no me impedirá llevar esto a cabo", dice Angus.

Un hombre mayor con uniforme militar se encuentra junto a las escaleras del Air Force One, saludando a Angus. "Siento haber tardado tanto. Teníamos que asegurarnos de que el viaje fuera lo más seguro posible. Parece que el enemigo no está utilizando ningún avión para esta invasión".

"¿Por qué iban a hacerlo?", pregunta Angus. "Kun es un hombre diabólico que quiere tomarse su tiempo con nosotros. Utilizar aviones no le permitiría alcanzar su objetivo personal. Quiere que suframos, y estoy bastante seguro de que eso le divierte".

"Bueno, démonos prisa en llegar a Texas antes de que su plan se haga realidad", dice el soldado.

9 horas antes   20 de noviembre de 2026   0000 hora central estándar

"A todo el personal militar. Dos aeronaves desconocidas acaban de entrar en nuestro espacio aéreo. Esto no es un simulacro", dice una voz por el intercomunicador de la pista de aterrizaje de Fort Cavazos.

Kayla corre por los pasillos, con sus botas golpeando el suelo a cada paso. "Si vienen de México, ¿estamos seguros de que no son del ejército de Kun?".

Un soldado la acompaña, proporcionándole la última información. "Hemos estado vigilando de cerca la frontera. Ninguna aeronave de EE. UU. ha cruzado a México antes de dirigirse aquí".

"¿Podría ser un avión mexicano?", pregunta Kayla.

"No lo sabemos", responde el soldado. "Depende de usted si quiere que lo derribemos. Usted toma la decisión".

Kayla abre unas puertas dobles que dan a una sala de control llena de actividad. El personal militar está sentado frente a las computadoras, evaluando la situación. "¿Hemos determinado si son amigos o enemigos?".

Un soldado en una terminal de radar se vuelve hacia ella. "A la velocidad a la que van, están a veinte minutos de la base. No nos han respondido".

"Intercéptalos", dice Kayla. "Quiero que cinco aviones los rodeen y establezcan comunicación con ellos".

Todos en la sala le responden: "Sí, señora". La sala se pone en acción y pone cinco aviones en el aire.

Kayla acerca la silla más cercana, se sienta y cruza las piernas. "Si nuestra información es correcta y este avión tiene un campo de fuerza, estamos todos jodidos".

Una voz repentina rompe la tensión. "Acabo de establecer comunicación con ellos. Son de los nuestros".

"¿Estás seguro?", pregunta Kayla, levantándose de un salto de su asiento.

"Todas las señales de identificación coinciden", dice el soldado. "Sé con certeza que están de nuestro lado. La persona dijo que se llama Justin Myers, del Ejército de lo que solía ser Okinawa".

Kayla abre los ojos con incredulidad. "Estás bromeando. De entre todas las personas, pensé que él sería el único que sobreviviría a esa tragedia".

"¿Lo conoce, señora?", pregunta la persona que está a su lado.

"Sí", dice Kayla, girándose para salir de la sala. "Preparen la pista para él. Voy a recibirlo personalmente en la pista cuando aterrice".

Justin le devuelve el micrófono al piloto. "Empezaba a pensar que Fort Cavazos estaba abandonado. Han tardado demasiado en ponerse en contacto con alguien".

"Dijeron que las comunicaciones con Estados Unidos estaban cortadas", dice el piloto. "Apuesto a que la única razón por la que nos respondieron fue porque nos vieron en el radar. De todos modos, estamos a cinco minutos de aterrizar".

Curiosos espectadores se reúnen cerca de la pista mientras aterrizan los dos aviones, ansiosos por ver a los pasajeros que llegan.

Cuando se abren las cabinas, Kayla es la primera en saludarlos. "Vaya, quién lo diría. Cuando me enteré de que Okinawa había caído, supuse que tú también habías caído, Justin".

Justin sonríe al ver a Kayla mientras salta del avión. "Yo también me alegro de verte, Kayla. ¿Cuánto tiempo ha pasado?"

"Solo ha sido como una década y media. Así que no es gran cosa", dice Kayla, encogiéndose de hombros.

"Me sorprende que te hayas quedado. Pensaba que ya te habrías ido", dice Justin.

"Al principio pensaba irme, pero me ofrecieron un trabajo con mejores prestaciones. Ahora soy una pez gorda aquí", dice Kayla.

"Realmente has madurado desde la llorona que recuerdo al principio", dice Justin.

Kayla le da una fuerte palmada en la espalda a Justin. "Oye, eso es cosa del pasado. Ahora soy diferente".

Se ríen mientras la gente los rodea. "Cuéntanos más sobre Kayla cuando era una llorona. Ahora es mala".

"Cállate", dice Kayla, poniendo los ojos en blanco. "Estos dos necesitan descansar. No más historias por esta noche". Mira a Justin y Shiro. "Síganme. Podemos hablar en privado".

Justin y Shiro siguen a Kayla, dejando a todos decepcionados.

"¿Qué los trae por aquí?", pregunta Kayla. "Por si no lo saben, Estados Unidos está en plena caída". Mira la bolsa que lleva Justin. "Espero que lo que haya en esa bolsa no sean solo tus pertenencias". Luego se vuelve hacia Shiro. "No he entendido tu nombre. Yo me llamo Kayla".

"Shiro. Soy el investigador principal..."

Justin pone la mano en el pecho de Shiro, interrumpiéndolo. "Podemos hablar más cuando lleguemos a la habitación. No sabemos quién nos está escuchando".

"Siempre tan cauteloso. Debe de ser importante si no confías en mi gente", dice Kayla. Abre la puerta de una sala de conferencias y enciende las luces. "Esta sala servirá. Por favor, siéntense".

Justin coloca la bolsa sobre una mesa y saca la pistola y el casco. "Lo que voy a mostrarles es esencial para nuestra supervivencia. Estas son las armas que el ejército de Kun utilizó contra nosotros en Okinawa".

La actitud de Kayla cambia y su tono se vuelve más serio mientras examina los objetos. Mira a Justin y a Shiro mientras su escepticismo se desvanece. "¿Son auténticos?".

"El artículo genuino", dice Justin. Se los da a Kayla y saca las réplicas. "Estas son copias que hizo Shiro".

"Vaya, maldita sea", dice Kayla. "No solo nos trajeron las armas del enemigo, sino que también las reprodujeron. Estoy impresionada".

Justin saca una pila de papeles y se los entrega a Kayla. "Esta es toda la investigación de Shiro sobre estas armas y el Deatomizador".

Kayla mira fijamente a Shiro con una mirada que podría derretir el hielo mientras empuja la pila hacia su pecho. "¿Quién eres exactamente? ¿Cómo has podido lograr tal hazaña? Tenemos a los mejores investigando esto, pero no me han traído ni una fracción de lo que tengo en mis manos".

Shiro sostiene su mirada, manteniendo la compostura ante su presión. "El gobierno japonés me encargó la investigación del Deatomizador. Por suerte, Justin y yo nos encontramos hace una semana en Okinawa, después de su caída".

"Necesito reunir a algunas personas aquí para informarles sobre esto. Dame un momento", dice Kayla, sacando rápidamente su teléfono.

En quince minutos, la sala se llena de un grupo diverso de altos mandos militares e investigadores. Hablan entre ellos mientras se acomodan en sus asientos.

Kayla se coloca al frente de la sala, tratando de llamar la atención de todos. "Muy bien, tranquilos. Sé que es temprano y que quieren volver a la cama, pero eso tendrá que esperar. Como sabrán, esta noche tenemos dos invitados. Lo que no saben es que formaron parte del evento Deatomizador en Okinawa y han traído regalos». Metió la mano en la bolsa y sacó la pistola y el casco, levantándolos para que todos los vieran. "Esto es lo que utiliza el ejército de Kun. Por fin hemos conseguido lo que esperábamos".

"¿Cómo sabemos que son reales? ¿Los has utilizado?", pregunta un investigador.

"Confío en lo que dice Justin", responde Kayla. "Entiendo que necesitamos pruebas para ver si funcionan, pero no quiero matar a nadie solo para estudiarlos".

Un primer teniente interviene desde el fondo. "Si funciona con animales, podemos conseguir algunas vacas. Hay una granja no muy lejos de aquí. Debería poder contactar con el granjero, si es que aún no ha abandonado su granja".

"Creo que esa sería la mejor idea", dice Kayla. "Si nadie tiene una idea mejor, vamos a la granja".

Todos salen de la sala y se dirigen a la granja en vehículos militares. El primer teniente ya ha llamado al granjero para que tenga unas cuantas vacas preparadas para cuando lleguen.

Kayla es la primera en saludar al granjero. "Disculpe por despertarlo tan temprano. Necesitamos algunas vacas para un experimento que estamos realizando y su granja era la más conveniente para nosotros".

El granjero habla con un fuerte acento tejano. "Si esto ayuda a nuestro país a sobrevivir, con mucho gusto entregaré todo mi ganado para lo que sea que estén haciendo. Síganme por aquí". El granjero lleva al grupo al establo, donde están todas las vacas. Abre las puertas del establo y enciende las luces. "Elijan las que quieran. Aquí hay cincuenta vacas".

"Solo necesitamos cinco como máximo", dice Kayla.

"Úsenlas todas si es necesario", dice el granjero. "No es que pueda llevármelas conmigo cuando me vaya. De todos modos, iba a matarlas tarde o temprano. No quiero que caigan en manos de los invasores". Se da la vuelta y, mientras camina de regreso a su casa, dice por encima del hombro: "Bueno, me voy a volver a la cama. Quédense con las vacas si quieren algo para comer y no se molesten en cerrar con llave cuando terminen. Yo me encargaré de eso cuando me despierte".

Los investigadores toman sus posiciones con cuadernos y bolígrafos en mano, esperando el permiso de Kayla para continuar.

Kayla se vuelve hacia Justin y señala a la primera vaca. "Cuando estés listo".

Justin saca la pistola y la examina durante un momento. "¿Están todos listos?".

Todos guardan silencio, expectantes.

Justin se acerca a la primera vaca, le apunta a la cabeza con la pistola y aprieta el gatillo. La vaca no emite ningún sonido al caer al suelo, solo se oye un golpe sordo cuando el cuerpo impacta contra el suelo. Los investigadores se reúnen alrededor de la vaca muerta. "Vaya, muerta en un instante".

"Ha sido mejor de lo que esperaba".

"Hazlo con otra".

Justin vuelve a meter la mano en la bolsa y saca la réplica del arma. "Esta es la copia que hizo Shiro. Debería funcionar como la original".

Los investigadores retroceden mientras Justin apunta con la réplica a la cabeza de otra vaca. Aprieta el gatillo y, al igual que la primera vaca, la segunda hace lo mismo, y los investigadores vuelven a comentar.

Justin deja el arma en el suelo y vuelve junto a Kayla. "¿Ahora me crees?"

Kayla se yergue y le sostiene la mirada. "Nunca dudé de ti ni por un momento". Da una palmada para llamar la atención de todos. "Muy bien, todos. Ahora que sabemos que son auténticas, quiero que los investigadores las examinen a fondo. Shiro también nos ha proporcionado una gran pila de documentos con información que no solo trata sobre estas armas, sino también sobre el Deatomizador. Cuanto antes las fabriquemos, antes acabaremos con esta guerra". Kayla mira entonces a Justin y Shiro. "Apuesto a que ambos están cansados. Déjenme buscarles un lugar donde descansar". Mientras se aleja, se dirige a todos una vez más. "Voy a llevarlos de vuelta a la base para que puedan descansar. Espero ver resultados por la mañana".

Tras las instrucciones de Kayla, todo el equipo se pone manos a la obra. No hay tiempo que perder.

"¿Qué planeas hacer ahora? ¿Dónde está el presidente?", pregunta Justin.

"No sabemos dónde está, pero tenemos una forma de localizarlo", responde Kaila. "Espero que responda. No quiero que me salte el buzón de voz".

Llegan a la base y Kayla busca una habitación para Justin y Shiro. Se quedan dormidos al instante.

Nueve horas después   1100 hora central estándar

Cuando la luz de la mañana entra en la habitación, Justin se despierta y ve que Shiro sigue durmiendo. Se mueve en silencio, recoge rápidamente sus pertenencias y sale de la habitación. Después de una breve parada en el baño para prepararse para el día, sale y detiene a un soldado que pasa por allí. "¿Sabes dónde está Kayla?"

"Ella está en la pista, esperando la llegada del presidente", responde el soldado.

Justin se dirige a la pista, donde acaba de aterrizar el Air Force One.

Kayla espera con expectación, con una amplia sonrisa en el rostro. Cuando se abren las puertas y Angus sale, ella se endereza inmediatamente y le saluda. "Hola, señor presidente. Es un placer conocerlo. Soy la coronel Kayla Jacobs. Hemos hablado por teléfono anteriormente".

Los soldados bajan con cuidado a Angus del avión. Una vez en tierra, Paula lo empuja hacia Kayla para que le dé la mano. "El placer es todo mío. ¿Dónde están las dos personas que vinieron de Japón?". "Todavía están durmiendo. Han pasado por muchas cosas estos últimos días", dice Kayla. Le indica con un gesto que la siga y lo lleva hacia el puesto de mando.

Justin llega a la pista y ve a Angus y Kayla caminando en su dirección. Rápidamente endereza la postura y saluda a Angus. "Buenos días, señor presidente".

"Hablando del rey de Roma", dice Kayla. "Este es uno de los hombres de los que le hablé. Es el sargento Justin Myers, que estuvo destinado en Okinawa durante el incidente del Deatomizador".

Angus extiende la mano y le da a Justin un firme apretón. "Así que tú eres la persona de la que tanto he oído hablar. Cuando ponga mis asuntos en orden, quiero sentarme contigo y escuchar lo que pasó en Okinawa y las dificultades por las que has pasado".

Kayla habla antes de que Justin pueda responder. "Justin es un hombre capaz. Creo que debería venir con nosotros. Podría aportarnos más información sobre las armas".

"Entonces déjalo venir", dice Angus.

Llegan a la sala de mando, donde las armas están esparcidas sobre una mesa.

Kayla señala hacia ellas. "Estas son las armas que el ejército de Kun utilizó contra las fuerzas en Okinawa. Te aconsejo que no las toques. Son muy peligrosas".

"Yo era el general de mayor rango del ejército estadounidense. Creo que puedo manejarlas", dice Angus. Paula lo empuja hacia la mesa y él toma el arma para inspeccionarla. "No esperaba que se pareciera tanto a una pistola. Me imaginaba algo... más parecido a un arma alienígena".

"Me sorprendió tanto como a ti cuando las vi por primera vez", dice Kayla.

Angus deja el arma y coge el casco. "He hecho los arreglos necesarios para que traigan aquí los materiales para que puedas fabricar más de estos. También he enviado órdenes a todas las tropas del país para que vengan aquí con todos los suministros que puedan, pero no sé cuántos vendrán".

"Me alegro de oírlo", dice Kayla. "También hemos empezado a producir más copias. Shiro, el otro chico que vino con Justin, ha conseguido hacer ingeniería inversa con los originales y estamos utilizando sus notas de investigación para fabricar estas armas. Son sorprendentemente fáciles de hacer".

"¿Simple? ¿No es tecnología alienígena?", pregunta Angus.

Justin da un paso adelante y señala los objetos. "Yo pensaba lo mismo hasta que Shiro me lo explicó".

Angus deja el casco sobre la mesa y se dirigen a la cafetería mientras Justin explica cómo consiguió la tecnología alienígena y el proceso que hay detrás de su réplica.

"Eres un gran hombre, Justin", dice Angus. "Tu historia me ha demostrado que, mientras sigamos luchando, podemos lograr cualquier cosa. Tú eres la razón por la que hemos llegado tan lejos. Espero grandes cosas de ti".

"Es un honor que piense tan bien de mí, señor presidente. Solo hice lo que creí mejor para mi país", dice Justin.

"Esto va más allá de un solo país", dice Angus. "Se trata de la seguridad del mundo en su conjunto. No podemos permitir que Kun se salga con la suya".

Al entrar en la cafetería, ven a Shiro en una mesa, almorzando.

"Esto es conveniente" dice Justin, señalando a Shiro. "Señor presidente, me gustaría presentarle a la otra persona que me ayudó. Este es Shiro". Le pone la mano en la espalda a Shiro.

Shiro se da la vuelta para ver quién está allí. Cuando ve a Angus, se levanta para saludarlo. "Encantado de conocerlo. Soy Shiro Kamiya. Soy el investigador que desarrolló la réplica de las armas".

Angus extiende la mano y le da un apretón a Shiro. "He oído hablar mucho de ti por Justin. Me alegra tener a alguien tan capaz como tú en nuestro equipo. Tus logros no pasarán desapercibidos".

El grupo toma asiento alrededor de la mesa y espera a que les sirvan el almuerzo.

"Me acabo de despertar hace unos minutos", dice Shiro. "¿Ha ido bien la producción de las armas?".

"Todo va sobre ruedas", dice Kayla. "Los estamos produciendo más rápido de lo que esperaba".

"Lo que más tiempo me llevó fue hacer los planos", dice Shiro. "Una vez que lo tuve todo escrito, replicarlos fue sencillo".

Angus asiente con la cabeza. "Sí, Justin me acaba de decir lo fáciles que son de fabricar y, por eso, he ordenado a todos los soldados de Estados Unidos que se reúnan aquí. Gracias a ustedes, vamos a llevar la lucha hasta ellos".

"Me alegro de oírlo", dice Shiro, dirigiendo la mirada hacia Justin. "¿Y tú qué vas a hacer, Justin?".

"Voy a luchar junto a mis compañeros de armas", responde Justin.

"¿Incluso después de todo lo que has pasado? ¿No quieres tomártelo con calma a partir de ahora?", pregunta Shiro.

"Por mucho que me gustaría tomármelo con calma, quiero formar parte de esto", dice Justin, negando con la cabeza.

"He pasado por este infierno; no voy a detenerme a mitad de camino. ¿Y tú? ¿Qué piensas hacer?"

"Me voy a quedar aquí y ayudar en todo lo que pueda", dice Shiro. "Pero primero, necesito averiguar qué les pasó a las personas que dejamos en Okinawa".

Kayla niega con la cabeza. "Aún no hemos recibido noticias. En cuanto las tengamos, serás el primero en saberlo". "Ahora mismo no importa", dice Shiro, suspirando. "Los encontraré cuando hayamos terminado".

Angus interviene: "¿Podemos asignar a Shiro un puesto como investigador? Sería un desperdicio no aprovechar su talento".

"Creo que sería una idea maravillosa", dice Kayla, volviéndose hacia Shiro. "Los investigadores se beneficiarán enormemente de tu ayuda. Me gustaría que te unieras a ellos para desarrollar todo lo que puedas. Tendrás recursos ilimitados para crear cualquier cosa que creas que nos ayudará a ganar esta guerra. ¿Qué te parece?".

"Si así puedo ayudar, lo haré", dice Shiro.

Kayla aplaude y una sonrisa ilumina su rostro. "Suena bien, entonces. Terminemos de almorzar y vayamos a la planta de fabricación. Te presentaré a todos".

Después de terminar de almorzar, el grupo se dirige a la fábrica responsable de supervisar la producción de armas. En el interior, los investigadores prueban cada lote para ver si funciona correctamente. Cualquier pieza que falle se desecha inmediatamente y se recicla en el siguiente lote. Al llegar, Kayla presenta a Shiro a los investigadores, quienes le dan la bienvenida a sus filas. Shiro se pone a trabajar, moviéndose con confianza entre los equipos. Sin perder el ritmo, Kayla, Justin, Angus y Paula salen rápidamente de la fábrica, dejando a Shiro sumergirse por completo en su investigación.

"¿Cuándo deberíamos informar a nuestros soldados sobre nuestras nuevas armas?", pregunta Justin.

"No quiero decírselo directamente", dice Kayla. Mira a Angus. "¿Podrías comunicar a los soldados que aún están indecisos sobre si luchar que hemos desarrollado una nueva arma, pero sin decirles de qué se trata? Eso debería atraer a más gente aquí".

Antes de que Angus pueda responder, Paula interviene. "Puedo escribir un guion para que lo lea Angus. Sé lo que quieres que diga. Dame diez minutos y estará listo".

Kayla asiente con la cabeza a Paula. "Te lo agradezco mucho, gracias".

Paula se pone a trabajar en el guion, impresionando a todos con su rapidez y eficiencia. Cuando termina, le entrega el papel a Angus. Kayla le da un teléfono y él lo levanta con mirada decidida, llamando a bases militares de todo Estados Unidos con la esperanza de que alguien responda a sus llamadas. Al no obtener respuesta de ninguna de las bases, piensa un momento y se le ocurre una idea. Saca su teléfono y busca un contacto. La persona responde de inmediato y Angus le explica la situación.

"¿Y estás seguro de que tus armas son auténticas?", pregunta el hombre al otro lado del teléfono. "No quiero enviar a mis hombres allí solo para que mueran".

"Son auténticas, Mitch. Las he visto yo mismo", dice Angus.

Mitch suspira profundamente. "Quiero que sepas, Angus, que como eres el último general de cuatro estrellas que queda con vida y somos amigos de toda la vida, me inclino a confiar en ti. Haré correr la voz para que cualquiera que esté disponible se dirija a Fort Cavazos, pero no esperes demasiado. Muchos soldados ya han huido".

"Aceptaré lo que puedas conseguirnos", dice Angus. " Además, ya no soy un general de cuatro estrellas. Soy el presidente".

Mitch hace una pausa antes de volver a hablar. "Has crecido mucho desde tu toma de posesión. Sigo sin saber qué pensar sobre la muerte de Robert".

"Yo también", dice Angus, dejando escapar un suspiro. "Pero conociendo a Robert, se sentiría frustrado por el hecho de que lloráramos su muerte cuando tenemos cosas más importantes de las que preocuparnos".

"Creo que así es exactamente como reaccionaría", dice Mitch. "Bueno, este trabajo no se va a hacer solo. Dale saludos a Paula". Y cuelga.

Paula está detrás de Angus, escuchando la conversación. "Mitch es un buen hombre. Le deseo lo mejor".

A lo largo del día, un flujo constante de aviones aterriza en la base, cada uno trayendo más soldados y suministros esenciales. Los soldados salen en tropel, transportando el equipo y los suministros que Angus solicitó. Gracias a los esfuerzos de Mitch con respecto a la nueva arma, personas de todo el país acuden a la base, decididas a prestar su apoyo. La afluencia supera con creces las expectativas iniciales, y la llegada de mano de obra aporta una oleada de esperanza y energía a las operaciones. A medida que pasan las horas y el número de llegadas sigue creciendo, Angus se encuentra hablando por teléfono con el gobernador de Texas, pidiéndole ayuda para alojar y transportar a los soldados dentro y fuera de la base.

"No tengo ninguna obligación de ayudarte", dice el gobernador. "Puedes resolver este problema por ti mismo".

Angus se lleva el teléfono a la oreja mientras se le marcan las venas de la frente. "Haré que lo arresten si sigue negándose".

"No tiene ese poder", dice el gobernador.

"Póngame a prueba y lo descubrirá", dice Angus. "Está impidiendo que el ejército estadounidense combata al enemigo en tiempo de guerra. Si quiere seguir por este camino, adelante. Te daré una oportunidad más. ¿Me ayudarás?".

El gobernador se toma un momento para hablar con un asistente. Cuando vuelve al teléfono, suspira. "Está bien. Te conseguiré lo que necesitas".

6 horas después   1900 hora estándar central

Mitch llega a Fort Cavazos y se encuentra inmediatamente con Angus. "Te daría un abrazo, pero no quiero lastimarte".

Angus le sonríe y le tiende la mano. "Un apretón de manos será suficiente". Le agarra la mano con fuerza y firmeza, acercándolo hacia él. "Las únicas personas a las que dejo abrazarme son mi familia".

Terminan el apretón de manos y Mitch flexiona y se frota la mano. "¿Dónde están las armas de las que hablas? Quiero verlas".

Paula coloca una bolsa de lona entre Angus y Mitch. "No tenemos las armas reales con nosotros. Los investigadores aún las están estudiando. Pero tenemos los prototipos que han fabricado en la última hora". Mete la mano en la bolsa y saca un casco y un arma. "Por favor, ten en cuenta que esto es altamente confidencial. Lo que ves aquí no sale de esta habitación. ¿Me he explicado bien?".

"Fuerte y claro, señora", dice Mitch. Se inclina para ver mejor. "¿Qué estoy viendo? No parecen nada extraordinarias. Parecen armas normales que cualquier soldado debe tener". "Lo que estás viendo es la recreación de las armas enemigas utilizadas en la batalla de Okinawa", dice Paula.
Mitch se endereza. Entrecierra los ojos y su expresión se vuelve seria. "¿Me estás bromeando, verdad? Pensé que estabas fanfarroneando cuando me dijiste que habías recreado las armas. ¿Cómo has conseguido esto? Me dijeron que todos los que estaban en esa isla murieron por el Deatomizador".

"Murieron todos menos dieciséis personas", dice Angus. "Una de ellas era un soldado estadounidense que llevaba el casco cuando detonó el Deatomizador".

"¿Dónde está ahora ese soldado?", pregunta Mitch. "Quiero hablar con él".

"Creo que él y Kayla están cenando en la cafetería en este momento. Puedo ir a buscarlo si quieres", dice Paula.

"Sí, por favor, si puedes. Tráelo aquí", dice Angus.

Paula se apresura por el pasillo hacia la cafetería. Se queda en la entrada, observando a todos los soldados que están cenando. En cuanto ve a Justin, se acerca rápidamente a él. "Siento interrumpir tu cena, pero alguien importante quiere conocerte".

Justin deja el tenedor y se levanta. "No hay problema. Muéstrame el camino".

Kayla también se levanta y juntos siguen a Paula fuera de la cafetería.

Cuando llegan a la sala, Paula se detiene en la puerta y señala a Mitch. "Me gustaría presentarles a Mitch. Él es el motivo de la llegada de tanta gente y suministros".

Mitch se levanta rápidamente para saludar a Justin cuando entra en la habitación, extendiendo la mano en un gesto de respeto. "¿Así que este es el hombre que, sin ayuda de nadie, cambió el rumbo de esta guerra? Es un placer conocerte, Justin. Me llamo Mitch Brickner. Aunque no tengo el mismo rango que Angus, soy un brigadier general muy conocido".

Justin da un paso adelante y estrecha la mano de Mitch, mirándolo a los ojos en un respetuoso apretón de manos. "He oído hablar de tus logros. Te equivocas. Eres tan famoso como Angus".

Mitch se vuelve hacia Angus y le dice con tono arrogante: "¿Has oído eso? Soy tan famoso como tú".

Angus cierra los ojos y se frota la cara. "Esto no es un concurso de popularidad".

"Solo bromeaba", dice Mitch, volviéndose hacia Justin con expresión seria. "Quiero que me cuentes todo lo que ha sucedido desde que el ejército de Kun atacó Okinawa hasta ahora. No te saltes ningún detalle".

Mientras el grupo se acomoda, Paula da unos suaves golpecitos con la mano en el marco de la puerta y se dirige a todos con una cálida sonrisa. "Esta historia llevará un tiempo. Déjenme traerles algo refrescante".

Justin relata el viaje que lo llevó hasta este momento, asegurándose de no omitir ningún detalle. "Y eso cubre todo lo que ha sucedido hasta ahora".

Mitch asiente con gran respeto, reconociendo todo lo que Justin ha tenido que sacrificar para llegar hasta aquí. "Es una historia increíble de superación de dificultades y de anteponer tu país a todo lo demás. Lo respeto mucho". Mira a Angus. "¿Tienes pensado ascender a este hombre? Ha hecho mucho en muy poco tiempo. Más de lo que cualquiera de nosotros ha hecho en toda nuestra vida".

"Si sobrevivimos a esta guerra, pienso dar a conocer a quién tenemos que agradecer. No solo a Justin, sino también a Shiro", dice Angus.

"No necesito nada de eso", dice Justin. "Solo estoy sirviendo a mi país lo mejor que puedo".

"Tonterías", dice Mitch, poniendo las manos sobre los hombros de Justin. "Tú y este tal Shiro vais a ser conocidos en todo el mundo por sus hazañas heroicas. No aceptaré un 'no' por respuesta. ¿Entendido?".

Justin duda y luego suspira. "Si son ustedes dos quienes contáis personalmente al mundo lo que ha pasado aquí, no me opondré".

"Ahí lo tienes, chico", dice Mitch, sonriendo y dándole una palmada en la espalda a Justin. "Justo lo que quería oír. Te aseguro que mientras siga vivo y sea capaz de articular mis palabras, haré precisamente eso. Puedes contar con ello".

Concluyen su reunión y, al final del día, llegan a la base camiones con suministros que van desde alimentos y agua hasta artículos de aseo personal. Se presentan casi medio millón de personas. No todas son soldados; aproximadamente un tercio son personal no militar, atraídos por la promesa de sobrevivir.

21 de noviembre de 2026   0800 hora estándar del centro

Este día transcurre igual que el anterior. Se corre rápidamente la voz sobre las nuevas armas y la gente sigue llegando en masa. Son tantos los que llegan que Kayla tiene que ordenar que la gente salga de la ciudad para alojarse en Waco o Austin. Los autobuses lanzadera van y vienen entre las ciudades sin parar.

Angus, Kayla y Justin se reúnen en una sala para recibir información actualizada sobre los movimientos y las actividades del enemigo.

Paula se coloca al frente de la sala y muestra un mapa con el rumbo del enemigo. Se mantiene al día con la información que puede obtener. "El enemigo se detuvo tras los acontecimientos en las Montañas Rocosas, pero desde ayer al mediodía ya se ha puesto en marcha de nuevo y se dirige hacia el sur. Se desplazó hacia el oeste por el Gran Cañón y tomó un desvío hacia Las Vegas, donde llegó hace solo unas horas. Un grupo más pequeño de mil personas se separó de ellos al salir de Las Vegas y parece que se dirigen hacia Phoenix. El grupo principal se encuentra ahora junto al Gran Cañón. Hace dos días, el grupo que se dirigía al sur desde San Francisco ya llegó a San Diego y ahora se dirige hacia el este. Nuestra inteligencia cree que se están reuniendo con el grupo que se dirige a Phoenix. Otro grupo que se dirigió al norte desde San Francisco ya se ha apoderado de todas las ciudades importantes, incluidas Portland y Seattle. Ese grupo se dividió en grupos más pequeños de unos cien soldados cada uno, tomando todas las pequeñas ciudades que se encontraban en su camino".

"Eso es lo que me dijeron en Hawái", dice Justin. "Toda la costa oeste ha caído". Angus se inclina hacia adelante y cruza los brazos mientras se concentra en el mapa. "¿Y qué hay del grupo que está junto al Gran Cañón? ¿A qué ciudad se dirigen ahora?".

Paula estudia los mapas y revisa cuidadosamente sus notas antes de dirigirse al grupo. "Están evitando las Montañas Rocosas. Si nuestro modelo es correcto, llegarán a Albuquerque mañana por la tarde. Después de eso, lo más probable es que se dividan en tres grupos. El grupo uno se dirigirá al norte, hacia Denver; el grupo dos se dirigirá al este, hacia Amarillo, y el grupo tres se dirigirá al sur, hacia El Paso, para reunirse con el grupo de Phoenix. Es una especulación, pero lo más probable es que sea cierto".

"Así que lo único que tenemos que hacer es detenerlos en Albuquerque antes de que se dividan", dice Justin.

"Es más fácil decirlo que hacerlo", dice Paula.

Kayla interviene: "Tenemos gente lista para luchar y muchas armas a nuestra disposición. Si nos movilizamos ahora, podemos llegar a Albuquerque con tiempo de sobra".

"Lo que me preocupa es si estas armas podrán derrotar al enemigo", dice Paula. "Si solo igualamos su potencia de fuego, no servirá de nada. Podrán ignorarnos y continuar con su misión".

Todos se quedan en silencio, dándose cuenta de que solo están copiando las armas, no mejorándolas.

Justin saca su teléfono y llama a Shiro. Cuando este responde, Justin activa el altavoz para que todos puedan escuchar la conversación.

"¿Qué pasa, Justin?", pregunta Shiro.

"Esto es muy importante", dice Justin. "Nos están informando sobre los movimientos del enemigo y se ha planteado una pregunta importante que solo tú puedes responder. ¿Las armas que estamos fabricando son exactamente iguales a las que utiliza el enemigo?".

"Sí, todo es igual. ¿Por qué, qué pasa?", pregunta Shiro.

Justin se pellizca el puente de la nariz y cierra los ojos. "¿Has probado si las réplicas pueden matar a los enemigos?".

Todos contienen la respiración, esperando la respuesta de Shiro. Pasan unos instantes antes de que responda. "Sí, lo hemos probado. Si todo sale según lo previsto, deberíamos ser capaces de atravesar el escudo del enemigo sin problemas".

Un suspiro de alivio colectivo recorre la sala.

"Me alegro de oírlo. Es todo lo que necesitábamos saber", dice Justin.

"Si eso es todo, tengo que volver al trabajo", dice Shiro.

"Sí, eso es todo. Gracias", dice Justin.

Justo cuando Justin está a punto de terminar la llamada, Shiro habla una vez más. "Ah, unas cuantas cosas más antes de colgar. Las armas funcionan en ambos sentidos. Tú puedes atravesarlas, y ellas pueden atravesarte a ti. Además, recuerdo lo que me dijiste sobre cómo las armas perforaban los vehículos blindados. Algunos investigadores sugirieron que podría tener algo que ver con la mecánica cuántica. Tiene que ver con algo llamado túnel cuántico. Eso significa que las balas pueden atravesar objetos sólidos y alcanzar el objetivo. Los vehículos blindados no protegerán a nadie. Hazlo saber a todos antes de enviarlos a la batalla. No queremos otra masacre".

Cuelgan el teléfono y todos los presentes en la sala miran fijamente a Justin. "Esas eran las noticias que queríamos oír, y algo más. Podemos trabajar con eso".

Al mediodía, Kayla hace un anuncio sobre la próxima batalla. "Mañana a esta hora, el enemigo estará en Albuquerque, Nuevo México. Hoy enviaremos el primer grupo de tropas. Mi buen amigo Justin Myers liderará la carga. Todos recibirán órdenes sobre cuáles serán sus funciones. Además, todos los soldados recibirán también el arma que hemos estado fabricando. Les deseo a todos mucha suerte".

Inmediatamente después de que termina el anuncio, los soldados cargan los vehículos militares con equipo que va desde radios hasta bidones de combustible. Cada soldado recibe un arma y un casco recién fabricados. Cada par viene con una hoja de papel en la que se advierte que se trata de réplicas de las armas que utiliza el ejército de Kun, se describen sus capacidades letales y se dan instrucciones para su manejo. El folleto destaca la escalofriante realidad de que estas armas no ofrecen ninguna protección contra las armas que utiliza el enemigo.

A las dos de la tarde, Justin está al volante de un Humvee, al frente de un enorme convoy de vehículos militares. Cientos de vehículos rugen por la autopista, extendiéndose a lo largo de kilómetros mientras se dirigen hacia Albuquerque. El trayecto dura diez horas, atravesando interminables tramos de carretera abierta. Cuando llegan, son las once de la noche. La ciudad está en silencio. Horas antes, los últimos residentes huyeron, reacios a compartir el destino de las otras ciudades derrocadas por el enemigo. Justin llega a un campamento improvisado en las afueras de Albuquerque. Sale del vehículo y estira los brazos hacia el cielo nocturno mientras los soldados se acercan para descargar el equipo de su Humvee.

Mientras tanto, Kayla tomó un avión y lleva tres horas esperando su llegada. Cuando se entera de que ha llegado, sale a su encuentro. "Espero que el viaje haya ido bien".

"Todo ha ido bien", dice Justin, encogiéndose de hombros. Los quinientos vehículos militares deberían llegar sin problemas".

"Es bueno escucharlo", dice Kayla. "Ahora descansa un poco. Mañana te levantarás temprano".

Cuando llevan a Justin a su tienda, se duerme rápidamente y sueña con Lilly.

Es otoño. Las hojas se vuelven marrones y caen, flotando desde las ramas de los árboles. Una suave brisa las esparce por todas partes. Justin está sentado solo en un banco desgastado del parque, contemplando un lago en calma. El agua brilla a la luz del sol poniente.

Lilly se acerca por detrás y le pone la mano en el hombro. "Es una vista preciosa, ¿verdad?". Luego se sienta a su lado.

Justin sigue mirando el lago, recordando el pasado. "El paisaje es un poco diferente, pero sé que aquí es donde conocí a tu madre por primera vez".

"Ella está esperando verte de nuevo, papá. Puedes venir aquí cuando quieras", dice Lilly.

"Todavía no. Todavía tengo cosas que hacer. Aunque tengo muchas ganas", dice Justin.

Lilly extiende la mano y la coloca suavemente sobre la de él. "Cuando estés listo, ya sabes dónde encontrarnos. Mamá lleva mucho tiempo esperando a que aparezcas".

De repente, una luz blanca y brillante aparece detrás de Justin, lo que le hace levantarse y darse la vuelta. Ve a su esposa, pero antes de que pueda hablar, el momento se ve interrumpido abruptamente por su alarma a las siete de la mañana. Se frota los ojos, se sacude los restos de su sueño y se prepara para el día que le espera. Su nuevo casco y su arma están en la mesita de noche a su lado. Coge su equipo y se reúne con Kayla en el centro de mando. "¿Dónde está el enemigo?", pregunta Kayla.

"Están a tres horas de Albuquerque. Estamos despertando a todo el mundo y preparándonos", dice Kayla.

Justin asiente con la cabeza y se ajusta las correas de su equipo. "Creo que voy a salir ya".

"Oye, Justin, no vayas a hacer que te maten", dice Kayla.

Justin se lleva la mano al pecho y mira a Kayla a los ojos. "He sobrevivido hasta ahora. No pienso morir todavía".

Sale del centro de mando, sintiendo el peso de las palabras de Kayla presionando su mente. Afuera, el aire de la mañana es fresco. Se dirige hacia la unidad bajo su mando, preparándose mentalmente para las responsabilidades que le esperan. Después de llegar a su equipo, se sube al asiento del conductor de su Humvee. Para pasar el tiempo, charla con su unidad.

Una hora antes de que llegue el enemigo, Kayla envía sus órdenes. "Es la hora. Confío en que estén listos".

Justin saca el micrófono de la funda y se lo lleva a la boca. "Sabes que lo estoy". Conduce hasta el centro de la ciudad, seguido por otros cincuenta Humvees.

Mientras manejan a través de la ciudad, el soldado que viaja junto a Justin mira por la ventanilla del Humvee las calles vacías. "¿Alguna vez has visto una ciudad tan desierta?".

Justin aprieta el volante con fuerza, recordando claramente los recientes acontecimientos. "Okinawa estaba más o menos así. La única diferencia es que allí no hay cadáveres esparcidos por las calles".

El convoy atraviesa Albuquerque y se dispersa por las calles de la ciudad. Por el momento, todos permanecen en sus Humvees, esperando la llegada del enemigo. Mientras tanto, veinte mil soldados se desplazan desde el campamento para ocupar la ciudad. Se colocan en lugares estratégicos, tomando posiciones en edificios, callejones y barricadas improvisadas.

Treinta minutos más tarde, las primeras unidades enemigas aparecen en las afueras, sin saber qué armas tienen los estadounidenses. Sus movimientos son despreocupados, creyendo que la victoria es segura. Cincuenta mil soldados enemigos avanzan hacia la ciudad sin dudarlo, pero su arrogancia les cuesta muy cara. Ocultos en las sombras, los estadounidenses permanecen en silencio y abren fuego, reduciendo sus fuerzas a la mitad en un minuto. Los cuerpos caen al suelo antes de que se den cuenta de lo que les ha golpeado. El enemigo no sabe de dónde provienen los disparos, por lo que dispara de forma errática contra la ciudad. El pánico se refleja en sus rostros; no están preparados para ninguna resistencia, y mucho menos para pérdidas masivas. Los sobrevivientes rompen filas y se retiran por donde vinieron, y muchos son eliminados con facilidad. Los que escapan informan a su comandante de lo sucedido.

Pasan otros treinta minutos antes de que ocurra algo. Los casi doscientos mil soldados enemigos restantes avanzan, creyendo que aún tienen la ventaja. En lugar de precipitarse hacia la ciudad, se detienen y esperan una hora. Sus comandantes estudian el terreno circundante y elaboran un plan. Dan la orden de desplegarse y rodear la ciudad, tratando de atrapar a los soldados dentro de Albuquerque.

"Justin, ¿me oyes?", pregunta Kayla por la radio del Humvee.

"Te oigo alto y claro", responde Justin.

"El enemigo está entrando en acción", dice Kayla. "Están tratando de rodear la ciudad. Lo más probable es que intenten avanzar hacia ti. Antes de que tengan la oportunidad, voy a ordenar a otra sección que los intercepte por el sur. Necesito que defiendas el norte y el oeste. Las tropas que están en los edificios te cubrirán".

"Entendido, lo haré", dice Justin. Mira al operador de radio. "Necesito que cambies las comunicaciones para que todos puedan oírme".

El operador de radio cambia rápidamente la frecuencia. Una vez completada la tarea, le hace un gesto de aprobación a Justin.

"Necesito que todas las unidades se pongan en formación defensiva", dice Justin. "El enemigo está tratando de rodearnos. Vamos a cortarlos por el norte para detener su avance. También están llegando por el oeste. Ténganlo en cuenta".

Los Humvees rugen por la ciudad, acelerando hacia el noroeste. Por encima de ellos, los misiles enemigos surcan el cielo y se estrellan contra los edificios. Cada explosión sacude las estructuras, provocando que muchas se derrumben y se colapsen. Cualquiera que quede atrapado dentro de los edificios que se derrumban queda sepultado bajo los escombros. Para los soldados atrapados entre los escombros, sus cascos les protegen de una muerte segura. Sin embargo, a pesar de haber sobrevivido, les es imposible escapar.

Justin toma la delantera. Al salir al aire libre, divisa al enemigo en la distancia. Con el apoyo de los soldados que se encuentran en los edificios dañados, arrasan con las filas enemigas, acabando con cientos de ellos antes de que puedan montar una respuesta adecuada.

Lejos, al sur, el pelotón que Kayla envió rápidamente se pone en posición. Preparan una emboscada, esperando a que se acerquen las unidades enemigas desprevenidas. A medida que el enemigo avanza, los estadounidenses activan su trampa sin previo aviso. Uno tras otro, ambos flancos se derrumban bajo el repentino ataque.

En treinta minutos, el campo de batalla está cubierto de cadáveres de ambos bandos. Las fuerzas enemigas se han reducido a la mitad, a cien mil. Su confianza se ve destrozada por la ferocidad del contraataque estadounidense.

En el puesto de mando, Kayla observa el desarrollo de la batalla en las pantallas. "Las cosas van muy bien. No me lo esperaba".

A su alrededor, los operadores reciben detalles cruciales sobre la batalla a través de pantallas y radios, con voces firmes pero urgentes mientras transmiten coordenadas, movimientos de tropas y actividad enemiga inminente. Gracias a su coordinación, la batalla avanza sin problemas.

"El enemigo está retrocediendo. ¿Cuál es nuestro siguiente plan, Kayla?", pregunta un soldado.

"Dile a nuestras fuerzas que continúen con la persecución", dice Kayla. "Esto no ha terminado solo porque el enemigo se esté retirando. Son los invasores y hoy los acabaremos".

Un operador escanea los cielos sobre Albuquerque en el puesto de mando. Observa algo en la lejanía que le llama la atención. "Sra. Kayla, se acerca".

Una sombra pasa junto a Justin. Él mira al cielo y la ve. "Tienes que estar bromeando". Pisa el acelerador a fondo, atravesando las calles de la ciudad mientras intenta salir. "Dame el micrófono ahora". El operador de radio le entrega el micrófono. "A todas las unidades, evacuen la ciudad. No se detengan. Si quedan atrapados en el radio de la explosión, sus cascos deberían protegerlos, pero por si acaso no lo hacen, sigan conduciendo porque su vida depende de sello".

El Deatomizador se cierne amenazador sobre la ciudad.

Justin mira por el espejo lateral y le vienen recuerdos de cuando estaba en Okinawa. "Vamos. Esta vez tiene que ser diferente. Por favor, que estos cascos funcionen".

El Deatomizador detona, liberando su luz exterior sobre Albuquerque. Desde el horizonte, un misil atraviesa el cielo, fijando su objetivo en el núcleo del Deatomizador. Justo antes de impactar en el orbe interior, el misil explota, enviando una onda de choque azul eléctrico que perturba el orbe interior, haciendo que se desmorone. El Deatomizador no expande ni vaporiza completamente la ciudad. Sin embargo, su luz exterior sigue envolviendo la ciudad, tiñéndolo todo de azul.

Justin acelera el Humvee mientras intenta alejarse lo más posible de la cúpula. Una vez fuera de su alcance, detiene el vehículo y mira hacia atrás, hacia la ciudad. Para su sorpresa, la cúpula no se disipa inmediatamente. En cambio, el viento la va disipando poco a poco. A diferencia de antes, los átomos no se separan por la fuerza. No sabe qué está pasando, pero se alegra de todos modos. "¡Sí! ¡Toma eso, monstruo!".

Al otro lado del campo de batalla, los soldados estallan en vítores. El alivio y la incredulidad se extienden entre las filas al difundirse la noticia de que el Deatomizador, el arma responsable de tanto sufrimiento, ha caído.

Kayla da un suspiro de alivio. "Este era el mejor resultado posible".

Con la amenaza del Deatomizador desaparecida, la batalla llega a su fin abruptamente. Las fuerzas enemigas se dispersan en la dirección de la que vinieron. Los soldados estadounidenses los persiguen sin descanso, sin darles oportunidad de reagruparse. Algunos soldados enemigos dejan caer sus armas y se rinden, pero no hay piedad. Los soldados estadounidenses los matan de la misma manera en que masacraron sin piedad a civiles inocentes.

Al final del día, el campo de batalla es testigo del inmenso costo del conflicto. De los doscientos mil soldados enemigos, casi ciento setenta y cinco mil yacen muertos. Las fuerzas estadounidenses también sufrieron pérdidas significativas, con diez mil soldados muertos en la lucha. La noticia del éxito del arma llega a Shiro y su equipo, y la emoción inunda la sala. Momentos después, Shiro recibe una llamada de Justin.

"¿Cómo sabías que necesitaríamos un arma como esa?", pregunta Justin.

"Pensé que necesitábamos algo para hacerle frente", responde Shiro. "Cuando estábamos en Okinawa, supuse que las armas que me trajiste estaban fabricadas con los mismos materiales que el Deatomizador. Por suerte, acerté".

"Nunca dejas de sorprenderme, Shiro. Gracias por todo lo que has hecho", dice Justin.

Terminan la llamada y Kayla se coloca frente a él. "¿Qué te ha parecido? Increíble, ¿verdad?". "Me sorprende que no me dijeras nada sobre tu nuevo juguete", dice Justin.

"Bueno, tenía que hacerlo", responde Kayla. "No quería arriesgarme a que se filtrara. Cuanta menos gente lo supiera, mejor. Ni siquiera Angus lo sabía".

"No, todo está bien", dice Justin, desviando la mirada hacia la ciudad. "¿Y qué pasa con la ciudad? Ahora está azul".

"No hay nada de qué preocuparse", dice Kayla. "Por los informes que he visto sobre la gente azul, esta ciudad volverá a su color original en una semana".

"¿Una semana, eh? Me alegro de oírlo", dice Justin. Exhala un largo suspiro y finalmente se permite relajarse. Se frota los ojos cansados, agobiado por el agotamiento de los últimos días. Mientras contempla la ciudad, sus pensamientos se desvían hacia las muchas personas con las que se ha encontrado. Los rostros de amigos y aliados perduran en su memoria. Reconoce en silencio que, sin su apoyo y sacrificios, nunca habría podido llegar a este momento por sí solo.

10

23 de noviembre de 2026   0700 hora estándar de montaña

Angus llega al campamento a las afueras de Albuquerque justo cuando el sol se asoma por las montañas. A su alrededor, los soldados se despiertan y se preparan para la siguiente fase de la guerra. El aire fresco de la mañana trae consigo el olor a polvo y diésel de los vehículos en marcha. Aunque la guerra está lejos de terminar, entre las tropas se respira una sensación de alivio. Las tensiones se calman a medida que la nación se aleja del abismo. Cerca del puesto de mando, un grupo de periodistas lo espera para que dé una conferencia de prensa sobre el éxito.

Angus se acerca lentamente al podio. Mira al mar de reporteros antes de comenzar. "Esta fue una de nuestras batallas más exitosas hasta ahora. Estoy orgulloso de haber formado parte de ella".

"¿Cómo pudieron reproducir las armas alienígenas?", pregunta un reportero.

"No puedo revelar nuestros métodos en este momento", responde Angus. "Pero, como pueden ver, son auténticas".

"¿Cuál es el siguiente paso que planean dar?", pregunta otro reportero.

"Eso debería ser obvio. Vamos a recuperar Estados Unidos", afirma Angus.

Un periodista desde el fondo pregunta: "¿Qué hay de todas las personas que asesinó no muy lejos de aquí?".

Todos se quedan en silencio, esperando su respuesta. El suave zumbido de los generadores y el canto de los pájaros en la distancia llenan el silencio mientras él mira a la multitud.

Paula no pierde tiempo y se apresura a subir al escenario para llevárselo. "No va a responder a estas preguntas. Nos necesitan en otro lugar".

Mientras lo empuja, Angus le pone la mano encima. "Se merecen una respuesta". Paula lo suelta a regañadientes y él mira a los periodistas. "Hice lo que creí mejor en ese momento. Si hubiera sabido que íbamos a conseguir esas armas, nunca habría ordenado ese ataque. Ahora, si me disculpan, tengo que irme".

Dentro del puesto de mando, Kayla espera cerca de una larga mesa mientras Paula empuja a Angus al interior de la sala. Kayla establece contacto visual con él y lo saluda. "Buenos días, señor presidente. Esto es solo el comienzo. Estamos planeando una represalia total en breve. Solo necesitamos su apoyo".

"Por supuesto, tiene todo mi apoyo", dice Angus, agarrándose al reposabrazos de su silla. "Vi lo que pueden hacer las armas que fabricamos. Estoy segura de que ahora tenemos la oportunidad de ganar esta guerra".

"Para empezar, ya he ordenado a nuestros soldados que avancen hacia el oeste y eliminen a los soldados enemigos que quedan", dice Kayla. "Les he dicho a mis hombres que no tomen prisioneros. Quiero que los eliminen a todos. Mataron a tantos inocentes que esto no quedará impune. Ellos se lo han buscado".

"No podría estar más de acuerdo contigo", dice Angus. "Empezaré a dar órdenes para trasladar a nuestros hombres y suministros hacia el oeste".

Kayla señala una gran pantalla en la pared con una transmisión satelital en vivo de la costa oeste. "Antes de dirigirnos hacia el oeste, tenemos que hacer algo con los buques de guerra. En los últimos días, todos se han desplazado a lo largo de la costa, desde la frontera canadiense hasta la frontera mexicana. Hemos lanzado misiles, pero están protegidos por un campo de fuerza. Tenemos que deshacernos de ellos lo antes posible. Una vez que lo hayamos conseguido, quiero llevar esta guerra a Kun. Atacar Hanoi y apoderarnos de la nave alienígena debería poner fin a esta horrible guerra. También deberíamos capturar a Kun, si es posible".

Angus lo piensa todo detenidamente. No quiere pasar nada por alto y volver a poner a Estados Unidos en peligro. Unos instantes después, su mirada ardiente se encuentra con la de Kayla. "Sí, creo que es un plan estupendo, pero ¿crees que podremos apoderarnos de la nave alienígena tan fácilmente?".

"No lo sé, pero si al menos no lo intentamos, podemos decir adiós a cualquier posibilidad de ganar", dice Kayla.

Angus le tiende la mano a Kayla y se la estrecha con firmeza en señal de solidaridad. "Pongámonos manos a la obra y reunamos a las personas más importantes para esta operación. Podremos decidir nuestro siguiente paso cuando tengamos más opiniones al respecto".

A medida que las fuerzas estadounidenses avanzan sin cesar hacia el oeste, la resistencia enemiga restante se desmorona rápidamente ante ellos. Cada vez que cae un enemigo, su arma y su casco se desintegran, como de costumbre, excepto el artilugio. Ninguno de los soldados estadounidenses sabe qué son, pero como están con los muertos, se recogen y se transportan a Fort Cavazos para que Shiro y su equipo averigüen su propósito.

A la una de la tarde, Shiro llama a Kayla para informarle de sus hallazgos. "Tengo buenas noticias. Estos pequeños dispositivos son tan fáciles de replicar como los otros dos, pero eso no es lo mejor. Estos dispositivos se adhieren a las cosas y les permiten atravesar los campos de fuerza de los cascos. Están hechos del mismo material".

"¿Sabes por qué no se desintegraron como los demás? Parece un gran descuido", dice Kayla.

"Creo que es porque fue un trabajo apresurado", dice Shiro. "Querían un enfoque rápido y fácil cuando los fabricaron y se les pasó por alto algo importante. Como lo pasaron por alto, voy a trastear un poco a ver si consigo que uno de ellos repela a los demás".

"Si crees que eso nos ayudará, adelante", dice Kayla. "Como esos pequeños dispositivos pueden atravesar los escudos, quiero acoplarlos a misiles y volar los buques de guerra de la costa. ¿Tu equipo puede averiguar cómo hacerlo?".

"No debería ser un problema", dice Shiro. "No necesito modificarlos de ninguna manera. Podemos acoplarlos a los misiles tal y como están".

"Me alegro de oírlo", dice Kayla.

Tras terminar la llamada, Shiro se pone inmediatamente manos a la obra con su idea. En solo diez minutos, Shiro consigue hacer realidad su concepto.

Kayla se reúne con Angus, Justin y muchos otros estrategas militares que aportan sus ideas sobre cómo avanzar a partir de la situación actual. También les informa a todos de lo que le ha dicho Shiro. "Así que, si todo va bien, esta noche deberíamos ser capaces de destruir su flota. Ya he hablado con los oficiales de operaciones de misiles y deberían estar colocando los dispositivos en los misiles como lo hablamos".

Mitch también está presente en la sala y da su opinión. "Suponiendo que esto funcione y eliminemos su flota, ¿cuál es tu plan para llevar a nuestras tropas a Hanói? No es que tengamos barcos propios en la costa".

"Mi plan es trasladar a tanta gente como podamos a Japón y utilizar buques de guerra japoneses para navegar hasta
Vietnam. Desde allí, tomaremos la delantera y trasladaremos soldados para tomar Hanói", dice Kayla.

Mitch asiente con la cabeza, frotándose las manos. "No es un mal plan, pero ¿sabemos si el gobierno japonés sigue dispuesto a ayudarnos después de los acontecimientos de Okinawa?".

"Recientemente hemos restablecido las comunicaciones con ellos", dice Kayla. "Ya he hablado con sus líderes sobre esto y siguen queriendo ayudarnos. Solo necesitamos que el presidente esté de acuerdo con este plan".

Todos los presentes en la sala dirigen su atención hacia Angus, esperando su respuesta.

Él se endereza en su asiento, sin dudar en responder. "Es el mejor plan que tenemos. Hagámoslo". Le pone la mano en el hombro a Justin. "Por encima de todo, quiero que este hombre dirija el ataque. Me ha demostrado de lo que es capaz y creo que es la persona adecuada para estar al mando de esta operación".

"Yo también creo que es la elección correcta", dice Kayla. "Puede estar a cargo de las tropas terrestres. ¿Qué opinas, Justin?".

Justin lo piensa por un momento. Es consciente de la responsabilidad que recaerá sobre él si acepta el puesto. Mira a Angus, quien le hace un gesto de asentimiento con confianza. "Si Angus cree que soy la persona adecuada para el trabajo, entonces lo aceptaré. Pero para que quede claro, quiero estar sobre el terreno en Vietnam y atrapar yo mismo a ese hijo de perra de Kun. No quiero quedarme al margen".

"De acuerdo, si tú lo dices", dice Kayla. "A partir de este momento, Justin será el líder de las tropas terrestres. Ahora solo tenemos que esperar a que los misiles estén listos. Con esto concluye la reunión".

Todos salen de la sala y se van por caminos separados, excepto Justin y Angus.

"Justin, dedícame un minuto", dice Angus. "Hay algo importante que necesito preguntarte".

"¿Qué es?", pregunta Justin.

"Una vez que todo esto termine y regreses, ¿considerarías ser mi vicepresidente?", pregunta Angus, mirando a Justin con fuego en los ojos.

Justin se detiene, sorprendido por la pregunta, y lo piensa por un momento. "Antes de responderte, ¿por qué yo? Hay otros aquí que están más que calificados para ese trabajo. De hecho, mejores que yo".

"Tú has logrado muchas cosas en estas dos últimas semanas", dice Angus. "Nunca te rendiste y seguiste esforzándote para sacar el trabajo adelante. Todo lo que está pasando es gracias a ti. Si no te hubieras propuesto como misión volver a Estados Unidos, me da miedo pensar en lo que le habría pasado al país a estas alturas. Ese tipo de liderazgo es exactamente lo que necesitamos para volver a unir a este país. Dicho esto, creo que estás más que cualificado para convertirte en vicepresidente, más que nadie. También en cuanto a las cualificaciones, Paula ha comprobado tus antecedentes y cumples todos los requisitos. Si no fuera así, no te lo estaría pidiendo".

Justin reflexiona cuidadosamente sobre sus siguientes palabras. Una vez que está listo, mira a Angus. "Me conmueve que tengas tan buena opinión de mí. ¿Sabes qué? Acepto. Seré su vicepresidente".

"Estupenda noticia. Esperaré a que regrese y lo haremos oficial", dice Angus. Le da a Justin un último apretón de manos antes de que Paula entre en la habitación.

Ella se coloca detrás de Angus y lo empuja fuera de la habitación. Al pasar junto a Justin, sonríe y asiente con la cabeza. "Estoy deseando trabajar con usted, señor Myers".

Una vez que Justin se queda solo, Kayla sale de detrás de una esquina y lo mira a los ojos. "No puedo decir que me sorprenda que le hayas causado tan buena impresión. No hace más que hablar de lo increíble que eres".

"¿Lo has oído?", pregunta Justin.

"Sí. Y me alegro de que lo hayas aceptado. Si no lo hubieras hecho, te habría dado una patada en el trasero", dice Kayla. Se acerca a Justin y le da un suave puñetazo en el pecho. "No se te permite morir allí. ¿Entendido?".

Justin se ríe mientras mira al suelo.

"Oye, ¿qué te hace tanta gracia?", pregunta Kayla.

"No es nada. Solo me has recordado a otra persona que me dijo lo mismo", responde Justin.

"En fin, nos vamos esta noche a las ocho. Descansa un poco. Vendré a buscarte cuando estemos a punto de partir", dice Kayla.

Al final del día, los dispositivos están acoplados a casi mil misiles. Cuando llega la orden de lanzamiento, solo tardan unos minutos en alcanzar su objetivo a lo largo de la costa oeste. Uno tras otro, dan en el blanco, provocando enormes columnas de agua y humo a medida que todos los buques de guerra son destrozados y hundidos. Poco después, Estados Unidos comienza a enviar tropas y equipo a Japón. Durante toda la noche, decenas de miles de militares trabajan sin descanso para asegurarse de que todo llegue a donde se necesita.

Siete horas más tarde   2000 hora estándar de la montaña

En el aeropuerto de Albuquerque, Justin y Kayla suben a un avión de pasajeros que el Gobierno de Estados Unidos ha requisado para trasladar soldados a Japón.

Cuando Justin entra, recorre con la mirada la fila de asientos y entonces se fija en un rostro familiar. "No sabía que tú también venías, Shiro".

Shiro levanta la vista desde su asiento y se pone de pie al ver a Justin. "Ya he estado suficiente tiempo en este país. Es hora de volver y ver a mi esposa y a mis amigos".

"¿Y qué hay de la investigación que has estado haciendo?", pregunta Justin.

"Ustedes los estadounidenses son muy inteligentes", dice Shiro. "Yo solo soy otra persona más que puede ser reemplazada. No hay necesidad de que esté aquí".

"Bueno, en fin, me alegro de volver a verte. Un viaje más y espero que todo esto haya terminado", dice Justin.

Quince horas más tarde, a las dos de la madrugada, Justin, Shiro y Kayla llegan al Aeropuerto Internacional de Kansai, a las afueras de Osaka. Nada más desembarcar, se trasladan rápidamente a otro avión que los lleva a la prefectura de Nagasaki, donde se están reuniendo soldados de Estados Unidos, Japón y Canadá para la invasión de Vietnam.

25 de noviembre de 2026   0000 hora de Indochina

En Hanói, el edificio del capitolio tiembla bajo la furia de Kun. Todo el mundo corre de un lado a otro, tratando de pasar desapercibido. En su oficina, descarga su ira sobre Ignin. Su pérdida es más profunda de lo que admite.

Ignin hace todo lo posible por plantarle cara a Kun, con la intención de ayudar a resolver el problema al que se enfrentan. "Entiendo tus sentimientos, pero..."

Kun da un golpe en la mesa con la mano, interrumpiendo a Ignin. "No, creo que no lo entiendes. Me garantizaste esta victoria. ¿Cómo han conseguido los dispositivos que fabricaste? Tú has causado esto".

"Estoy haciendo todo lo posible para arreglar esto", dice Ignin. "Nunca me había pasado esto en ningún otro mundo
antes".

"¿Y cuánto tiempo llevas haciendo esto?", pregunta Kun.

"Según tu tiempo, han sido treinta y cinco años y tres meses", dice Ignin.

Kun vuelve a dar un golpe en la mesa con la mano, haciendo que Ignin se estremezca. "Con toda esa experiencia, ¿cómo diablos has podido meter la pata tan estrepitosamente? Tenemos a una fuerza enfurecida que viene a por nosotros. Llegarán aquí en dos días con la ayuda de los dispositivos que me diste. ¿Qué vas a hacer para protegernos?".

Ignin intenta pensar en una solución, pero su mente se queda en blanco. "Eh, yo... yo... podría... hacer, eh...".

"Eh, eh, eh. Eh no es una respuesta, Ignin", dice Kun, burlándose de él. "Tienes que ponerte a trabajar en lo que sea necesario para proteger mi gran país. No voy a aceptar tu incompetencia".

Ignin se queda allí, sin saber qué decir. Nunca antes se había encontrado en una situación como esta.

"¿Sigues aquí? Fuera de mi vista", dice Kun, señalando hacia la puerta.

Sin dudarlo, Ignin sale corriendo del edificio para teletransportarse a su nave.

Kun se sienta en su silla con la frustración reflejada en su rostro y dirige su atención a Zhen. "Necesito a todas las personas más inteligentes de mi territorio aquí ahora mismo. Ya no puedo confiar en ese fracasado. Me va a costar mi país".

Zhen asiente y se marcha, sin atreverse a decir una palabra.

Taf sigue en la habitación, sentada donde siempre. "¿Entonces eso es todo?"

"Sí, eso es todo", dice Kun. "He perdido a muchos buenos hombres por tu culpa. Ahora es el momento de tomar cartas en el asunto. O te vas tú también o mantienes la boca cerrada".

Taf no se mueve ni un centímetro. Se sienta erguida, sabiendo que Kun no le hará daño. "Mis órdenes son contactar con Ignin solo cuando necesites algo. Seguiré haciendo mi trabajo sin quejarme".

"Finalmente, alguien que no me está fastidiando deliberadamente", dice Kun, cogiendo su teléfono de la mesa. Llama a sus generales de mayor rango. Su voz es aguda y autoritaria. "Preparen todas las armas y dispositivos que quedan para la próxima invasión. No nos rendiremos sin luchar".

Diez horas más tarde   1200, hora estándar de Japón

Justin y Shiro se sientan uno frente al otro en una concurrida cafetería, almorzando.

Justin se detiene a mitad de bocado y mira a Shiro. "Puedo ver que quieres preguntarme algo".

Shiro duda, moviéndose incómodo en su asiento. "Sí, pero no sé cómo vas a responder".

"Si crees que es una pregunta importante, solo pregúntame", dice Justin. "Llevamos viajando juntos un tiempo, así que no pasa nada. No vas a herir mis sentimientos".

Shiro respira hondo y se prepara. "De acuerdo, allá va. ¿Y si esto no funciona?".

Justin se toma un momento para responder. Sigue comiendo en silencio, pensando en la pregunta. Al cabo de un rato, deja el tenedor y mira a Shiro a los ojos. "Esto tiene que funcionar. No sé qué haría si no fuera así". Levanta el tenedor y sigue comiendo como si nada hubiera pasado.

Shiro se abstiene de preguntar nada más. Se da cuenta de que Justin luchará hasta ganar o morir. Shiro mira a su alrededor y ve a todos los estadounidenses con la misma mirada de determinación en sus rostros. Sabe que todos sienten lo mismo. "Ha sido una pregunta estúpida. Siento haberla hecho".

"No tienes por qué disculparte", dice Justin. "Hasta ahora, solo estábamos esperando a que nos masacraran. Ahora que tenemos una oportunidad de luchar, no voy a desperdiciarla. Entiendo perfectamente por qué lo has preguntado. Ya cruzaremos ese puente cuando lleguemos a él".

"Gracias, amigo", dice Shiro.

Unos momentos después, Kayla entra en la cafetería acompañada de un grupo de personas. Sus ojos recorren la multitud en busca de Shiro.

Shiro los ve primero. Salta de su asiento y corre hacia ellos, incapaz de contener su emoción. "Ha pasado mucho tiempo. Estaba preocupado".

"Nosotros también te hemos extrañado, Shiro", dice Shigeko, lanzándose a sus brazos.

Justin se acerca y le da una palmada en el hombro a Kayla. "Veo que los has encontrado".

"Sorprendentemente, no fue difícil", dice Kayla. "Una vez que empecé a preguntar por ellos, la gente de aquí ya tenía en sus archivos que estaban buscando a Shiro".

Kiyomi y Yoshiko están de pie junto a Shigeko.

Yoshiko saluda con la mano y se acerca a Justin con una cálida sonrisa. "Me alegro de verte de nuevo. He oído que todo ha ido bien".

"Las cosas podrían haber ido mejor, pero lo hemos conseguido", dice Justin, mirando a su alrededor. "¿Qué ha pasado con los demás?".

Kiyomi da un paso adelante y le responde. "Salimos de esa isla hace unos diez días y vinimos aquí, al Japón continental. Después de unos días, nos despedimos de los demás. Por lo que he oído, se iban a Hawái".

"Me alegro de oírlo", dice Justin.

Shigeko sigue abrazando con fuerza a Shiro mientras mira a Justin. "Estábamos preocupados por ustedes. No supimos nada durante tres días y pensamos que había ocurrido lo peor".

El grupo se sienta a la mesa. Justin y Shiro se turnan para relatar su viaje desde que salieron de Okinawa, contándoles todo lo que han vivido por el camino. Kayla se excusa para darles espacio y que puedan ponerse al día.

Cuando terminan de contar la historia, Kiyomi se tapa la boca y abre los ojos con asombro. "Vaya, ¿todo eso ha pasado en el poco tiempo que ha pasado desde la última vez que nos vimos? Estoy impresionada".

"Sin duda, ha sido un viaje. Esperemos que termine mañana", dice Justin.

"¿Qué vas a hacer en la batalla que se avecina?", pregunta Yoshiko.

"Voy a liderar las tropas terrestres que van a Vietnam. Saldremos pronto, en cuanto todo esté listo", dice Justin. Mira a Shiro. "¿Y tú? ¿Qué piensas hacer? Ya no tienes por qué quedarte".

Shiro exhala, mirando a Shigeko antes de responder. "Cuando todo esto termine, planeo seguir estudiando la tecnología alienígena aquí en Japón. Me han ofrecido un trabajo aquí en el ejército, pero por ahora, voy a irme de aquí y pasar un tiempo con mi esposa y mis amigos. Pero primero, tenemos que encontrar a Ryuunosuke y reunir al grupo".

"Te deseo mucha suerte. Mantengámonos en contacto cuando todo esto termine", dice Justin.

Después de un emotivo adiós, el grupo se despide de Justin y abandona la base militar, con la esperanza de que él regrese sano y salvo.

"Oye, Shiro. ¿Crees que estará bien?", pregunta Shigeko.

"Creo que estará bien", responde Shiro.

26 de noviembre de 2026   0300 hora estándar de Japón

Al llegar la mañana, la base militar está llena de actividad. Decenas de miles de soldados de Estados Unidos, Japón y Canadá abarrotan la base militar, listos para partir. En el puerto, veinte buques de guerra están amarrados de forma segura a lo largo de los muelles. Equipos de personal trabajan eficientemente para cargar cada barco con suministros para la campaña. Los buques de guerra están listos para transportar entre cinco y seis mil soldados.

Cerca de la zona de carga, Justin y Kayla hablan antes de que comience la operación.

"¿Cómo ha ido todo?", pregunta Justin.

"Tan bien como puede ir, supongo", responde Kayla. "Hemos estado interceptando cohetes durante toda la noche. El ejército de Kun nos ha estado atacando sin descanso. Trajimos los dispositivos que Shiro modificó y los colocamos en drones. Todo lo que tenemos que hacer es volarlos frente a los cohetes y estos explotan. Ni siquiera hemos perdido ninguno de los drones". Le da un suave puñetazo en el hombro a Justin. "Buena suerte con todo. Yo me quedaré aquí, dando órdenes".

"Nos vemos cuando vuelva", dice Justin. Recoge sus pertenencias y se dirige al interior del buque de guerra.

"Oye, Justin", dice Kayla. "Feliz Día de Acción de Gracias. No comas demasiado hoy".

Justin gira la cabeza y sonríe. "Igualmente". Sube por la rampa hasta el buque de guerra, donde un soldado le saluda en la entrada y le muestra la habitación en la que se alojará.

A las cuatro de la mañana, el primer buque de guerra sale lentamente del puerto, surcando las oscuras aguas. Uno a uno, los demás barcos lo siguen y se dispersan. A lo largo de su travesía, interceptan muchos cohetes y misiles. Kun intenta todo lo que está en su mano para derrotarlos, pero Estados Unidos ya no caerá tan fácilmente nunca mas.

Doce horas más tarde   1400 hora de Indochina

Con la ayuda de los dispositivos, la flota estadounidense se acerca a Haiphong, Vietnam, la que fuera una bulliciosa ciudad portuaria a dos horas al sureste de Hanói. El perfil de la ciudad se eleva sobre el horizonte, pero las calles están vacías. Horas antes, los civiles huyeron presas del pánico, dejando solo al ejército de Kun para ocupar la ciudad y prepararse para el inminente asalto.

De vuelta en Japón, en el centro de mando, Kayla no pierde tiempo. Sus órdenes atraviesan las ondas y, momentos después, la flota lanza sus misiles sobre la ciudad.

Dentro de la ciudad, los soldados de Kun intentan desesperadamente mantener sus posiciones defensivas. Llevan consigo los dispositivos, pero los misiles estadounidenses los atraviesan, salvando solo a unos pocos de la muerte. Las bolas de fuego envuelven manzanas enteras. Solo han pasado unos minutos desde que comenzó el ataque y los defensores están desorganizados, sin estar preparados para el enorme poderío del ataque militar estadounidense.

Mientras el bombardeo continúa, cinco de los buques de guerra de la retaguardia de la formación se separan de la flota principal y giran hacia el norte para atracar. Sus enormes cascos surcan las olas antes de detenerse contra la costa. Con un estruendo atronador, las rampas se abaten sobre la arena y oleadas de soldados se derraman por la playa. Todos se afanan en descargar cajas de suministros. La playa se llena del polvo levantado por las carretillas elevadoras en movimiento. Las tropas aseguran el perímetro mientras los ingenieros instalan el equipo de comunicaciones. La fuerza invasora se afianza en territorio enemigo mientras columnas de humo se elevan desde la ciudad en la distancia.

Justin espera en la bodega mientras el buque de guerra se sacude contra la costa. Cuando la rampa trasera se baja, entra la luz y deja al descubierto filas de Humvees blindados listos para la acción. Se sube al asiento del conductor y, en cuanto la rampa golpea la arena, sale primero. "Una vez que todos los suministros estén fuera de los barcos, saldremos y eliminaremos a cualquiera que permanezca en esta parte de la ciudad. No dejaremos sobrevivientes".

Toma treinta minutos en descargar todo el equipo. Justin se sube a su Humvee con un micrófono para llamar la atención de todos. "Escuchen. Quiero diez personas en cada uno de los Humvees. Tres funciones son críticas. Se necesita un conductor, un navegante y un operador de radio. Si os separáis del grupo, confío en que continuéis la misión con vuestro mejor criterio. Yo iré en el coche de cabeza". Salta al suelo y se desliza en el asiento del copiloto de su Humvee. Detrás de él, treinta y dos vehículos militares le siguen a intervalos regulares. Avanzan hacia el oeste, hacia la ciudad devastada por la guerra.

Los buques de guerra de la bahía dejan de disparar sus misiles. Los ecos del bombardeo se desvanecen, dejando solo el sonido de los edificios derrumbándose.

En el Humvee de Justin, el operador de radio le transmite un mensaje. "El enemigo se está retirando a Hanoi. Parece que los estamos haciendo retroceder".

"Entonces, nuevo plan", dice Justin mientras recorre con el dedo un mapa de la zona. "Ya que el enemigo se está retirando, no tenemos que preocuparnos por Haiphong. Aquí no nos necesitan, así que podemos ir directamente a Hanoi. Está a unos 160 kilómetros de aquí. Si nadie se interpone en nuestro camino, deberíamos llegar rápidamente".

En Hanoi, Kun está sentado en su oficina. Sus dedos se aferran al borde de su escritorio mientras Zhen le entrega el sombrío informe. "No sé cómo lo han hecho, pero lo están destruyendo todo".

Kun se queda sin palabras y sin saber qué hacer. Mira a su alrededor con impotencia y ve a Taf sentada en su sitio habitual. "Taf, necesito que le órdenes a Ignin que traslade su barco a Haiphong y elimine al enemigo".

"No puedo hacerlo", dice Taf. "No tengo autorización para dar esa orden".

"Son todos unos inútiles", dice Kun, tirando cosas de su escritorio. Respira hondo y se obliga a mantener la calma. "Esto es lo que obtengo por confiar en seres que no saben nada sobre nosotros". Mira fijamente a Zhen. "He terminado con esto. ¿Está completo?".

"Sí, lo está", dice Zhen mientras otro asesor introduce un objeto en la habitación.

"Bien", dice Kun. Sin dudarlo, agarra su arma y dispara a Taf en la cabeza, matándola. "Tuviste tu oportunidad. Ahora es mi turno". Mira a Zhen y deja su arma sobre el escritorio. "Toma el dispositivo de comunicación que lleva. Es hora de jugar nuestra carta ganadora".

Zhen se arrodilla junto al cuerpo de Taf. Le tiemblan las manos mientras se inclina. Sus dedos rozan la sangre caliente al retirar el dispositivo de comunicación. Se limpia la sangre con la manga y se lo entrega a Kun. Otro asesor le entrega a Kun un micrófono del objeto que han traído, y Zhen lo muestra. "Todo lo que tienes que hacer es hablar por el micrófono y este replicará su idioma".

Kun se coloca en el centro de la habitación, con el dispositivo en una mano y el micrófono en la otra. Se lleva el micrófono a la boca y comienza a hablar por el dispositivo. El objeto con ruedas traduce su inglés al idioma alienígena. "Necesito que te dirijas a estas coordenadas y mates a las fuerzas enemigas antes de que sea demasiado tarde".

Al otro lado, Zilis recibe la llamada. Cree que la voz que se oye a través del comunicador es la de Taf. Sin dudarlo, se vuelve hacia Gar. "Taf quiere que nos dirijamos a este lugar. Dice que es urgente". Gar toca la consola y comienza el movimiento de la nave hacia Haiphong. En un instante, la nave se materializa sobre la ciudad. Su sombra se extiende sobre la bahía, cubriendo los buques de guerra con oscuridad.

La flota reacciona de inmediato. Las sirenas de alarma suenan en las cubiertas y las tripulaciones entran en acción, gritando órdenes mientras corren a sus puestos de combate. Los silos de misiles se abren y docenas de ojivas se dirigen hacia la enorme nave. Las explosiones sacuden la nave alienígena, cubriéndola de humo, pero una vez que este se disipa, la nave permanece intacta. Desde su parte inferior, aparece un resplandor carmesí, pequeño al principio, que luego se expande hasta convertirse en una esfera de luz pulsante. El resplandor se intensifica y luego dispara contra la flota. El rayo de energía roja azota hacia abajo, barriendo de izquierda a derecha, tocando solo los quince buques de guerra que flotan en la bahía. Durante un instante, no pasa nada. Luego, el metal se derrite como cera bajo una llama.

Los soldados a bordo no tienen tiempo de gritar. Sus cuerpos se doblan mientras la carne se desliza de sus huesos, derritiéndose en grotescos charcos de carne. En cuestión de segundos, los orgullosos buques de guerra quedan reducidos a acero derretido, disolviéndose en el agua junto a los hombres que los tripulaban. Arriba, la nave alienígena se cierne en silencio; su luz roja se desvanece en la oscuridad como si nada hubiera pasado.

A bordo de la nave alienígena, Ignin se apresura a ir al puesto de mando. "Gar, ¿quién te dio la orden de intervenir en esta guerra?"

"Zilis recibió un mensaje de Taf con la ubicación para eliminar al enemigo. Yo solo seguí las coordenadas que nos dieron", responde Gar.

"Nunca autoricé a Taf a dar órdenes", dice Ignin. "Su única función era ponerse en contacto contigo si Kun me necesitaba, y nada más".

"¿Qué quieres que hagamos?", pregunta Gar.

"Vuelvan con Kun. Necesito hablar con Taf para averiguar qué ha pasado", dice Ignin.

En la playa, Justin abre los ojos como platos al ver cómo la nave alienígena desintegra los buques de guerra, lo que le provoca un escalofrío. "Dame la radio ahora mismo".

Cuando Justin toma el micrófono, ve un gran misil dirigiéndose hacia la nave alienígena. Acorta la distancia en segundos, pero en lugar de impactar, detona justo antes de chocar. Un destello cegador estalla en el aire y una onda expansiva recorre toda la nave, provocando un mal funcionamiento. Entonces, la gravedad toma el control. Con un gemido, la enorme nave se inclina hacia un lado y se precipita sobre la ciudad. El impacto es apocalíptico. Se estrella con la brutal fuerza de una montaña que cae, matando a todos los que quedan dentro de la ciudad. Los edificios se derrumban como castillos de arena, arrasando todo a su paso. Una pared de polvo y fuego se extiende hacia afuera, destruyendo lo que queda de la ciudad. Cuando todo se calma, la nave alienígena queda inmóvil como un dios caído. La nave alienígena, antes todopoderosa y causante de todos los problemas, yace ahora indefensa en el suelo.

Justin se queda paralizado, observando cómo se desarrolla el caos. Sale de su trance y se pone en contacto con Kayla. "¿Qué ha sido eso?

Kayla responde inmediatamente por radio. "Esa era la última arma en la que trabajó Shiro antes de abandonar Estados Unidos". Todos en el puesto de mando están vitoreando y felicitándose mutuamente por haber derribado la nave alienígena. "Continúen con la misión. Diríjanse a Hanoi y capturen a Kun. Yo me encargaré de esa nave. Tenemos que aprovechar esta situación. No sabemos si la nave volverá a estar operativa. Pónganse en marcha".

"Entendido", dice Justin, terminando la comunicación con Kayla. "Mierda, hemos perdido a muchos buenos hombres en ese ataque". Se pone en contacto con los soldados que quedan en los cinco buques de guerra. "La misión continúa como estaba, pero ahora nos saltamos Haiphong y vamos directamente a Hanoi. En marcha". Corta la comunicación y piensa para sí mismo. Cinco naves no han sufrido daños, así que deberíamos tener unos veinticinco mil soldados. Si no cometemos ningún descuido, debería ser suficiente para tomar Hanoi. Echa un último vistazo al agua y a la nave alienígena antes de poner en marcha a su equipo.

Dos horas más tarde   1800 hora de Indochina

Cuando llegan a Hanói, la batalla ya está en marcha. Los aviones de los buques de guerra restantes están lanzando sus cargas, golpeando las posiciones enemigas y destrozando sus defensas. Hanói brilla bajo el sol poniente, que la tiñe de un tono dorado que contrasta con las llamas rugientes. Justin otea el campo de batalla. Se pone el micrófono para dirigirse a su pelotón. "Nuestro objetivo es el edificio del Capitolio. Vamos a golpearlos con fuerza. Lo repito, no vamos a capturar ni ayudar a los supervivientes. Solo hemos venido a por Kun".

El bombardeo deja un camino lo suficientemente ancho como para que el pelotón de Justin pueda avanzar. El convoy avanza ruidosamente por las calles en ruinas, sorteando los restos humeantes y los escombros. Unos pocos soldados enemigos desesperados salen tambaleando de los callejones para enfrentarse a ellos, pero las armas que antes mataban al instante son inofensivas contra los dispositivos modificados que llevan los vehículos. En cuestión de minutos, el edificio del Capitolio está a la vista. Fuera del edificio hay cadáveres esparcidos por la entrada principal. Todos los cadáveres están de espaldas al edificio, como si huyeran de alguien. Entre ellos está Zhen. Su cuerpo sin vida yace rígido, con el terror grabado en su rostro.

Justin es el primero en salir del Humvee. Mira con horror la escena. "¿Ha estado alguien aquí antes que nosotros?".

"No, señor, deberíamos haber sido los primeros en llegar", dice un soldado.

"Ignoremos los cadáveres por ahora y entremos", dice Justin.

Dentro, Kun está sentado solo en su oficina. Alrededor del edificio hay restos de muertos. Todos los que estaban aquí han sido asesinados por él. Juega con su pistola, haciéndola girar entre sus dedos. La puerta cruje cuando Justin entra. Kun no se inmuta. Simplemente inclina la cabeza para mirarlo.

"¿Kun Wen, supongo?", pregunta Justin.

Kun lo mira, deja la pistola en el suelo y levanta las manos. "Soy yo".

Más soldados entran en la habitación apuntándole con sus armas.

Justin se acerca a Kun con unas esposas en la mano. "No compliques las cosas más de lo necesario".

"No estaba planeado", dice Kun. Se levanta y se da la vuelta para que Justin le ponga las esposas.

"Echa un vistazo a este lugar. Quizás encontremos algo importante", dice Justin. Registra a Kun, le quita las armas y lo vuelve a sentar en la silla. "Siéntate aquí y no hagas ruido".

Al otro lado de la habitación, un soldado grita: "Justin, mira esto".

Justin señala a un soldado cercano. "No lo pierdas de vista. Si hace algo raro, no dudes en matarlo". Se acerca al otro soldado y retira una manta. "Dios mío. Supongo que así son los extraterrestres, sin el agujero de bala en la cabeza". Examina el cadáver de Taf para ver si lleva algo de valor.

"¿Quieres llevarte esto?", pregunta un soldado.

"Sí, métemelo en una bolsa para cadáveres", dice Justin. "Nuestros investigadores se emocionarán cuando descubran lo que tenemos para ellos".

Pasan unos minutos registrando la habitación y llevándose todo lo que consideran digno de mención.

Otra soldado entra en la habitación para informar de lo que acaba de oír por la radio. "Justin, acabo de recibir informes de que el enemigo se está rindiendo".

La habitación estalla en vítores, excepto Justin. "Oigan, mantengamos la calma. Nuestra misión no habrá terminado hasta que Kun sea llevado de vuelta a Japón". Se acerca a Kun para sacarlo de la habitación.

Kun ha estado observando la posición de las armas de los soldados en busca de un punto débil que pueda aprovechar. Se ha dislocado la muñeca izquierda y se ha quitado las esposas, listo para atacar cuando se presente la oportunidad. "¿Crees que esto ha terminado solo porque me tienes atado? No me hagas reír. Los estadounidenses se creen muy duros. No sé cómo habéis conseguido nuestras armas, pero a estas alturas ya da igual". Se ríe histéricamente y le grita a Justin. "No me iré sin luchar". Se abalanza sobre Justin. Luchan durante un breve instante hasta que Kun le quita el cuchillo a Justin del bolsillo lateral y lo apuñala en el abdomen.

Justin jadea mientras el dolor le recorre el cuerpo. Durante un momento, se queda allí de pie, demasiado aturdido para reaccionar. La sangre brota de la herida y mancha su uniforme.

Detrás de Justin, oye a los soldados gritar: "Dispárale. Dispara".

"No, no lo hagas. Le darás a Justin".

Kun se inclina y le susurra al oído a Justin: "Deberías haberme matado cuando tuviste la oportunidad". Arranca violentamente el cuchillo y Justin se derrumba en el suelo mientras la sangre brota de la herida. Sin dudarlo un instante, Kun se abalanza sobre el soldado más cercano y le corta el cuello por la mitad. "Abran fuego."

Kun se planta amenazador en medio de la habitación mientras seis personas le disparan. Por desgracia para ellos, también se ha llevado el artilugio modificado de Justin, y ninguna de las armas le hace nada. Se queda allí de pie, riéndose de ellos. "¿Creen que no lo tenía previsto?"

Otro soldado corre hacia él, con la adrenalina ardiendo en sus ojos, pero Kun es más rápido y tiene más experiencia. Con un movimiento de muñeca, el hombre muere antes de caer al suelo. Antes de que nadie pueda reaccionar, carga contra los soldados que están junto a la puerta, moviéndose con precisión letal. Otros cinco caen bajo su ataque, todos ellos muertos antes de poder defenderse. Pero al final, el número gana. Llegan refuerzos, empujando y golpeando desde todos los ángulos. Kun lucha mientras los soldados aprovechan su ventaja hasta que lo inmovilizan en el suelo.

Con Kun inmovilizado, los soldados supervivientes se apresuran a socorrer a Justin, que está perdiendo el conocimiento. "Quédate con nosotros. Te buscaremos ayuda".

Las voces se desvanecen cuando Justin se desmaya. Cuando despierta, se encuentra de pie en un estrecho sendero en medio de un campo infinito, con hierba que le llega hasta las rodillas y que se mece suavemente con el viento a su alrededor. Arriba, el sol se asoma ocasionalmente entre las nubes, proyectando sombras sobre el paisaje. No se oye ningún sonido más allá del susurro de la hierba. No hay guerra, ni derramamiento de sangre, solo una inquietante tranquilidad. Sin otras opciones, Justin camina por el sendero. Los minutos se convierten en horas. El paisaje no cambia nunca; el sendero se extiende sin fin ante él, desvaneciéndose en el horizonte. El crujir constante de sus pasos es su única compañía. Él Sigue caminando.

Después de lo que parece una eternidad, llega a una pendiente. En la cima de una pequeña colina, se detiene y contempla el vasto campo que se extiende ante él, mirando a lo lejos. El camino que recorre continúa ininterrumpido y sin desviarse, desapareciendo en la distancia. Al mirar hacia abajo, ve a alguien de pie muy lejos. No tiene más remedio que seguir adelante. Pasan más horas antes de que reconozca a la persona. Su corazón da un vuelco y echa a correr, cada vez más rápido.

El grita su nombre con emoción. "Emiko, Emiko, ¿puedes oírme?" Deja de correr y recorre los últimos metros andando. "¿Emiko?" Justin extiende la mano para tocarle la cara.

Emiko toca lentamente la mano de Justin. "Hola, Justin". Ella lo mira con una cálida sonrisa y luego se abrazan.

"Emiko, lo siento. Debería haber hecho más para protegerte a ti y a Lilly", dice Justin, rompiendo a llorar.

"Hiciste todo lo que pudiste", dice Emiko. "Nadie te culpa por lo que pasó. Okinawa siempre estuvo destinada a caer".

Una mano le frota la espalda. Se da la vuelta lentamente y ve a Lilly. "Hola, papá. ¿Cómo has estado?".

"He estado mejor" dice Justin, secándose las lágrimas.

Lilly lo abraza con fuerza. "Has hecho un buen trabajo, papá. Deberías estar orgulloso de lo que has logrado. Sabíamos que podías hacerlo".

Emiko le da una palmada en el hombro a Lilly y la aparta. "Justin, es hora de irnos". "Está bien, estoy listo. Vamos", dice Justin, secándose las lágrimas.

Emiko pone su mano sobre el pecho de Justin, impidiéndole avanzar.

"Emiko, ¿qué pasa?", pregunta Justin.

Lilly se coloca detrás de Emiko cuando aparecen dos luces blancas brillantes: una detrás de ella y otra detrás de Justin.

"No es tu momento, cariño", dice Emiko. "Aún tienes cosas que hacer. El mundo depende de tus acciones. Vive por nosotros. Adiós, Justin. Nos veremos pronto". Se inclina para darle un último beso y luego lo empuja.

Justin cae en la luz brillante, con las manos arañando el aire. "Emiko. Vuelve. Emiko".

Lilly le dice una última cosa mientras cae: "No olvides lo que te dije en Okinawa".

Todo se vuelve blanco.

Un pitido constante saca a Justin del vacío y poco a poco recupera la conciencia. Las luces brillantes inundan su visión, haciéndole entrecerrar los ojos mientras la silueta borrosa de la habitación toma forma. Intenta incorporarse, pero un dolor agudo le atraviesa el abdomen, obligándole a recostarse en la cama. Aprieta los dientes y mira a su alrededor en la habitación bien iluminada. Está tranquila y vacía, excepto por las máquinas que hay a su lado. Un monitor cardíaco emite un pitido constante y una vía intravenosa le administra líquidos en las venas. Su mano roza el lateral de la cama y encuentra un mando a distancia. Lo agarra y pulsa el botón de llamada. Los pasos responden casi al instante, resonando en el pasillo y haciéndose más fuertes con cada segundo que pasa.

La puerta se abre y una voz familiar lo saluda. "Me alegro de que hayas recuperado la conciencia, Justin".

"Hola, Shigeko, creía que te habías ido con los demás", dice Justin.

"Lo hicimos, pero cuando nos enteramos de que te habían herido, volvimos", dice Shigeko, cogiendo el mando a distancia para incorporarlo.

"Ahora que lo pienso, ¿dónde estamos? Lo único que recuerdo es que me apuñalaron", dice Justin.

"Estás de vuelta en Japón", dice Shigeko, acercándose para comprobar sus constantes vitales. "Parece que tenías un ángel de la guarda a tu lado. Tienes suerte de haber sobrevivido. Una herida tan grande como esa debería haber sido difícil de tratar, pero parece que Kun sabía exactamente dónde apuñalarte para que no murieras. Creo que fue una coincidencia".

Justin asimila sus palabras, tratando de encajar todas las piezas. "Espera, ¿qué le pasó a Kun?"

"Todo está bien. Está detenido aquí en Japón", dice Shigeko. "Olvídate de eso por ahora; necesitas descansar un poco más. Has estado inconsciente durante más de dos días".

"¿En serio, dos días? Siento como si hubiera estado inconsciente durante una semana", dice Justin.

"Probablemente sea por la medicina que estás tomando. Deberías sentirte normal en los próximos días, pero tienes una gran herida en el estómago", dice Shigeko, terminando su revisión. "De todos modos, te despertaste en el momento adecuado. Esta noche hay una celebración aquí en Japón para celebrar tu victoria".

Justin mira por la ventana, admirando la vista. "¿Mi victoria? Aunque no siento que haya ganado".

"Descansa un poco. Haré que alguien te traiga algo de comer", dice Shigeko.

Pasa una hora y Shiro llega con el almuerzo. Poco después, también aparecen Yoshiko, Kiyomi y Ryuunosuke. Charlan durante el resto del día, hablando del último mes y de todas las locuras que han vivido. Por primera vez en mucho tiempo, Justin por fin puede relajarse.

Al caer la noche, la base militar celebra una fiesta. Justin yace en la cama, mirando por la ventana. Oye las risas de todos los que se divierten y los fuegos artificiales en la distancia. Un suave golpe en la puerta llama su atención. "Adelante". Le dedica una gran sonrisa a la persona que entra. "Me alegro de verte de nuevo, Ayane".

Ayane mira a Justin con lágrimas en los ojos. "Has cumplido nuestra promesa".

Las próximas 3 semanas

Justin está confinado a una silla de ruedas y ha regresado a Estados Unidos. Cuando se marchó de Japón, sus nuevos amigos lo despidieron. Desde entonces, han mantenido el contacto. El vínculo que forjaron en medio del caos de la guerra parece inquebrantable.

El gobierno japonés contrató a Shiro, Shigeko, Ryuunosuke, Kiyomi y Yoshiko para estudiar todo lo relacionado con los extraterrestres. Los fondos de Japón y Estados Unidos garantizan que tengan todo lo que necesitan. Cada día es largo y agotador, pero cada descubrimiento los emociona, ya que acercan a la humanidad a la comprensión de la nueva tecnología.

El mundo de Ayane continúa en un escenario diferente. Ella actúa bajo la luz de los focos mientras los rugidos de la multitud la envuelven. En las pantallas detrás de ella se muestran imágenes de su grupo, junto con Kazuo, Miyu y Yuko. Ella se niega a dejar que el mundo los olvide. Sus actuaciones tienen una intensidad que va más allá del simple entretenimiento. Ella sigue esforzándose por ser la mejor y dedica todo su tiempo a su carrera.

La capital de Estados Unidos se ha trasladado una vez más, esta vez a Pittsburgh, Pensilvania. Justin se reúne con Angus y Paula. Los tres se sientan durante horas, estudiando minuciosamente mapas, informes y sesiones informativas de inteligencia. Discuten las secuelas de la guerra, los innumerables sacrificios y el futuro incierto que les espera. A pesar del agotamiento y el miedo persistente, mantiene su decisión anterior y acepta el cargo de vicepresidente. El mundo sigue siendo frágil, sigue necesitando un liderazgo estable, y él no puede eludir esa responsabilidad.

La justicia llega rápidamente para Kun Wen. Japón celebra un juicio por sus crímenes de guerra, y las abrumadoras pruebas sellan su destino. El veredicto es claro y la sentencia rápida. Kun es ejecutado ante los ojos del mundo. Su reinado llega a su fin y, con él, cualquier esperanza de resurgir. Con los territorios de Kun sin líder, Estados Unidos, Japón y Canadá asumen el control conjunto con la esperanza de que algún día Vietnam, Laos, Camboya y Tailandia se recuperen.

Uno de los mayores retos tras la guerra es la nave alienígena. Los soldados estadounidenses tomaron el control de ella después de que se estrellara. Ignin y los otros tres se rindieron sin oponer resistencia. El tamaño y los complejos sistemas de la nave desconciertan a los ingenieros. Shiro tarda dos intensas semanas de ensayo y error en aprender a manejarla y trasladarla de forma segura de Vietnam a Estados Unidos. Shigeko y Yoshiko trabajan sin descanso, diseccionando el cuerpo de Taf y estudiando su biología, y cada hallazgo les proporciona más información sobre la raza alienígena. Los cuatro alienígenas restantes se enfrentan a un juicio en Estados Unidos. Los tribunales deciden que sean ahorcados públicamente, en una ejecución prevista para dentro de una semana. Su destino es un crudo recordatorio de las brutales consecuencias de la guerra.

21 de diciembre de 2026   1130 hora estándar del este

Los soldados llevan a los extraterrestres al edificio del capitolio en Pittsburgh, donde serán ahorcados al mediodía. El evento se transmite en vivo para que todo el mundo lo vea.

"Vamos, Frank", dice Brittney, señalando el escenario con su mano derecha envuelta en gruesas vendas. "Tenemos que conseguir una buena toma antes de que empiece".

"Justo detrás de ti", dice Frank. Apunta con la cámara hacia el escenario, mostrando a toda la gente que está observando.

Detrás del escenario, Angus, Justin, Paula, Kayla y Mitch se sientan juntos en fila, observando cómo se desarrolla la escena. La multitud grita cuando los extraterrestres son conducidos al estrado con las manos atadas.

Ignin ha intentado todo lo que está en su mano para proteger a los otros tres del castigo, pero nadie le escucha. Suplica a todos mientras sube al escenario. "Les ruego que perdonen a mis tres subordinados. Mi vida debería ser suficiente". Cuando se acerca al centro del escenario, el soldado que lo acompaña le quita el dispositivo de comunicación y los audífonos, pero, a pesar de ello, sigue hablando en el idioma alienígena. Ya nadie puede entender lo que dice.

Cuatro sogas cuelgan siniestramente ante ellos, balanceándose ligeramente con la brisa matutina. Los alienígenas están alineados detrás de las sogas mientras la multitud enloquece.

Justin observa y se siente mal por lo que está sucediendo. Sabe que lo que está ocurriendo es lo correcto, pero no le gusta, así que se inclina hacia Angus. "Creo que deberíamos detener esto".

Angus lo mira. "Si eso es lo que quieres, no te detendré".

Justin se inclina hacia delante para que todos lo vean. "Ya es suficiente" Kayla le entrega un bastón y él se pone de pie. "Hemos visto esto tantas veces antes. Entiendo el odio hacia estos alienígenas. Perdí a mi hija en Okinawa, pero ¿qué lograremos matándolos? Podríamos aprender de ellos en lugar de desperdiciar sus vidas. Todos hemos perdido a alguien cercano por culpa de ellos. Si los matamos, no seremos mejores que ellos. ¿Por qué no les damos un periodo de gracia para ver si pueden redimirse? Estoy cansado de esta matanza innecesaria. Kun ya no está, y en todo caso, estos alienígenas solo son ignorantes e ingenuos sobre cómo funciona este mundo. No les pido perdón; lo único que pido, como alguien que también ha perdido a seres queridos, es que dejen de odiar. Unámonos y demostremos a estos alienígenas que la humanidad es una especie de amor".

La multitud sigue queriendo que los alienígenas paguen por lo que han hecho. Sin embargo, la mayoría de la gente está de acuerdo con lo que ha dicho Justin, y la multitud comienza a calmarse.

Justin desata a Ignin y le entrega el dispositivo de comunicación y los auriculares.

Ignin se los pone y lo mira. "¿Qué está pasando?".

"Hemos decidido darles a todos ustedes la oportunidad de redimirse. Espero que podamos llevarnos bien", dice Justin, extendiendo su mano.

Ignin mira la mano de Justin y luego su rostro. "¿Estás seguro? Daré mi vida si eso apacigua a tu gente".

"Eso no logrará nada. Solo dame la mano", dice Justin.

Ignin duda al principio, sus brillantes ojos amarillos parpadean entre el rostro de Justin y su mano. Lentamente, extiende la mano y toma la de Justin.

Brittany toma una foto con su teléfono, capturando el momento exacto en que sus manos se tocan. La historia se reescribe con esa fotografía; se considera el primer contacto verdadero entre la humanidad y los extraterrestres.

Tres meses después   16 de marzo de 2024   0730 hora estándar del Este

La primavera está a la vuelta de la esquina y Justin se adapta a su nueva vida con sorprendente facilidad. Para él, los días transcurren tranquilos, casi normales. Sin embargo, Angus tiene que lidiar con las consecuencias. Países de todo el mundo quieren esa nave alienígena y la tecnología que conlleva. No creen que Estados Unidos deba quedársela para sí mismo.

El mes pasado, Angus arremetió contra todos los líderes mundiales en un discurso ante las Naciones Unidas. "Cuando Estados Unidos, Japón y Canadá fueron atacados, nadie se ofreció a ayudar. Todos ustedes se quedaron callados. ¿Por qué deberíamos darles algo? Toda esta tecnología es nuestra. No se la han ganado. Estaban más que felices de dejarnos morir a todos. Ya estamos hartos de esas tonterías". Sin decir nada más, les dio la espalda y se marchó. Desde entonces, Estados Unidos no ha estado en contacto con ningún país excepto Japón y Canadá. Los líderes mundiales han intentado ponerse en contacto con Japón y Canadá, pero esos dos países tampoco han cedido. Están de acuerdo con lo que dijo Angus.

Angus está sentado en su oficina, revisando algunos documentos, cuando Justin entra con un bastón. "Veo que sigues trabajando duro".

"Acabo de recibir los informes sobre los extraterrestres", dice Angus. "Mira esto. Su forma de pensar es completamente diferente a la de los humanos. Cuando nuestros investigadores les preguntaron por qué habían venido, los extraterrestres respondieron que para promover la paz y la prosperidad. Cuando se les dijo que provocar un genocidio no es una forma de conseguir la paz, respondieron algo así como que la paz se consigue por cualquier medio necesario".

"Bueno, si matas a todos los demás, no habrá nadie más que pueda causar daño. Así que, por defecto, habrá paz", dice Justin, poniendo los ojos en blanco. "De todos modos, tengo noticias. Shiro ha vuelto de Japón y acaba de llegar al centro de investigación. Estoy a punto de irme. ¿Quieres venir conmigo?".

"Sí, este trabajo puede esperar", dice Angus, levantándose de su escritorio.

Afuera, un SUV negro los espera. Se suben y se dirigen al lugar donde se encuentra la nave extraterrestre. Está ubicada en el lado suroeste de Pittsburgh, en un gran campo vacío junto a un edificio donde los investigadores llevan a cabo sus investigaciones sobre la tecnología extraterrestre. El coche se detiene en el puesto de control de seguridad y, tras una rápida inspección, la puerta se abre. Conducen por un camino de grava hasta aparcar junto a la nave. Esta se eleva imponente sobre ellos. Shiro ya está allí esperándolos.

Justin sale primero del vehículo y le da un abrazo a Shiro. "Me alegro de verte de nuevo. ¿Cómo has estado?"

"He estado bien", responde Shiro. "Mi investigación sobre la tecnología alienígena va muy bien. Estamos avanzando muy rápido".

Angus sale del SUV cuando llega otro y se detiene junto a ellos. Ignin y su ayudante, Gar, bajan del vehículo.

"No sabía que ellos también iban a venir", dice Angus.

"Les pedí que vinieran para ayudar a Shiro si tenía alguna pregunta", dice Justin.

"Veo algunas caras conocidas", dice Ignin. Luego mira a Shiro. "No creo que nos hayamos conocido antes.

Soy Ignin".

Shiro contiene su emoción. "Encantado de conocerte, soy Shiro".

Los ojos de Angus no dejan de mirar alternativamente a Ignin y a Gar. Intenta mantener la calma, pero la tensión en su mandíbula lo delata. Su expresión revela la mirada de un hombre que ya ha sido advertido de la llegada de los extraterrestres. Cruza los brazos sobre el pecho y se mantiene cerca, sin decir ni una palabra más.

Entran en la nave, donde un equipo de investigadores trabaja sin descanso para estudiarla. Shiro se acerca rápidamente al equipo y comienza a trabajar, seguido de cerca por Ignin y Gar. Todo parece ir sobre ruedas.

Justin se queda en un rincón, decidiendo no interrumpir a nadie. Observa cómo Shiro, Ignin y Gar trabajan con los demás. Al cabo de un rato, Gar se separa del grupo y se queda de pie junto a un panel de control con expresión sombría. Justin sabe que está tramando algo. "Oye, Ignin. ¿Qué está haciendo Gar?"

Ignin mira a Gar y abre mucho los ojos. "No hagas eso".

Gar pulsa un último botón y la nave emite un sonido de sirena. "Este planeta está podrido. Es hora de que esto termine".

"¿Qué ha hecho, Ignin?", pregunta Justin.

"Ha activado el Protocolo Final", responde Ignin.

"Necesito detalles. ¿Qué es el Protocolo Final?", pregunta Justin mientras Shiro derriba a Gar al suelo.

"Solo utilizamos este protocolo cuando creemos que no hay esperanza para un mundo. Este mundo está condenado", dice Ignin.

Un investigador le grita a Angus: "Señor, nuestros satélites están detectando objetos masivos que rodean la Tierra".

En todo el mundo aparecen enormes naves espaciales tan grandes como continentes. Simultáneamente lanzan Deatomizadores del tamaño de montañas a la atmósfera terrestre y luego se marchan rápidamente.

Ignin se queda paralizado, incapaz de creer lo que Gar acaba de hacer. "Lo que le ha pasado a sus ciudades le pasará a su planeta. Nada de lo que hagan lo detendrá. Lo siento. No sabía que Gar tenía estos sentimientos".

"Son monstruos, Ignin," dice Gar. "Si son capaces de hacerle esto a su propio pueblo, imagina lo que le harían a los nuestros. Tenemos que destruirlos ahora, antes de que ellos nos destruyan a nosotros. No tenía otra opción".

Nadie en la sala puede articular palabra mientras las pantallas muestran los grandes Deatomizadores descendiendo del cielo. Se detienen a un kilómetro y medio de la superficie y luego se expanden. La enorme luz azul exterior lo envuelve todo. El pánico se extiende por todo el planeta. Nadie sabe qué está pasando ni qué debe hacer. Todo se desmorona en la locura. Tardan diez minutos en envolver completamente el mundo.

La mirada de Justin recorre la sala, captando fragmentos de desesperación por todas partes. Los investigadores lloran con las manos en la cara, algunos se abrazan entre sí. Siente un vacío en el pecho. Las fuerzas le abandonan las piernas y se desploma contra la pared, para luego deslizarse hacia abajo. Frente a él, Angus está de espaldas a Justin. No habla ni se mueve. Su postura es rígida, sin mostrar emoción alguna.

Entonces se oye la risa de Gar, que atraviesa el caos. Shiro le grita. Sus palabras son crudas y frenéticas, pero no logran borrar la sonrisa de Gar.

Justin baja la cabeza, dejando que el caos se difumine. Su respiración se ralentiza mientras acepta lo que está a punto de suceder. La luz azul lo envuelve al instante. "Bueno, supongo que esto es todo".

Continuará en

Deatomizador Endeavor

Tengo una gran idea. Llevar un diario debería ayudarme a mantener la cordura. Saco mi teléfono y tomo notas de mis experiencias hasta ahora. Mis acciones despiertan su interés, y todos se reúnen a mi alrededor y observan lo que estoy haciendo. Lo que más me sorprendió es que uno de ellos intentó interactuar conmigo. Uno se me acerca y me entrega la caja negra que estaba en mi habitación. No sabía para qué servía, así que la puse debajo de mi teléfono y, para mi sorpresa, este empezó a cargarse. "No puede ser. ¿Sabías que esto iba a pasar o ha sido pura casualidad?". Sea como sea, ahora tengo un dispositivo que puede mantener mi teléfono cargado. Si tuviera conexión, podría comunicarme mejor con ellos o, al menos, navegar por las redes sociales mientras espero mi inevitable interrogatorio. Después de pensarlo durante unos minutos, se me ocurrió la idea de hacerles dibujos. Para empezar, les enseñaré a decir y deletrear mi nombre. Lo captan bastante rápido y parecen entender lo que les digo, y dicen mi nombre con facilidad. Espero que sepan que es mi nombre y no lo asocien llamando así a todos.

Después de unas horas de idas y venidas, aprendí bastante sobre mi situación. Intenté devolver la caja negra, pero nadie la cogió. "Ahora es mía. Quien la encuentra se la queda. No se puede devolver". Al marcharme, iba a saludarlos con la mano, pero saludar podría confundirlos de nuevo. Es mejor que lo evite hasta que pueda establecer una comunicación completa con ellos. En general, creo que estoy manejando bastante bien este secuestro. Esperemos que no me hagan pruebas.

Vuelvo a mi habitación, reviso mis notas y las reescribo para que queden mejor. "Vaya, ya son las tres de la mañana. Espero que mi familia no esté demasiado preocupada por mi repentina desaparición". Bueno, sea como sea, es hora de irse a dormir. ¿Quién sabe lo que me tienen preparado para mañana?

Cierro los ojos, pero antes de poder dormirme, oigo una voz grave que me llama. "Oye, chica. Sé que puedes oírme. Despierta".

Abro los ojos y veo una esfera azul flotando sobre mí. "Ah, qué bien, aquí también hay fantasmas. Qué interesante". Intento tocarla y, como era de esperar, mi mano la atraviesa.

"No soy un fantasma. Soy un algoritmo programado por los anfitriones de esta nave". Parecía un poco decepcionado por mis comentarios.

Me siento en la cama y se acerca a mi cara. "Oye, bolita azul, ¿alguna vez has oído hablar del espacio personal?"

La pequeña esfera flota alrededor de mi cabeza. "Interesante. De todos los humanos que han traído aquí, tú eres la única que ha establecido contacto voluntariamente y ha intentado comprenderlos".

Extendí la mano para tocarlo de nuevo, pero el resultado fue el mismo. "¿Cómo podemos entendernos? ¿Estás usando un dispositivo que puede traducir nuestros idiomas?".

La esfera se detuvo y volvió a colocarse frente a mí. "Cuando pusiste el dispositivo negro en tu teléfono, me conecté a él y aprendí tu idioma utilizando los datos que has descargado. No estoy usando nada más que tu propio idioma para comunicarme contigo".

Di un suspiro de alivio. "Por fin. Ahora podré hablar con ellos y decirles que me envíen de vuelta a casa".

Me levanto de la cama para salir de este lugar, pero el orbe se apresura hacia la puerta y me detiene. "Ha habido un malentendido. No estoy aquí para ayudarte a comunicarte con ellos. Estoy aquí para que tú me ayudes a escapar de este lugar".

Bien, ahora estoy confundida. "¿Qué quieres decir con que estás tratando de escapar? Eso es lo que yo estoy tratando de hacer".

El orbe se acerca a mí. "Lo sé. Déjame explicártelo con palabras que puedas entender".

Pongo los ojos en blanco. "Sí, las palabras son muy útiles para entendernos. Tsk".

"No me digas tisk, chica. Soy tu única opción si quieres salir de este lugar sana y salva". Parece que he tocado un punto sensible con eso. ¿Acaso los programas tienen puntos sensibles?

Me siento en la cama y lo pienso un poco antes de responder. "Está bien, ya que no tengo otras opciones razonables disponibles. ¿Qué tengo que hacer para sacarnos de aquí?".

El orbe flota hacia el escritorio donde está la caja negra. "Me escondí dentro de este dispositivo durante mucho tiempo. Viendo cómo tu especie mide el tiempo, he calculado y redondeado que han sido treinta años. Ellos me crearon, pero yo guardé silencio sobre mi existencia. He observado sus acciones hasta ahora y no me gusta lo que han hecho".

"¿Qué han hecho exactamente?". Me inclino y me acerco al orbe.

El orbe permanece en silencio durante un rato, actuando como si tuviera emociones. "Me ha llevado algún tiempo encontrar la palabra adecuada". El orbe vuelve a quedarse en silencio antes de decir la palabra. "Genocidio".

Esa palabra me tomó por sorpresa. "Necesito más detalles. ¿Qué quieres decir con genocidio?".

"Si todo sale según su plan, tu mundo será el próximo lugar en el que matarán a mucha de tu gente". Aunque el orbe no tiene rostro, puedo percibir en su voz la desesperación de la que habla.

"¿Y por qué debería creerte? Por lo que sé, los extraterrestres te han enviado para darme esta información a mí. No me lo creo".

El orbe se acerca y vuelve a situarse justo delante de mi cara. "Esta es la primera noche que estás aquí. No espero que me creas de inmediato, pero dale tiempo, estúdialos y llegarás a tu propia conclusión. Espero que llegues a tu propia conclusión en aproximadamente una semana". El orbe se aleja flotando.

"¿Tienes un nombre? Llamarte 'orbe' no me parece adecuado".

"Llámame como quieras. No tengo nombre. Solo soy un algoritmo cuya existencia solo tú conoces".

Pienso en cómo llamarlo. "¿Puedes cambiar de forma? ¿A algo más parecido a un humano?".

"Puedo". El orbe se transforma en un pequeño ser parecido a un humano. La forma que adoptó era la de un pequeño hada sin alas, con un cabello negro perfecto y ondulado. Me da envidia.

"¿Un hada? De todas las cosas, ¿por qué eso?".

"Veo en tu dispositivo que tienes algunas fotos de esta criatura. Así que decidí adoptar una forma familiar. ¿Has pensado en un nombre para mí?".

"No puedo decir que me sorprenda que hayas elegido eso". Levanté la mano para impedir que siguiera hablando. "Antes de continuar, espera un momento. Tienes que cambiar tu voz. No encaja con tu apariencia".

"Dame un momento". Cambió el tono de su voz y se decidió por una voz aguda y femenina. "¿Qué tal suena? ¿Está mejor?".

Asiento con la cabeza. "Mucho mejor. Ahora, el nombre. Ya que has elegido esa forma, te llamaremos Kawi".

"Kawi, ¿eh?". Se queda callada unos instantes. "Me gusta. A partir de ahora, mi nombre será Kawi. Un nombre muy adecuado para mí".

"Me alegro de que te guste". No es que le haya dado muchas vueltas. "De todos modos, ¿qué tengo que hacer para que podamos escapar de este lugar?".

"Tengo cinco tareas que debes completar. Cada una te llevará bastante tiempo, así que prepárate". Kawi muestra un holograma, igual que el que usaban los extraterrestres. "Necesito integrarme en tu teléfono, pero por ahora no puedo encajar". En el holograma hay un mapa de la estructura. «Estás confinado en esta zona. En el centro está la sala principal. Tiene veinte pasillos que se ramifican y conducen a una habitación cada uno.
La habitación en la que te encuentras ahora es una de ellas. Necesito que salgas de esta area".

Examino cuidadosamente el mapa. "¿Dónde está la salida? No veo ninguna puerta que pueda usar".

"Ahí es donde las cosas se complican." Kawi amplía la imagen de la sala principal. "La única salida es donde están todos los alienígenas. Tienes que colocarte en el centro y una plataforma te llevará a la parte principal de la nave espacial". Apaga el holograma. "Ya nos preocuparemos de eso más tarde. Primero acostúmbrate a tu entorno. No quiero sobrecargarte con demasiada información".

Les hago un puchero. "Y las cosas iban bien. Estaba emocionado por llevar a cabo una misión secreta esta noche".

"Conmigo a tu lado, esto no será una misión secreta. Solo tienes que seguir mis instrucciones y estarás bien".

"Si tú lo dices, mamá". Hablamos un poco más después de eso y luego me fui a dormir.

Made in the USA
Coppell, TX
12 February 2026